어느날 서점 주인이 되었습니다

빈의 동네 책방 이야기

어느 날 서점 주인이 되었습니다 _빈의 동네 책방 이야기

초판 1쇄 발행 2015년 8월 14일 **초판 5쇄 발행** 2019년 12월 23일
지은이 페트라 하르틀리프 **옮긴이** 류동수 **발행인** 도영
편집 김인정 **마케팅** 김영란 **디자인** 손은실 **발행처** 솔빛길
등록 2012-000052 **주소** 121-842 서울시 마포구 동교로 142(서교동) 5층
전화 02)909-5517 **팩스** 0505)300-9348 E-mail anemone70@hanmail.net
값 13,000원 **ISBN** 978-89-98120-24-5

이 도서의 국립중앙도서관 출판시도서목록(CIP)은 서지정보유통지원시스템 홈페이지(http://seoji.nl.go.kr)
와 국가자료공동목록시스템(http://www.nl.go.kr/kolisnet)에서 이용하실 수 있습니다.
(CIP제어번호 : CIP2015020757)

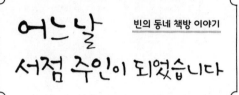

빈의 동네 책방 이야기

어느날 서점 주인이 되었습니다

페트라 하르틀리프 · 류동수 옮김

솔빛길

일러두기
● 각주는 모두 옮긴이 주이다.

서점을 하나 인수했다. 오스트리아 빈에 있는 서점이다.
얼마 전 우리는 숫자가 적힌 메일 한통을 써 보냈다. 응찰
가격이었다. 물론 그 금액은 우리 수중에 없었다. 그리고
몇 주 뒤 답신이 왔다.

귀하가 서점을 인수하셨습니다!

맙소사. 이런 일은 이베이 같은 데서나, 그것도 아이가
해리포터 레고를 너무나 간절히 원하는 탓에 그만 정신줄
을 놓고 원래 생각했던 것보다 더 높은 응찰 가격을 써 냈
는데, 그런데 세상에, 아무도 그 이상을 쓴 사람이 없을 때
에나 일어나는 일이다. 우리가 '진짜로' 서점을 낙찰 받다
니. 우리가 살고 있지도 않은 도시에 있는 서점을, 그것도
우리가 갖고 있지도 않은 금액을 써 내서 말이다. 어쩐담?
끝까지 밀어붙이는 수밖에.

끝까지 밀어붙인다는 말은, 남편 올리버가 급여도 많고 괜찮은 직장인 독일 대형 출판사를 그만둔다는 것, 내가 문학비평가라는 타이틀(?)과 작별하고 방송국 신분증을 반납하며 산체 지역°에 있는 멋진 공동 사무실 아가씨들에게 새로운 세입자를 찾아야만 할 거라고 고백한다는 것, 또 뼛속까지 북독일 아이이며 얼마 전 막 사랑에 빠진 열여섯 난 아들에게 빈으로 이사 가야하는 사실을 설명한다는 것, 유산을 상속받은 친구에게 전화를 걸어 우리에게 상당한 금액을 빌려주겠다는 그 제안이 아직도 유효한지 물어본다는 것, 그리고 빈에 사는 친구들에게는, 잠시 자기네 집에 들어와 살아도 된다는 제안이 아직 유효한지 전화를 걸어 물어본다는 말이다.

이 모든 일의 시작은 아주 평범했다. 비가 퍼붓는 함부르크에서의 어느 여름이었다. 기분이 울적해진 우리는 2주 동안 빈에 사는 친구네에 가기로 했다. 정원에 한가하게 누워 있다가 가끔 야외 수영장에 가거나 맥주나 와인을 한잔하며 친구를 만나기, 이게 우리가 세운 계획이었다.

그런데 친하게 지내는 출판사 대표 한 분과 나눈 저녁

° 함부르크 중심가의 동네로 오래된 건물이 많은 지역.

식사가 이 모든 것을 바꿔놓고 말았다. 업계에서 벌어지는 이런 저런 이야기를 나누다가 그는 이런 말을 했다.

"거 참 유감스러운 일 아닌가, 자네들이 이곳 빈에 살지 않으니 말이야. 생각해 보게. 그런 작은 서점 하나가 그냥 문을 닫다니, 위치도 좋고 단골도 많은데 말이야."

탄산수를 섞은 백포도주 몇 잔을 더 들이키고 나니 갑자기 무슨 말인지 더욱 또렷이 이해되기 시작했다. 77억, 그래, 무슨 이유인지 모르겠지만 며칠 전부터 문을 더 이상 열지 않고 있다는 그 유서 깊은 서점, 거기야말로 우리가 기다리던 미래다! 뭐? 빈에 있는 그 작은 서점, 뭔가 물건일 것 같은데? 적어도 이론적으로는 그렇다. 밤이 깊어질수록 우리의 논리는 더 치밀해져갔다. 그래, 그 서점은 우리 것이다!

다음 날 아침이 되자 전날 밤에 가졌던 도취감이 어렴풋이 떠올랐다. 그러니 아침 먹은 다음 수영장으로 간다는 것은 말이 안 된다. 그냥 한 번 가보지 뭐, 본다고 책임져야 하는 것도 아니니.

가서 보니 정말 그랬다. 칠십 년대에 유행했던 갈색 창틀이 달린 서점이었다. 때 묻은 유리창 뒤로 텅 비어버린 도서 진열대가 보이고, 서점 내부는 모든 게 어두컴컴했으며, 출입문에는 쪽지 하나가 붙어 있었다. 손으로 쓴 메모에는 다음과 같은 내용이 적혀 있었다.

8월 1일부로 폐업합니다. 그동안 저희 서점을 찾아주신 손님 여러분께 감사드립니다.

"갑자기 떠오른 생각인데 말이야, 여기가 어떤 곳인지, 주인이 누군지 당신이라면 알아볼 수 있지 않을까?"

남편은 나의 어떤 부분을 건드려야 내가 움직이는지를 언제나, 아주, 잘 알고 있다. 나는 이 말이 떨어지기가 무섭게 전화통을 붙들고 아직 휴가를 떠나지 않은 그 분야의 온갖 사람들과 통화를 시작했다.

다들 유서 깊은 서점이라고 했다. 적어도 칠팔십 년대에는. 결국 그 집안 아들 하나가 서점을 차지했는데, 정확한 것은 모르겠다고들 했다. 물론 나는 서점 주인과 전화 통화를 하는 데 성공했다. 그리고 이틀 뒤 서점을 둘러보기로 약속했다. 꼭 가야 한다는 의무 같은 건 없었다. 어차피 황당한 생각이니까. 그러나 구경은 한번 해 볼 수 있는 일이라 여겼다.

그렇게 찾아간 서점 앞. 우리는 40평방미터 규모의 어둑어둑한 공간 앞, 닫힌 문에 딱 붙어 서 있었다. 서가는 천장까지 닿아 있고, 바닥에는 때 묻은 플라스틱 바닥재가 깔려 있으며, 회전식 서가에는 책이 꽂혀 있었다. 네온사인의 불빛이 깜박거렸다. 괜찮은 것 같았다. 물론 이 모든 것이 흉물스럽게 보이기는 했지만, 왠지 모르게 느낌이 좋았다. 뒷방에는 주물로 만든 가파른 회전계단이 위층 살림집으로 나 있었다. 살림집은 한 층 전체를 다 차지하고 있는 듯 했다. 하지만 살림집이라고 부르는 건 너무 거창할지도 모르겠다.

"이곳은 따로 임대하지 않고 서점과 한데 묶어서만 임대가 됩니다."

서점 주인의 말에 나는 심드렁하게 대답했다.

"고맙습니다만 우린 별로 관심이 가지 않네요."

그러나 남편은 아무 말이 없었다. 심지어 눈빛이 반짝이고 있었다. 올리버는 성큼성큼 걸어 다른 방들을 둘러보았다. 직원용 옷장과 큰 책상, 그리고 포장용 골판지, 저울, 자동 소인(消印) 기기가 있는 포장실, 그 다음은 큰 구식 책상 두 개가 놓여 있는 사무실이 보였다. 책상은 잘 닦여 있었고 수리가 된 상태라 '빈티지'로 볼만 했다. 복사실과 암실 뒤로는 다시 작은 방이 몇 개가 있는데, 모두 천장까지 책과 상자, 수십 년은 된 듯한 장식용품들로 가득 차 있었다. 골판지 상자 한 무더기와 오래된 책들 사이에는 잿빛 플라스틱으로 된 크리스마스 트리가 기괴한 모습으로 우뚝 솟아있었다.

"멋진 살림집이네."

남편이 중얼거리는 소리가 들렸다. 벽지를 자세히 들여

다보았다. 우리가 어린 시절에 보던 문양이라는 것쯤은 한눈에 알아볼 수 있었다. 집수리에 재주가 있는 사람에게는 멋진 대상일 것이다. 나는 아무 말도 하지 않았다.

눈부신 햇살이 쏟아지는 서점 밖으로 나오니 모든 게 허황된 꿈만 같았다. 우리는 잠시 침묵했다.

"그래서?" 남편이 물었다.

"뭐가 그래서?" 내가 물었다.

"당신은 어땠어?"

"끔찍해. 당신은?"

"나도 그래."

"그럼 뭐."

침묵.

"그런데 잘만 꾸미면 작품이 나올 것 같기도 하고."

"그래, 하지만 살림집 말이야. 그건 아무래도 안 되겠어."

"어째서? 크고 멋진 살림집이 될 거야! 생각해봐, 포장실에는 부엌을 들이는 거야. 그리고 책상이 있는 큰 사무실은 밥 먹는 방으로 만들자고. 복사기가 있는 곳은 텔레비전을 보는 작은 방으로 괜찮을 것 같아. 암실은 욕실로 만들고. 그렇게 하고도 우리 침실과 아이들 방으로 쓸 작은 방 몇 개가 남아."

"말도 안 돼."

"그렇다는 거지 뭐."

가족 그네를 타며 한가하게 보내던 휴가는 이제 끝이다. 우리가 할 수 있으려나? 우리가 해야 하는 건 아닐까? 우리가 한다면 어떻게 되려나…… 빈에 사는 친구는 우리가 집을 구할 때까지 자기 집에서 같이 살아도 된다고 했다. 그 제안이 우리를 더 힘들게 했다. 옛 친구도 돕겠다는 뜻을 비쳤다. 에, 그러니까 사실 그 '옛 친구'는 나의 전남자친구로, 그는 상속받은 유산으로 살아가고 있다. 그런 그가 거의 지나가는 말로, 우리에게 무이자로 돈을 빌려주겠다고 했던 것이다. 그게 전부다.

나로서는 그 모든 것이 마치 저 유명한 예술가 에셔가 그린 불가능의 그림처럼 보였다. 그의 그림을 바라보고 있으면 그게 어떤 그림인지를 분명히 알게 된다. 그런데 잠시후 다시 그 그림에 눈길을 주면 정반대의 것이 눈에 들어온다. 도대체 왜 그런 변화가 일어나는 걸까? 나는 이 세상에서 가장 훌륭한 남편을 만난 행운을 누리고 있다. 전 세계에서 가장 멋진 대도시에서 살면서 말이다. 우리는 함부르크 대학교 근처에 있는 한 오래된 집에서 너무나 멋진 이웃들과 함께 살고 있다. 작은 아이는 많은 사람들이 선망하는 어느 종일반 유치원에 다니고 있고, 큰아이도 여러가지 교육적인 면이 잘 통합된 좋은 학교에 다니고 있다.

나는 비록 종일 근무를 하는 건 아니지만 흥미 넘치는 일을 갖고 있고, 아이들을 돌 볼 시간도 있다. 나는 내 삶에서 처음으로 경제적으로 탄탄하다는 느낌을 받고 살던 터였다. 또 남편 올리버는 어떤가? 그는 시골 마을 출신으로, 열심히 일한 덕에 작은 출판사 영업사원에서 시작해 독일 출판사들 중 가장 중요한 한 곳에서 마케팅 매니저로 일하고 있다. 그는 자신의 일을 좋아했고, 사장은 그런 그를 격려하고 지원해주는 상황이었다. 우리는 정말 만족스러운 삶을 살 수 있었고, 실제로도 만족하고 있었다. 그런데 만약 어떤 일을 둘이서 함께 한다면 과연 어떻게 될까? 함께 뭔가를 이뤄가고, 함께 일하며, 뭔가를 감행한다면?

우리는 계산기를 두드리고, 토론하고, 전화 통화를 했다. 하지만 생각은 시간마다 바뀌었다. 끝내주는 아이디어가 되었다가, 몽땅 완전히 말도 안 되는 일이 되고, 실천 불가능한 일이 되었다가 다시 우리의 미래가 되고, 그러다 다시 우리가 망하는 길이 되기도 했다.

어떻게 계산해내지? 도대체 책을 얼마나 팔아야 네 식구가 먹고 살 수 있을까? 나는 오래 전에 서점에서 몇 년 일한 적이 있는 어떤 출판사 영업자에 대한 이야기를 누군가가 해준 적이 있었다는 걸 기억해내곤 그에게 전화를 걸었다. 그는 당시 이야기를 어렴풋이 기억해냈다.

"말해 봐, 군터. 도대체 그때 매출을 얼마나 올린 거야?"

"맙소사, 그건 25년 전의 일이라고! 당연히 모르지."

"제발, 기억 좀 해 보라니까! 중요한 일이야!"

"나 원, 내가 아직 알고 있는 건, 흠, 성탄절 대목 때……
하루 매출이 10만 실링을 넘자 사장이 샴페인을 한 병 터
뜨렸다는 거야."

그래, 이것도 정보다. 수치 하나를 확보한 것이다. 하루
매출. 그것도 25년 전, 게다가 다른 화폐다. 그래도 거기서
우리는 이제 예상 매출액을 계산해낼 수 있게 되었다. 믿
음직스럽지 않다고? 물론, 당연하다.

그래, 맞다. 난 성인이다. 집 떠나서 산 게 벌써 몇 년째인가. 결혼해서 애도 둘이고. 그런데도 부모님은 내 삶에 대해 이러쿵저러쿵 당신들 생각을 내놓으신다. 그래서 아직도 나는 이런 상황이 되면 형편없는 성적표나 과감한 휴가 계획서를 들고 부모님 앞에 서 있는 느낌이 든다. 실제로도 우리가 예상한 것과 같았다. 부모님들은 당혹감을 감추지 못했고, 이해할 수 없다는 반응이었다.

기업 구조조정이 전문이었던 최고 경영자 출신 아버지는 식탁 위에 놓인 종이에 재빨리 숫자 몇 개를 끄적이시더니 단호하게 머리를 가로저으셨다.

"이건 절대 계산이 안 나와! 너희들 미쳤구나. 위험을 무릅쓰고 이런 일을 해서는 안 된다. 아이들 미래를 생각해라."

몇 년 전에, 왜 남자 때문에 함부르크로 이사를 가려 하느냐, 그건 네 자신을 완전히 내팽개치는 짓이라며 만류하실 때와 똑같이 단호한 표정으로 아버지는 경고하셨다. 아버지는 이제 함부르크에 사는 '그때 그 남자'에게 '안정된 직장을 포기하고 자영업이라는 미친 짓을 감행하려 한다.' 며 소리치고 계시는 것이다. 나는 아버지가 행여나 돈지갑을 열어주시지나 않을까, 약간 남은 유산이라도 미리 주시지 않을까 하는 일말의 희망을 품어봤지만, 당신은 그런 생각을 전혀 안 하셨다. 하긴 아버지께 돈 달라고 부탁하던 시절은 진작에 지났다.

함부르크로 되돌아와 생각해보니 모든 게 아득하게만 느껴졌다. 그사이 빈에 있던 다른 몇몇 서점도 그 물건을 인수하는 데 관심이 있다는 사실을 알게 되었다. 함부르크는 늘 그랬던 것처럼 아주 멋진 곳이었다. 넉넉한 백포도주와 크뇌델브로트°를 먹으며 우리는 이 한자동맹 도시의 안개비 속에서 다시 몇 주를 보내고 있었다. 아들은 느긋하게 사춘기를 보내고 있었고, 딸은 여전히 멋진 유치원에 다니고 있었다. 남편 올리버는 매일 아침, 양복에 넥타이를 매고 회사에 다니며 출세가도를 달리고 있었다. 그리고 나는 이런저런 기사를 쓰고 이따금 유명한 작가를 만나 인

● 수프 따위에 넣어 먹는, 작은 크기로 자른 식빵

터뷰를 하며 라디오 방송 대본을 어떻게 구성할지 고민했다. 오후에는 아이를 체조 수업에 데려다주기도 하고, 동네에서 커피를 마시기도 했다. 함부르크는 북해와 발트해와도 그리 멀리 떨어져 있지 않은 곳이다. 그러니 모든 게 좋았다.

그때 그 친구만 오지 않았더라면 우리 생활은 계속 그렇게 흘러갔을 것이다. 그녀는 유명한 기자였다. 그녀는 기자 몇 명을 만나러 함부르크에 온 길에 우리 집에 들러 저녁 식사를 하던 참이었다. 우리는 '휴가지에서의 그 일'을 털어놓았고, 사진을 보여주었으며, 우리가 구상했던 것들을 이야기했다. 그러다 우리는 그 서점이 어쨌든 파산절차 중에 있으며, 만약 인수할 의사가 있다면 소위 '파산 관리인'이란 사람에게 접수해야 한다는 사실을 알게 되었다.

"그런데 너희, 응찰은 한 거야?"

"아니, 안 했지."

"왜 안 했는데?"

"모든 여건이 다 안 돼. 가능성도 없고."

"너희들 하는 짓이 꼭 보드 게임하는 어린애들 같다. 처음에는 같이 잘 놀다가 마지막에 질 것 같으면 판을 엎어버리니 말이야. 겁쟁이들 같으니라고!"

시간이 늦어 그녀가 돌아간 뒤에도 집에 쟁여놓았던 오스트리아 와인이 여러 병 죽어나갔다. 남편은 여전히 고민

중이었다.

"우리 입찰 한 번 해볼까?"

결국 나는 컴퓨터를 켰다. 우리가 쓴 건 단 세 문장. 그 중에는 금액도 들어가 있었다. 그 돈을 이리저리 부탁해서 마련하기란 별로 달갑잖은 일이었다.

[입찰공고]

물건 번호 45896호를 입찰에 붙임. 이 입찰 건에는 목재 서가 180미터, 책 120미터, 금전등록기 한 대, 각종 서점 설비, 배송용 차량(시트로엥 C15, 1996년산) 한 대가 포함되어 있음. 입찰은 9월 30일에 종료됨.

입찰 종료일이 이렇게 정해진 데에는 간단한 이유가 있었다. 서점을 하려면 일단 성탄 대목을 제대로 누려야 한다. 그래야 돈을 많이 번다. 우리들은 순박하기는 하지만 멍청하지는 않다.

기사 한 편을 쓰는 데 너무나 많은 시간이 걸렸다. 다시 극도로 세세한 인터뷰가 진행되었다. 하지만 그는 매우 친절했다. 눈부실 만큼 푸른 눈의 소유자에 베를린에 사는 러시아인. 자주 그랬다시피 나는 수다에 빠져들었고, 녹음기에는 빵빵한 문장 다섯 개가 아니라 신나는 수다가 담겼다. 그 녹음자료를 바탕으로 나는 육성 세 꼭지가 담긴 사분짜리 기사를 엮어내야 한다. 유치원에 가서 아이를 데려오려면 아직 한 시간 가량 여유가 있다. 재빨리 집으로 가서 메일을 확인할 수 있는 시간이다. 어쩌면 국영 오스트리아 방송국이나 거대 독일 신문사들이 저가 도서 시리즈를 발간하는 문제를 다룬 내 기사를 구입하려 할지도 모르는 일이다. 그렇다면 그 대단한 신문의 잘난 체하는 발행인과 나눈 대화가 적어도 밑지는 장사는 아닐지 모른다.

나는 신발도 벗지 않은 채 에스프레소 한 잔을 만든 다음 컴퓨터를 켰다. 유감스럽게도 오스트리아 방송국에서 온 메일은 하나도 없었다. 대신 오스트리아에서 온 다른 메일 하나가 있었다. 발신인은 공증인이었다.

하르틀리프 여사 귀하

귀하께서는 물건 번호 45896호를 낙찰 받으셨으며, 이로써 파산한 업체 XY의 자산을 인수하셨습니다. 10월 15일까지 위에 언급한 물건의 주소로 출두해 주시기 바라며 일금 40,000유로를 지참해 오시기 바랍니다.

너무 놀라 신경쇠약에 걸릴 것만 같았다. 곧장 사무실에 있는 남편에게 연락했다.

"코넬리아 마이어입니다. 안녕하세요."

"안녕하세요. 페트라 하르틀리프인데요, 남편과 통화를 했으면 해서요."

"지금 사장님과 회의 중이세요."

"급한 일이라 그런데 사장님 방으로 전화 좀 돌려주시겠어요?"

지금까지 나는 회의 중인 남편을 전화로 불러낸 적이 한 번도 없었다. 아이가 태어났을 때조차도 나는 남편이 전화를 걸 때까지 조용히 기다렸다. 전화가 연결되었다.

"당신 당장 집으로 와. 그 서점 우리가 낙찰 받았어. 제길!

우리가 서점을 하나 샀단 말이야!"

그날 저녁, 가장 친한 친구들이 우리 집에 찾아왔다. 여
자는 오스트리아 빈 태생이고 남자는 독일 사람이었다. 이
둘은 뭔가 새로운 일을 알려주고 싶은 표정으로 서로 경쟁
이라도 하듯 눈빛을 번득였다. 하지만 그날 저녁만큼은 우
리가 갖고 온 뉴스보다 새로운 것은 없었다. 두 친구는 좀
처럼 말할 기회를 얻지 못했다. 나는 이 사실이 아직도 여
전히 믿어지지 않았다. 우리가 입찰에 응했다는 확인서조
차 받지 못했는데 이게 무슨 일인가? 등기우편을 보낸 것
도 아니고, 서명도 하지 않았으며 그저 전자메일 하나만
보냈을 뿐이다. 그런 메일이 무슨 기속력을 가질 수는 없는
일이다.

"아니야, 효력이 있어."

빈에서 재판관을 하다 은퇴하신 친구 아버지가 전화 통
화로 내게 이렇게 말씀하셨다.

"너희들이 응찰을 했고 그게 낙찰이 된 거야. 그러니 너
희들은 그 금액을 이제 납부해야 하는 거야. 그런 다음에
다시 되팔 수는 있겠지."

고맙습니다, 당연히 되팔 겁니다.

남편은 그날 밤 당장 출판사에 사직서를 팩스로 보냈다.
팩스에 찍히는 날짜 때문에 우리는 숙고 끝에 그렇게 사직

서를 쓴 것이다. 그리고 자정 직전쯤에야 친구 둘은 임신 사실을 이야기했다. 그것도 멋진 일이었다.

다음 날, 남편은 6시에 일어나 말없이 자기 옷 중에서 가장 멋진 양복을 꺼내 입었다. 넥타이까지 맸다. 행복해보이는 얼굴이 아니었다. 이렇게 일찍부터 설치는 이유는 맨 먼저 출근해서 팩스로 보낸 사직서를 누가 보기 전에 슬쩍하기 위해서였다. 그날은 회사의 특별한 날이었다. 사장의 근속 30년을 축하하는 날이었다. 축사에, 뷔페에, 샴페인까지 차려져 있었다. 남편은 그런 걸 제대로 즐기지도 못하고 하루 종일 사표를 던질 기회를 엿보았다. 마침내 모든 연설이 끝나고 그룹 고위층이 자리를 뜬 다음 사람들이 제각기 퇴근하려고 할 무렵 남편은 대표이사 방으로 들어갔다.

"의논드릴 일이 있습니다."

"왜? 회사 그만두게?"

"어떻게 아셨죠?"

"이런 날 그런 이야기 아니면 자네가 나와 상의할 일이 뭐가 있겠는가?"

"맞습니다."

"자네를 모셔가겠다는 사람이 누군가? 내가 자네더러 우리 회사에 그대로 있어달라고 설득하면 안 될까?"

"죄송합니다. 곤란할 것 같습니다. 저를 데려가겠다는 사람이 있는 것도 아닙니다. 제 아내와 저, 우리가 빈에 있는 서점 하나를 인수했거든요."

"자네 완전히 정신 나갔구먼."

"네, 저도 압니다."

"이봐, 내가 어떻게 자네를 도와줄 수 있는지 말해보게."

불면의 밤을 보낸 뒤 우리는 다음 단계를 준비했다. 아이들에게는 이 사실을 어떻게 설명하지? 작은 아이는 문제없었다. 빈에서 휴가를 보냈기 때문에 아이는 이미 빈에 대해 알고 있다. 부모와 함께 느긋하게 먹었던 슈니첼*, 친구네 정원에서 보낸 안락했던 오후, 수영장과 동물원 나들이로 채워진 휴가였다. 우리는 빈에 가면 아이스크림도 맛나고, 날씨도 더 좋고, 게다가 곧 서점에서 살게 될 텐데 거기에서는 네가 좋아할 모든 그림책이 잔뜩 쌓여있을 거라고 아이에게 이야기해줬다. 아이가 아직 갖고 있지 않은 모든 코니 카세트**도 당연히 거기에 포함된다며.

하지만 열여섯 먹은 아들에게는 그런 장밋빛 미래에 대한 전망이 통할 리가 없었다. 뼛속까지 함부르크 사람인 큰아이에게는 지금 살고 있는 슈테른샨체 지역, 엘베 강변

---

* 돈가스의 원조에 해당하는 음식.
** 여류 작가 리아네 슈나이더가 딸 코니를 키우면서 얻은 영감을 바탕으로 쓴 동화로, 1992년에 첫 책이 나온 이래 코니의 성장 과정을 따라 계속 마흔 권 넘게 시리즈로 나와 베스트셀러가 되었고, 카세트로도 제작되었다.

그리고 축구클럽 장크트 파울리가 곧 인생이었다. 그 아이에게 빈은 그저 여덟 살 때 기억이 전부다. 한 마디로 아이에게 빈이란 그저 쿨하지 않은 곳일 뿐이다. 몇 년 전, 아이는 기꺼이 나와 함께 빈을 떠나 함부르크로 이사하기로 결정했었다. 그런데 이제 와서 되돌아가자고 아이를 압박해야 한단 말인가? 아들은 처음에는 양보하는 듯하더니 나중에는 입을 꾹 다문 채 절망하는 눈치였다. 얼마 전에 빠진 사랑은 또 어찌해야 할 것인가! 그러니 그 아이에게 멀리 이사 간다는 것은 절대 불가능한 일이다. 열여섯이라는 나이가 어떤지 나는 너무나 잘 알고 있었다. 열여섯, 세상에서 가장 중요한 건 친구다. 부모란 그저 필요악일 뿐이며, 잠을 잘 곳, 돈과 먹을 것을 제공하는 사람일 뿐이다. 그러니 이사는 안 된다. 아이는 이 문제로 나를 끔찍하게 괴롭혔다. 남편은 어차피 반년이라는 사직 통보기간*이 있으니 그때까지는 해결책을 찾을 수 있겠지.

---

* 일반적으로 계약 관계를 해지할 때에는 석 달 내지 여섯 달 전에 통보해야 한다.

그렇게 해서 우리는 서점을 하나 갖게 되었다. 그런데 책은 언제 가장 많이 팔릴까? 그렇다. 바로 성탄절이다. 그리고 지금은 겨우 10월 초다. 그러니 11월까지 서점 문을 열지 않는다면 웃음거리가 될 게 뻔하다. 그 전에 몇몇 사소한 일을 해결하지 않으면 안 된다. 예를 들면 빈에 돈을 갖다 주고—물론 그 돈은 빌려야 한다—서점과 거기에 딸린 주거 공간 임대차 계약 맺기, 파산한 서점 자산을 인수할 돈을 까탈스럽게 캐 묻지도 않고 우리에게 빌려줄 은행 물색하기, 그리고 딸이 다닐 유치원 자리 확보하기, 아들이 다닐 학교 알아보기, 영업허가증 취득하기, 책과 사무용품, 장식 및 포장재로 가득 찬 낡은 서점 정리하기, 벽에 페인트칠하기, 진열창 틀 새로 칠하기, 전등 새로 달기, 서점 로고 구상하기, 플라스틱 바닥재 걷어내기 따위다. 앞서 말했다시피 지금은 겨우 10월 둘째 주이니 개업일은 11월 4일이면 되겠지? 아, 그렇지, 이사. 빈으로 이사 가는 건 일단 나중에 하기로 하자. 아무려면 어때. 아직 우리가 살 집도 없는데.

이런 상황에 우리 부부가 10월에 열리는 프랑크푸르트 도서 전시회에 참석해야 한다는 사실이 얼마나 다행인지 모르겠다. 남편은 아직 일하는 회사의 전시 책임자로서 부스 설치에 스트레스를 받고 있으니 우리의 미래 사업을 챙기는 것은 내 몫이다. 내가 해야 할 일은 인터뷰 몇 건 정도이니 할 만할 것이다. 나는 그 기회를 이용해 사이사이에 서점을 인수했을 때 꼭 필요한 모든 사람들과 만나기로 했다. 오스트리아와 독일의 도서 도매업체 대표들, 협회 대표, 서적상 조합 이사장, 주요 출판사 영업부서장, 동료 서적상 등이 그런 이들이었다. 그런데 나와 대화를 나누는 사람들 대다수가 동정어린 미소를 보낸다는 느낌이 드는 것은 도대체 왜일까?

"그런 일을 계획하시다니, 정말 용기가 대단하시군요. 하지만 잘 될 수도 있을 겁니다."

고맙습니다. 잘 되어야 한다. 우리에겐 다른 선택지가 없다.

어쨌든 그러는 사이 남편과 나는 좋은 생각들을 떠올릴 수 있었다. 우리는 도서 전시회장에서 잠깐 만날 때마다 아이디어를 서로 주고받았다. 계약서에 서명할 때 변호사가 같이 가야하는 건 아닐까? 우리가 아는 사람 중에 은행을 추천해줄 사람이 없을까? 등등. 그러다 문득, 휴대전화 요금 청구서가 서점 하루 예상매출액보다 더 클지도 모르겠다는 생각에 겁이 덜컥 났다. 이래서는 안 되겠다 싶어 머리를 굴리던 중, 내게 마법의 카드가 있었다는 생각이 퍼뜩 들었다. 그것은 바로 '기자증'이었다. 나는 기자증을 목에 걸고 도서 전시회의 프레스센터에 들어갔다. 모든 기자들이 모여 앉아 심각한 얼굴로 전시회에 대한 기사를 작성하고 있는 그곳에서 그들과 달리 나는 유유히 공짜 전화기 앞에 앉아 어떤 변호사의 전화번호를 검색했다. 몇 년 전 업무 관련 송사에 휘말렸을 때 나를 변호한 분이었다. 그 사람 말고는 아는 변호사가 없었다. 나는 여러 친구 중에서 유일하게 경제 분야에서 일하며, 은행과 조금은 관련된 일을 하는 친구에게도 전화를 걸었다. 그녀는 전공이 경제학이었다. 그녀가 우리에게 신용대출을 해줄 은행 직원 하나쯤은 알고 있어야 할 텐데. "어떤 사람의 친구의 친구의 친구를 내가 알고 있거든."이라는 방식이 오스트리아에서는 여전히 통용되고 있었다. 그냥 아무 은행에 전화를 걸어본다는 생각은 나라면 절대 하지 못할 것이다.

그러는 사이—매년 그랬던 것처럼—노벨 문학상 수상자가 공표되었다. 놀랍게도 올해 수상자는 하필이면 엘프

26

리데 옐리네크*였다. 은행-변호사-상공회의소로 이어졌던 전화 통화가 갑자기 중단되었다. 방송국에서 나를 담당하는 부서장이 전화를 건 것이다.

"그 기사 쓸 사람 당신밖에 없어. 당신이 유일한 오스트리아 사람이잖아."

내게 마치 옐리네크에 대한 라디오 방송 원고 한 편을 즉각 만들어내는 능력을 부여해주기라도 할 듯한 말투였다! 재빨리 육성 몇 마디를 주워 담고는, 아직 별로 인기가 없는 이 오스트리아 여류 작가에 대해 뭔가를 말해줄 사람을 찾았다. 그 작가의 책 몇 권은 언젠가 읽은 적이 있었다.

도서 전시회는 무사히 끝났다. 남편은 스탠드 해체를 감독하고 나는 짐을 쌌다. 자정 직전, 우리는 빈으로 가는 고속도로를 달리기 시작했다. 트렁크에는 막 노벨상을 받은 여류 작가의 책 전부와 "노벨 문학상"이라고 적힌 실물 크기의 컬러 플래카드가 들어 있었다. 옐리네크의 책들이 남편의 출판사에서 간행된다는 게 얼마나 유용한지 모르겠다. 우리는 옐리네크를 쇼윈도에 전시하는 최초의 서점이

• 2004년에 노벨문학상을 수상한 오스트리아 여류 작가.

될 거다.

오전까지 우리는 빈에 도착해야만 했다. 은행 한 곳과 상담이 예약되었기 때문이다. 프랑크푸르트에 머무는 동안 우리는 아주 인상적인 사업계획서를 그 은행에 팩스로 보냈었던 것이다. 그 정도면 충분해 보였다.

아침 6시, 우리는 친구네 집 대문을 두드렸다. 남편은 한 시간 가량 눈을 붙였다. 우리는 샤워를 한 뒤 양복과 원피스로 갈아입었다. 그리고 정각 8시 반, 우리는 피곤한 눈을 하고는 무채색 표지의 서류철을 든 채, 심각한 얼굴을 한 은행직원 두 사람 앞에 앉아 있었다. 그 사람들은 마치 주택금융 관련 광고사진에 있다가 우리의 미래를 결정하기 위해 막 튀어나온 사람들 같았다. 탁자 위에는 우리의 미래 기업에 대한 사업계획서가 인쇄된 채 놓여 있었다. 서점 사업이 비록 수십 년은 아니라고 해도 수년째 죽은 분야라는 것을 아직 은행직원들이 모르고 있기를 우리는 속으로 간절히 기도하고 있었다. 그들은 엑셀로 만든 도표와 케이크 모양의 도표를 열심히 이리저리 뒤적거렸다. 남편은 해당 지역의 인구 동향, 소득 상황 추정치, 경쟁업체, 향후 10년 동안의 예상 매출 등등 무엇 하나도 빠트리지 않고 준비했다. 나는 여과지로 거른 미지근한 커피를 석 잔째 마셨다. 머릿속에서는 창업 대출, 순이익, 한계이익 따위의 말들이 웽웽거렸다. 갑자기 휴대전화가 울리자 그때서야 정신이 번쩍

들었다. 우리 변호사였다. 나는 엄청나게 중요한 일임을 암시하는 몸짓을 하며 상담 자리에서 일어섰다. 하지만 내가 방을 채 벗어나지도 않았을 때 전화기에서 호통 소리가 터져 나왔다.

"이런 빌어먹을! 주거 공간 임대차 계약에는 절대 서명하면 안 됩니다. 이 친구들, 우리를 아주 멍청이로 아나 본데 말이야."

문을 막 닫으려 하는데 은행 여직원의 눈꼬리가 막 위로 치켜 올라가는 게 보였다.

"변호사님, 목소리 좀 낮춰주세요! 지금 은행에 와 있거든요. 제가 다시 걸면 안 될까요?"

"안 돼요. 오늘은 하루 종일 법정에 가 있거든요. 제가 다시 전화 걸지요! 하지만 주거 공간에 대한 임대차 계약에는 절대 서명하지 말아야 합니다! 우리가 바보는 아니니까요!"

"하지만 그래도 낙찰금액 납부 일정에는 같이 가기로 한 건 기억하시죠?"

"맞아요, 그래요. 좋아요, 그 자리에는 같이 가겠습니다."

45분 뒤 우리는 은행 앞 작은 광장에 서 있었다. 주머니에는 은행대출금 7만 유로가 들어 있었다. 불쌍한 우리 독일인 남편은 엄청난 기쁨과 전적인 경멸 사이에서 넋이 나가 있었다.

"오스트리아는 참 알 수 없는 나라야. 내 말은, 산책하듯

어슬렁거리며 은행으로 들어가서 알록달록한 종이 몇 장 책상 위에 펼쳐보인 다음, 출판에 대해 우리가 쌓은 몇 년치 경험을 읊어댔더니 저 사람들, 우리 앞에 그냥 돈을 턱 내놓는단 말이야. 그냥 그게 전부라니, 원."

"그 사람들이 우리가 대단한 사람들이라는 걸 안 거지. 우리가 좀 에너지가 넘치는 커플이잖아."

남편은 조심스레 내 눈 아랫부분으로 엄지손가락을 가져갔다.

"그래, 맞아. 에너지 넘치는 나의 님이여, 우리 일단 가서 잠이나 좀 잡시다."

친구네 집은 비어 있었다. 어른들은 일하러, 아이들은 유치원에 가 있었다. 우리는 정장을 벗어던지고 접이식 소파로 쓰러졌다. 남편은 한 손을 내 티셔츠 아래로 밀어 넣고는 건성으로 내 등을 쓰다듬었다.

"당신 말이야, 우리가 제대로 하고 있다고 생각해?"

나는 무슨 대답을 할까 곰곰이 생각하다가 "잘 모르겠어."라고 말하려는데, 그는 이미 잠들어버렸다.

그로부터 3시간 뒤, 우리는 오스트리아 체신은행의 우뚝 솟은 출납창구에 들어서는 중이었다. 남편은 오토 바그너*가

● 1841~1918, 오스트리아의 유명한 건축가

설계한 이 체신은행 건물에 매료되어서는 한껏 경외에 찬 표정으로 창구가 있는 홀 한복판에 서 있었다. 하지만 나의 경외감은 오히려 우리가 곧 인출하게 될 4만 유로라는 거금에 쏠려있었다. 학창시절에 만든 그 오래된 계좌로 선뜻 거금을 보내준 사람은 다름 아닌 나의 전남자친구였다. 돈은 이미 2시간 전부터 공식적으로 내 소유로 되어 있었다. 계좌를 만든 이래로 언제나 마이너스 상태였던 계좌에 처음으로 돈이 들어있는 것이다. 그 많은 돈을 진짜 보냈을까? 갑자기 그 돈이 왜 필요한 거냐고 묻지는 않을까? 갚을 수 있는 거냐고 묻지나 않을까?

"그건 돈도 아니라니까. 늘 그 정도 돈을 인출하는 사람도 있는데 뭘. 그런 사람들은 누가 자기 계좌에서 50만 유로를 이체해도 알지 못 해."

남편이 갑자기 뭐 대단한 거라도 아는 사람마냥 나섰다. 올리버가 그러는 모습은 단 한 번도 본 적이 없었다.

창구 여직원은 내 여권에 잠깐 눈길을 주더니 미동도 않은 채 한 묶음의 지폐를 세어 출납대에 놓았다. 작은 종이봉투 하나, 영수증 한 장. 나는 이 두 가지 묶음을 핸드백에 쑤셔 넣은 다음 핸드백 손잡이를 감싸 쥐었다. 손가락마디에 핏기가 사라져 허옇게 보일 정도로 말이다. 그냥 그렇게 아무 것도 아닌 양, 늘 그 정도 돈쯤은 들고 시내를 돌아다니기라도 하는 듯 말이다. 나는 사방을 계속 두리번

거리며 핸드백을 한 손에서 다른 손으로 옮겨들었다.

　다음으로 들른 곳은 상공회의소에 있는 청년 기업인 상담소였다. 서류더미 하나, 번쩍거리는 브로슈어에 정장을 잘 차려입은 잘 생긴 사람들, 그리고 별 대단한 내용도 없는 창업 관련 대화. 그러나 나는 상담하는 여자의 말을 귀담아 들을 틈이 없었다. 핸드백에 든 4만 유로라는 거금에 신경을 써야 했기 때문이다. 과거 오스트리아에서는 서점 사업이 국가의 보호를 받는 업종이었다. 그 분야에 관한 직업교육을 받은 서적상과 악보상만이 자기 서점을 낼 수 있었다. 하지만 1990년대 말 정부 개혁이 일어나면서부터 누구나 서점을 할 수 있게 되었다. 심지어 글을 읽을 줄 몰라도 서점을 할 수 있게 된 것이다! 나에게는 이 부분이 마음에 들었다. 영업허가증을 발부 받을 사람은 바로 나이기 때문이다. 직업교육을 거쳐 20년째 도서판매 영업자로 일하는 남편이 아니라 내 이름으로 발부받아야 한다. 남편은 독일 사람이고 내가 오스트리아 사람이니 말이다. 그러니 이제 나는 '청년 기업인'이 되어 영업허가증을 신청할 거다.

　우리는 약속 시간보다 엄청나게 일찍, 앞으로 우리의 터전이 될 새로운 동네에 도착했다. 거리는 10월의 빗속에서 적잖이 절망적이고 우울한 느낌을 내뿜고 있었다. 우리는 자동차 안에 앉아 '우리' 서점의 더러운 쇼윈도를 바라보고 있었다. 슬슬 짜증이 나기 시작했다. 15분이 지나자 이건 내 인생 최대의 실수라는 확신이 들었다. 누군가 우리 한테 이 거액의 돈을 받아갈 테지. 계약은 나중에 가짜임이 드러날 것이다. 아니다, 계약은 진짜일 거다. 하지만 아무도 책을 사러 오지 않으면 어쩌지? 이런 상황에서 늘 그러하듯, 남편은 시간이 흐르면 흐를수록 점점 더 말이 없어져갔다. 언제부터인가 나도 입을 다물고 있었다. 건물 주인이 아주머니 한 분, 남자 한 명과 함께 자동차에서 내려 건물 속으로 사라지는 모습이 보였다. 우리 변호사는 아직 올 생각을 안 한다.

"우리 변호사가 안 오면, 절대 저기 안 들어갈 거야."

"변호사는 꼭 올 거야. 다 잘 될 거야."

마침내 변호사가 왔다. 비록 약속 시간보다 10분 늦게 도착했지만, 땀에 절어 정신없는 변호사 양반을 보니 갑자기 믿을 수 없을 정도로 안심이 되었다. 변호사가 있으니 이제 모든 게 다 잘 될 것만 같았다. 변호사가 있으니 돈을 내지 않아도 서점을 인수하게 될 지도 모른다! 계약서에 아주 작은 글씨로 적힌, 우리에게 불리한 문구들은 변호사가 죄다 지워줄 거다! 우리가 고민할 문제는 오직 고객뿐일 거다. 제아무리 변호사라고 해도 고객까지 구해줄 수는 없겠지. 상상만으로도 든든하다. 어쨌든 우리는 믿음직한 변호사를 대동하고 건물 주인, 그의 변호사, 파산 관리인과 함께 퀴퀴한 냄새가 나는 좁은 뒷방으로 몰려 들어갔다. 계약서에 서명이 오갔다. 4만 유로로 서점 주인이 바뀌었다. 눈 깜짝할 사이에 일어난 일이었다. 우리 손에 남은 것은 영수증 한 장. 우리가 서점을 산 것이다.

모든 일이 끝나고 우리는 다시 한 번 서점 안을 둘러보았다. 나는 커다란 계산대 뒤에 서서 꿈에 부풀어 말했다.

"저기 낡은 것들을 싹 뜯어내면 얼마나 멋질까? 바닥도 새로 깔고 말이야. 칠도 새로 하고, 조명도 새로 달고. 쇼윈도는 더 개방적이면 좋겠어. 벽처럼 공간을 나누고 있는 서가는 뜯어내야겠어. 괜히 공간을 분할할 필요는 없잖아."

남편도 당장 공사를 시작하면 좋겠다 싶은 표정이었다. 갑자기 엄청난 피로가 밀려왔다. 함부르크에서 카페에 앉아 라테-마키아토를 홀짝이던 인생이 떠올랐다. 반나절 근무에 멋진 아파트, 마음대로 쓸 수 있던 시간들. 이제는 밤낮없이 일만 하겠지. 당장 살 집도 없고. 앞으로 10년은 빚을 갚아야 할 테고. 아니, 어쩌면 더 걸리려나? 그 이상은 내 상상력이 미치지 않으니 얼마나 다행한 일인지 모르겠다.

함부르크로 돌아가기 전에 아직 할 일이 남아 있었다. 유치원을 알아봐야 한다. 그것도 당장 다닐 수 있는 곳으로 말이다. 남은 시간은 두 시간. 우리는 순진무구한 얼굴로 시청 유치원 담당 부서를 찾았다.

"신청 기간은 2월에서 3월 사이예요. 죄송합니다만 지금은 자리가 없네요."

"하지만 우리는 곧 빈으로 이사를 와요. 이사한다는 것도 10월 초에야 갑자기 알게 되었고요."

"거참 안타깝네요. 하지만 어쩔 도리가 없습니다."

서점 뒤로 몇 블록 떨어진 곳에 가톨릭에서 운영하는 사립 유치원이 있었다. 자리를 신청하기까지 10분도 채 걸리지 않았다. 그곳은 우리 딸을 기꺼이 받아주었다. 덜컹덜컹 소리를 내며 아이들을 태우고 가는 요란한 나무 수레, 펑크 스타일의 대체복무자와 너저분한 봉제완구 상자가 있는 함부르크의 유치원에서 이제 위생적으로 아무 문제가 없는, 비교적 나이 든 아주머니들이 운영하는 유치원으로 바뀌는 것이다. 단, 이곳에서는 기도를 해야 하며, 물론 "아침에만"이라고 강조하긴 했지만, 점심시간에는 한 시간씩 낮잠을 자야 한단다.

얼마 전까지만 해도 우리는 어떻게 하면 딸을 잘 키울 것인가를 결정하느라 열띤 토론을 하곤 했다. 예를 들어 유치원에서 독일어를 제대로 쓰는지, 영어나 터키어를 쓰지는 않는지, 유치원이 몬테소리 방식으로 운영하는지, 전통적인 육아 방식을 따르는지, 채식 위주의 식단인지 아니면 고기가 포함된 유기농 식단인지, 부모가 어디까지 참여하는 게 좋을지 등을 고민했다. 이제는 상황이 변했다. 우리에게는 다른 선택지가 없다.

친구 집으로 이사를 했다. 샤프베르크[*] 산자락에 있는 작은 집이었다. 물론 정식으로 이사한 것은 아니었다. 왜냐하면 샤프베르크 산자락의 이 작은 집은 네 식구가 살기에는 딱 좋지만, 일곱 명이 살기에는 비좁기 때문이다. 아이들 방에 딸 침대가 들어가자 방은 침대 세 개로 가득 차게 되었다. 무남독녀나 다름없이 말괄량이로 자란 우리 딸은 졸지에 장난감을 모조리 빼앗기고, 그 대신 남매 둘을 얻게 되었다. 우리 짐은 7평방미터 크기의 작은 손님방으로 구겨져 들어갔다. 침대로 변신하는 기능이 있는 소파, 옷가지를 올려놓을 수 있는 이케아 선반이 있는 눅눅한 방이었다. 우리가 이 집에 들어올 수 있었던 이유는, 이 집 식구들이 모두 집에 있는 시간이 거의 없기 때문이었다. 친구네

● 빈의 서쪽 경계에 있는 해발 390미터의 산.

36

는 부부가 둘 다 의사였고, 근무 시간이 일정치 않은 데다가 우리도 하루 종일 서점에 있으니 마주칠 일이 없을 거라는 계산이었다. 게다가 빨래 건조기도 얼마 전에 새로 장만했다고 한다! 집에는 집안일을 도와주는 분들도 여럿 있어 도움이 되었다. 자매 사이인 슬로바키아 출신 아주머니 두 분이 청소와 육아를 하나씩 맡아 돌봐주고 있었다. 거기에 빨래를 맡고 계신 그 분들의 어머니까지 계셨다. 슬로바키아 출신 도우미들이 집을 장악하고 있었던 것이다! 우리는 그분들이 일하는 모습을 무기력하게 바라보는 수밖에 없었다. 그들은 의학 서적에 붙은 포스트잇 메모지를 모두 떼 내버린 뒤 책을 색상별로 분류해 서가에 꽂아 넣었다. 서가에 있던 CD들은 여러 가지 작은 장식품에게 자리를 내주어야 했다. 창문에 인공 눈가루 따위로 성탄 장식을 하는 바람에 우리는 2월까지도 그걸 긁어내야 했다. 그러나 중요한 것은 아이들이 신났다는 점이다.

남편이 함부르크에서 빈으로 다시 자동차를 몰고 내려왔다. 공구와 생활에 꼭 필요한 것들을 골라 자동차 천장까지 잔뜩 싣고서 말이다. 큰아들은 일단 함부르크의 제 친구네 집에 있기로 했다.

낡은 가게를 새롭게 만드는 데 우리가 쏟아 부을 수 있는 시간은 딱 2주뿐. 문을 열지 않는다는 것은 곧 수입이 하나도 없다는 것을 의미하며, 수입이 하나도 없다는 것은 빚이 산더미 같은 우리에게는 곧 재앙이었다. 데드라인은 11월 4일. 나는 아는 사람들을 샅샅이 뒤지기 시작했다. 설령 옛 서가를 계속 사용하고 나머지는 건축자재 시장과 이케아에서 저렴하게 구한다고 하더라도 서점을 개보수하는 데에는 당연히 돈이 필요했고, 우리 수중에는 그게 없었기 때문이었다. 이미 4만 유로를 서점 인수대금으로 지출한 데다, 집주인은 서점 2층을 주거 공간으로 개조하려면 집세를 선납해야 한다고 우기고 있었고, 서점도 책으로 가득 채워야만 했다. 몇 시간의 수소문 끝에 이 난관들에서 우리를 구원해줄 분들이 확보되었다. 카탸의 남자친구는 '컴퓨터로 무슨 일'을 한다는데 아무튼 우리에게 1만 유로를 빌려주기로 했다. 방사선과 의사 친구 부부는 잠잘 곳만이 아니라 무이자 대출까지 제공하기로 했다. 나머지는 오버오스트리아® 출신인 나의 옛 은사 부부가 떠맡게 되었다. 첫 성탄 대목이 지나고 나면 빌린 돈 전부를 갚을 돈이 우리 수중에 있을 것이다. 그런데 그렇지 않다면? 아, 그러면 문제다.

우리에게 돈을 빌려줄 수 없는 이들은 노동력을 제공하

● 오스트리아의 주. 서쪽으로는 독일, 북쪽으로는 체코와 붙어 있다.

기로 했다. 일은 무자비하게 할당되었다. 페터는 전기 공사를 할 줄 알고, 울라는 페인트칠을 할 줄 알았다. 기도는 못 하는 일이 없었다. 아무 것도 할 줄 모르지만 그래도 시간이 있는 이들에게는 서가를 분해해 청소한 다음 다시 조립하는 일을 시켰다. 꼬박 2주 동안 우리는 방사선과 의사, 기자, 서점 사장, 무용 교사, 그래픽 전문가, 교사, 심리상담사 등과 함께 엄청난 양의 책을 바구니에 담아 내갔다가 다시 들여오고, 벽을 칠하고, 카펫을 바닥에 깔았다. 나는 잠잘 때 빼고는 항상 아래위가 붙은 눈부신 오렌지색 작업복을 입고 일했다. 하지만 그것조차도 사실 바람직한 선택은 아니었다. 앞으로 우리 손님이 될 법한 이들과 처음 인사를 하면, 그들은 나를 시청 청소과 소속인 줄 알았다. 빈에서는 오렌지색 작업복을 입은 사람들은 모두 청소과 소속으로 통하기 때문이었다. 한번은 내가 쇼윈도로 들여다보이는 안쪽 벽을 페인트칠하고 있는데 지나가던 사람들이 서 있었다.

"이 서점 인수한 사람이 도대체 누구요?"

회색 외투를 입은, 나이 지긋해 보이는 신사 한 분이 물었다.

"저예요."

내가 대답했다.

"남편하고 저하고 했죠."

"아 그래요, 반가워요."

그 분은 그냥 이렇게만 말하더니 머리를 절레절레 흔들며 페인트가 묻은, 아래위가 붙은 내 작업복을 유심히 쳐다보았다. 아, 반가워요. 그건 그의 진정에서 나온 말일 테다.

남편은 2주 동안 많은 것을 배웠다. 말하자면 남의 도움을 받는 게 때로 좋기도 하다는 것을 배웠다. 남에게 뭘 부탁하느니 차라리 혀를 깨물고 말 사람, 차라리 집 한 채를 혼자 짓고 말 그런 사람인 남편이 아무런 대가도 바라지 않고 우리에게 도움을 제공해주는 사람들과 친숙해져갔다. 그 친구들은 그저 우리 곁에서 서점에 다시 생명을 불어넣는 일에 도움을 주려고 애썼다.

기도가 마지막 조각 카펫을 바닥에 풀로 붙이고 카탸가 자기계발서를 분류해 서가에 꽂은 것은 11월 4일 새벽 3시. 기적 같은 일이었다. 가게는 이제 서점 같아 보였다. 새로 단 전구가 내뿜는 따뜻한 빛이 새로 닦은 목재 서가로 내려앉고, 서점 공간은 서가 두 개를 제거한 덕에 더 훤하고 커 보이며 잿빛 카펫은 우아했다. 그리고 가장 중요한 것은, 우리가 책을 갖고 있다는 것이었다. 새 책. 가을철 출간 프로그램에 따라 간행된 것들이다. 밤이면 우리는 친구네 집으로 배송된 책 꾸러미들을 미리 살펴보았다. 두 방사선과 의사의 도움에 힘입어 우리는 도서를 주문했고 오스트리아의 모든 도서 공급업체는 우리에게 책을 보내주었다. 3만

유로어치였다. 영업허가증도 없고, 은행 보증도 없었다. 오로지 나를 알고 있다는 이유만으로 그냥 그렇게 해 준 것이다. 이게 오스트리아다. 그리고 다시 정확하기 짝이 없는 내 독일인 남편은 이 나라에 대한 경탄과 멸시 사이에서 오락가락하며 정신을 못 차렸다.

마침내 그 날, 위대한 날이 밝았다. 11월 4일 아침 9시. 우리는 서점 문을 열고 기대에 가득 차서는 서점 계산대 뒤에 서 있었다. 방사선과 의사 친구는 계산대에서 어떻게 하면 되는지 잠깐 안내를 받았다. 기자 친구는 지난 여러 날 동안 서점 치우는 일을 도와준 덕에 어디에 뭐가 있는지를, 적어도 대략적으로는 알고 있었다. 출판사 대표 친구는 어쨌든 자기 출판사에서 나온 책에 대해서는 훤하다.

첫 무대등장을 앞 둔 배우의 심정이 필경 이러할 것이다. 나는 내 서점 안, 나의 책들 앞에 서 있으면서, 이 모든 것이 마치 아주 일상의 일인 듯 보이려고 애를 썼다.

그리고 그들이 몰려 들어왔다. 새로운 손님들이다. 마치 문 닫은 적이 전혀 없던 서점처럼, 우리가 늘 거기에 있었던 것처럼 서점 문이 열리고 사람들이 들어왔다. 그들은 우리가 여기에 얼마나 신경을 곤두세운 채 서 있는지를 전혀 모를 것이다. 우리는 주문을 접수하고, 간밤에 다른 곳으로 치워버린 책을 찾아 헤매며, 이름과 전화번호를 받아 적었다. 언제부턴가 북적거리는 사람들 중에 금발의 젊은 여성이 내 앞에 서 있었다. 며칠 전에도 이미 한 번 만난 적이 있던 아가씨였다. 서점 개보수 공사가 한창일 때 일자리가 있는지 물어보았던 것이다. 그녀는 문 옆에 서서 사장님이 어디 있는지를 물었었다. 그때 그녀에게 뭐라고 말한 뒤그냥 돌려보내고는 완전히 잊어버리고 있었다. 전화번호조차도 적어놓지 않고서 말이다.

"실례합니다만, 지난주에 여기 와서 일자리가 있는지 여쭤보았던 사람인데요. 저 이 동네 살아요. 저기 모퉁이 돌아서요. 책 읽는 것을 좋아해서 늘 서점에서 일을 해보……."

"언제부터 일할 수 있어요?"

"월요일?"

"좋아요. 월요일 아침 아홉 시에 나와요."

직원을 신중하게 뽑는 일보다 더 중요한 것은 없다.

그래, 그 영화였지. 영화 배우 하비 케이틀이 아침마다 담배 가게 문을 열고는 길에서 자기네 거리 사진을 찍는 영화[*].

서점 인수 결정을 축하하며 한껏 마신 함부르크의 기나긴 늦여름 밤, 당시 우리는 그런 상상을 했다. 날마다 해가림 막을 치고 서점 문을 여는 거다. 그리고 서점 거리를 한 번은 위쪽을 향해, 또 한 번은 아래쪽을 향해 사진을 찍는다. 그러다 개업 10주년을 맞아 작은 전시회를 여는 거다. "시간의 흐름 속에서 본 우리 거리." 뭐 그런 제목으로 말이다.

이런 멋진 상상은 일단 남편 올리버가 반년이라는 사직 통보기간 동안 함부르크에서 일을 처리해야 한다는 사실로 인해 깨지고 말았다. 집도 없이 홀로 아이 키우는 사업가 엄마가 된 나를 남겨두고 남편은 서점을 개업한 다음

---

[*] 웨인 왕 감독의 1995년 작품 〈스모크〉를 가리킨다.

일요일, 자동차에 올라 떠나버렸다. 절대 홀로 아이 키우는 엄마는 되지 않으려 한 나를, 사업가도 절대 되지 않으려 한 나를 남겨둔 채 말이다. 얼마나 일에 치이고 있는지 깊이 생각할 시간이 없다는 게 얼마나 다행이었는지 모른다. 또 우리 집이 없었다는 게 얼마나 다행이었던가? 왜냐하면 방사선과 의사 부부와 그들 아이들과 함께한 주거 공동체는 우리 딸을 돌보는 문제와 새로 시작한 일을 한꺼번에 해결해주는 유일한 방법이었기 때문이다.

저녁 6시가 조금 지나 집에 도착하면 아이들은 이미 유치원에서 돌아와 있었고 의사 부부 둘 중 하나가 뭔가 먹을 것을 차려놓은 뒤였다. 우리는 두 시간 동안 가족이 되었다. 먹고, 씻고, 이를 닦고, 책을 읽어주고, 번갈아가며 아이들을 쓰다듬어주었다. 나는 시계를 8시 반에 맞추어 놓았다. 아이들이 잠들면 다시 책방으로 가서 인근에 사는 착한 직원과 함께 고객 주문을 처리하고 재고를 확보해 다음 날 영업에 대비했다.

운명 같은 뭔가가 있다면 정말 우리가 잘 되기를 바라는 것 같았다. 기적처럼 우리에게 그 복덩어리가 그냥 굴러들어왔다. '우리 서점에서 잠깐 아르바이트 하려던 여대생'에파는 일을 시작한지 2주째 되는 날, 학업 따위는 잠시 벽에 걸린 못에 걸어두고 제대로 된 삶에 뛰어들기로 결심했다. 우리 서점에서 도제교육을 이수하기로 한 것이다. 게다가 서점 분야 도제교육을 이수한 한 이웃 아주머니는 아이가 셋이라 일을 잠깐 그만두고 있었는데 이제 기꺼이 자신의 지식을 전수해주기로 했다. 이 모든 것이 나에게는 절박하게 필요한 것이었다.

개업 후 첫 몇 주는 흐릿한 안개 속에 있는 듯 기진맥진한 가운데 정신없이 지나갔다. 일도 일이지만, 정신적으로 힘든 나날이었다. 특히나 아이를 돌보는 일에 대해 마음 한 켠이 불편했다. 우리는 유치원이 문을 닫을 때까지 최대한 아이를 맡겨야만 했다. 시간이 되면 부모들이 번갈아가며 아이를 데리러 오거나, 슬로바키아 출신의 보모 탓카가 가서 데려온 다음 우리 중 하나가 집에 올 때까지 아이를 돌봐주었다. 그런데 어느 금요일, 어찌된 일인지 우리는 유치원이 오후 2시에 끝난다는 사실을 모두가 다 까맣게 잊고 있었다. 그리고 서점에 누군가 불쑥 나타났다. 유치원 보조 직원이었다. 그녀는 경멸이 가득한 목소리로, 지금 아이가 원장님 방에서 한 시간째 부모를 기다리고 있다고 알려주었다. 마침 서점에는 나와 단 한 명의 손님뿐이었고, 하필 그 여자 손님이 주문한 책은 도무지 눈에 띄지 않는 상황이었다. 당황한 나는 소리 없이 울기 시작했고, 손님은 그 장면을 목격하고 말았다.

"아가씨, 너무 열 낼 것 없어. 뭐. 별일도 아니구먼. 주인

양반, 어서 가서 아이 데려와요. 그때까지 가게는 내가 봐
줄게요. 손님들 오면 이야기도 잘 해줄 테니 걱정 말고."

나는 엉엉 울면서 유치원으로 달려갔다. 딸이 원장실에
앉아 있었다. 다행히 딸은 취학 전 아동용 학습지를 펼쳐
들고 있었다. 유치원 보모는 그걸 하기에 아이가 너무 어리
다고 했는데. 어쨌든 우리 딸이 아직 시계를 볼 줄 모르니
참 다행이었다.

슬슬 낯익은 얼굴들이 생기기 시작했다. 서점에 두 번 이
상 들러 뭔가를 사가거나 주문한 책을 가지러 오는 손님들
이었다. 기진맥진한 상태였지만, 나는 점점 안정을 찾아가
고 있었다. 이제는 일의 절반 정도는 장악했다는 느낌이 들
었다. 나는 사람들 이름을 기억해두었다가 불러주곤 했는
데 그럴 때면 이곳 사람들은 깜짝 놀라했다. 나는 서점에
서 일하는 두 직원들에게 북독일에 있는 상점들이 얼마나
친절한지 설명해주었다. 수없이 사람들 입에 오르내리는
빈의 무뚝뚝함과는 정반대라는 것도. 그러면서 우리는 빈
에서 가장 친절한 가게가 되어야 한다고 강조했다.

처음 개업했을 무렵에는 주문이 너무 많아서 무척 힘들
었다. 우리는 하루에 기껏 몇 권 정도 주문이 있겠거니 생
각했다. 주문 하나하나를 다 기억하고 주문한 고객이 다시
서점을 들르면 당장 알아볼 정도로 말이다. 그래서 우리는

제대로 된 주문 시스템도 갖추지 않고 있었다. 자동화된 자료 전송 같은 것은 전혀 없었다. 여전히 우리는 주문 하나하나를 먹지가 붙은 주문서에 손으로 써서 한 장은 손님에게 드리고 한 장은 우리가 보관하는 방식을 쓰고 있었다. (몇 년 지난 뒤에도 서랍 깊은 곳에서 여전히 그 작은 녹색 주문서가 발견되곤 했다.) 그런 다음 우리 중 하나가 하루에 두 번 전화통을 붙잡고는 오스트리아의 대형 공급업체에 주문 내용을 전달했다. 그러면 다음 날 기적처럼 책이 왔다.

우리는 인근 동네에서 서점을 운영하는 부부와도 친해졌다. 그 부부는 오스트리아가 아닌 독일 도서유통망을 통해 이루어지는 모든 주문을 처리하는 데 도움을 주었다. 오스트리아 유통망을 통해서 공급받을 수 없는 책이 있을 때 그들의 고객번호를 통해 주문할 수 있게 해줬다. 그 부부의 열여섯 살짜리 아들은 매주 두 번, 전차로 알저 거리까지 비닐봉지 두 개를 가지고 와서는 우리 주문서를 가지고 가곤 했다. 하지만 얼마 안 가서 그것으로는 충분하지 않게 되었다. 우리가 직접 자동차를 몰고 가서 책이 담긴 상자를 가지고 와야 했다. 동료 서점주인은 책 상자를 건네주며 씩 웃었다.

"이야, 사업 잘 되는군요."

주문을 잘못하는 빈도는 이제 더 이상 처음처럼 높지 않았다. 그럼에도 불구하고 우리는 책 하나하나가 주문도서 서가에, 제대로 된 손님 이름 아래 꽂혀있는 것을 보면 뿌듯했다. 우리는 손님이 오면 이름을 물어보고—약간 머뭇거리며—몸을 돌려 조심스레 주문도서 서가에 붙은 알파벳 순서를 따라가며 살펴보는 버릇이 있었다. 그러고는 책을 뽑아 쥐고 기쁨에 들뜬 목소리로 말하곤 했다.

"아, 아, 여기 있네요!"

그러다가 우리는 새로운 전략을 의논하기 시작했다.

"이제 책을 찾아줄 때 침착하게 행동하자고. 알았지? 너무 호들갑떨지 말고 그냥 쿨하게 몸을 돌려서 주문도서 서가에서 책을 꺼내고 금전등록기에 가격을 치는 거야. 그래야 더 전문적이라는 인상을 줄 거야."

에파가 포커페이스를 하고 이 새로운 역할을 맡기로 했다.

남편은 초과근무한 시간과 남은 휴가를 이용해 가능한 한 자주 빈으로 왔다. 상황은 녹록치 않았다. 남편이 오면 기쁘고 묘한 안도감이 느껴졌다. 하지만 그가 전문가적인 조언으로 우리의 업무 흐름을 뒤죽박죽 만들어놓을 때면 마음이 복잡해졌다. 그건 마치 남편을 멀리 시추선이나 원양어선에 태워 바다로 일하러 보낸 아내들이 혼자 오랜 시간을 보내다가, 돌아온 남편에게 갑자기 이건 왜 하느냐 뭘 하느냐 하는 잔소리를 들을 때 느낄 감정 같은 것이었다. 지금까지 우리 부부가 공동으로 했던 일이란 집 청소, 육아, 요리, 집수리 정도였다. 그런 일들은 어떤 경쟁 관계에도 있지 않았다. 그러나 이제는 서점 일을 전혀 모르지만 매우 창의적인 여직원 하나와 아는 것이 많고 매우 전문성이 강한 여직원 두 사람과 함께 나는 비록 "장사 놀이 한다"는 느낌을 강하게 풍기기는 하지만 그래도 어쨌든 돌아가기는 하는 일상을 구축해놓았던 것이다. 그런데 다년간 출판 영업을 한 사람이 와서는 우아하면서도 단호하게 어떻게 하면 제대로 일을 하는 것인지 설명해 댄 것이다. 하지만 그가 독일 사람이라고 일이 더 쉬워지지는 않았다.

첫 성탄 대목이 서서히 다가오고 있었다. 11월 중순 무렵, 에파는 매출에 도움이 되는 강림절 달력을 주문하자고 아이디어를 냈다. 우리는 당장 물품을 주문하기로 했다. 크리스마스 장식도 시작했다. 에파는 갖고 있던 말구유를 빌려주었다. 크리스마스 전날에는 꼭 되돌려주어야 한다는 약속과 함께.

나는 서점에 너무 오랜 시간 있다 보니 바깥세상이 어떤 상황인지 모를 지경이었다. 아주 가끔은, 손님이 그리 많지 않은 오전 시간에 나는 서점에서 빠져나와 맞은편 거리에 있는 큰 위생용품 매장으로 가서 진열대 사이를 돌아다니며 별 쓸모없는 것들을 샀다. 샤워용 물비누, 치약, 마스카라 따위였다. 그러면 느긋한 휴가라도 즐기는 듯한 기분이 들었다. 아닌 게 아니라 쇼핑은 사람을 행복하게 만드는 재주가 있었다. 어느 일요일 저녁, 다시 서점으로 나가려는 나를 함께 사는 친구가 말렸다. 우리는 소파에 앉아 와인 한 병을 땄다. 문득 돌아보니 이게 행복이구나 싶었다. 눈물이 날 것 같았다.

크리스마스를 2주 앞두고 남편은 남은 휴가를 탈탈 모아 빈으로 왔다. 정말 때맞춰 왔다. 나는 정말이지 쓰러지기 일보직전이었다. 그동안 우리는 홍수 같은 주문에 치여 거의 뒤로 넘어갈 상황이었다. 날마다 우리들 중 한 사람은 한 시간 동안 전화기를 붙잡고 앉아 책 번호를 불러댔다. 그러다 문득 몇 년 전에 만난 어떤 사람이 생각났다. 서점용 전산 주문 시스템을 판매하는 사람이었다. 나는 그에게 당장 전화를 걸었다. 그는 물건 판매부터 설치, 아주 간단한 설명까지 하루만에 해치우는 열성을 보였다. 그가 왔다가니 갑자기 우리는 엄청난 전문가가 된 것 같았다.

서점 매출은 꾸준히 올랐다. 사람들은 책을 사고 주문했고, 우리는 조언해주고, 책을 추천하고, 찾아주고, 책값을 계산했다. 선물 포장을 했고, 물건을 인수하며, 영수증도 썼다. 유쾌하고 재미있었다. 적어도 저녁 6시까지는 그랬다. 그러다 시간이 되면 지친 몸을 끌고 숙소로 갔다. 누군가가 뭔가 먹을 것을 차려놓았기를 기대하면서. 딸아이가 유치원에서 낮잠을 전혀 자지 않아 일찍 잠자리에 들기를 기도하면서. 그리고 와인의 도움을 받아 깊은 잠에 곯아떨어지곤 했다. 꿈에서 나는 책을 찾고, 손님의 이름을 기억하려고 애를 쓰며, 거스름돈을 세는데 계속 틀렸다.

크리스마스 이브는 내 생일이기도 하다. 그러나 내 생일을 떠올리는 사람은 아무도 없다. 나조차도. 점심시간 무렵 잠시 한가해지자 남편이 물었다.

"그날 생일파티는 어떻게 하고 싶어?"

"아무 말도 하지 않고 그냥."

나는 사람들과 교류하는 걸 무척 좋아하는 유형의 사람이었다. 특히 파티라면 정말 사족을 못 쓸 정도로 좋아한다. 하지만 그날 저녁까지도 누군가와 대화를 나눠야 한다는 생각을 하니 상상만으로도 이마에서 식은땀이 날 지경이었다. 다행히 우리 서점에는 DVD도 있고, 이웃에는 그런 대로 괜찮은 중국음식점도 있다. 영화 〈오라, 달콤한 죽음이여*Komm, süßer Tod*〉와 따뜻한 양모 담요, 쿠션 그리고 여러 가지 아시아 음식이면 충분하다. 아마도 내 인생에 가장 아름다운 생일파티일 거다.

크리스마스 이틀 전, 잠시 시간을 내서 공항에 갔다. 큰아이가 빈에 도착했기 때문이다. 아이는 조수석에 앉아 나와 몇 마디 말을 주고받았다. 문득 아이에게 북독일 느낌이 물씬 난다는 생각이 들었다. 내가 아직도 기억하는 그 북독일의 느낌. 그사이 아이는 머리통 반만큼이나 더 자랐

51

으며, 아프리카 사람처럼 여러 가닥으로 굵게 땋은 헤어스타일을 하고 있었다. 낯선 젊은이가 옆 자리에 앉아 있는 느낌이었다. 나는 조심스레 학교 이야기로 대화를 돌렸다. 10월에 널 함부르크에 홀로 남겨놓았던 이유는 거기서 10학년을 마쳤으면 했기 때문이었다, 그다음 빈으로 데려와 남은 두 해를 쇼펜하우어 김나지움에 다니게 할 생각이었다. 이런 말을 아이에게 했다.

"어, 알았어."

아이는 늘 말이 없었다.

나는 아이를 아이의 할머니 댁으로 데리고 갔다. 방사선과 의사 부부의 작은 집에는 아들이 잘 만한 곳이 없기 때문이었다. 사실 이 할머니는 예전 내 남자친구의 의붓어머니이다. 아들이 아기였을 때 그 분은 아이를 마치 친손자처럼 돌봐주셨다. 그때부터 그분에게는 우리 아이가 유일한 손자였다. 유치원에서 아이를 데려오고, 숙제를 돌봐주었으며, 장난감이 있는 아이 방도 마련해주고, 주택저축까지 들어주셨다. 내가 당시 아이를 함부르크로 데리고 가버린 것을 그 분은 결코 용서치 않으셨다. 그런데 이제 당신의 '손자'와 함께 한 주를 보낼 수 있으니 얼마나 기쁘셨을까!

크리스마스 이브. 우리는 오후 2시에 서점 문을 닫았다. 빌린 성탄 구유를 해체해 되돌려주고는 피곤해하면서도 행복한 마음으로 샤프베르크의 작은 집으로 돌아왔다 크리스마스 트리 장식이 거의 끝나 있었다. 방사선과 의사 친구가 아이들을 모두 데리고 영화관에 가서 〈페테르손과 핀두스*Petterson und Findus*〉[*]를 보여주는 동안 우리는 낮잠을 잤다. 저녁에는 큰아들이 왔다. 나무 아래에 함께 앉아 있으니 정말 행복한 대가족 같았다. 크리스마스 선물로는 책, 오디오북, 그리고 장난감 몇 개를 준비했다. 오로지 서점의 주문시스템으로 주문할 수 있는 것들이었다. 선물 사러 갈 시간 있는 사람이 어디에 있단 말인가? 남편과 나는 서로 아무 것도 선물하지 않았다. 이틀간의 자유 시간,[**] 그게 우리가 상상할 수 있는 가장 멋진 선물이었다.

---

* 스웨덴 작가 스벤 노르드크비스트의 연작 동화로, 페테르손 할아버지와 그의 고양이 핀두스가 주인공이다.

** 독일에서는 성탄 전야인 24일에는 대개 오전 영업을 하고, 25, 26일 이틀은 공식 성탄 공휴일이다. 오스트리아에서 26일은 스테파누스의 날로, 공휴일이다.

나는 이제 명실공히 공인(公人)이 되었다. 물론 면담 시간이나 집무 시간은 따로 없으며 미리 면담 신청을 할 필요도 없는 공인이다. 아침 9시부터 저녁 6시까지 서점에 있으며 누구나 와서 내게 말을 할 수 있다. 심지어 점심시간도 상관없다. 다른 곳에 가 있더라도 서점 직원들은 내게 전화를 걸어 누군가가 찾는다고 전했다. 서점은 과거에 내가 알고 지내던 사람들을 만나 기쁨의 인사를 나누는 곳이기도 했다. 자기가 누구인지 내가 금방 알아채지 못하면 그들은 당황해했다. 학창 시절의 친구, 대학 때 다른 과 친구들, 헤어졌던 옛 연인, 이제는 사춘기가 지나버린 아들의 유치원 시절에 친하게 지낸 이들 등이 그들이다.

　어느 날은 서점에 들어온 한 남자가 나를 보더니 인사를 했다.

　"반갑다! 나 기억나? 우리 만난 적 있지?"

　"네?"

"기억이 잘 나지 않는데. 어디서였더라? 대학? 아, 생각
났다! 대학 파업 때였지, 1987년."

순간 깜짝 놀랐다. 당시는 파트너를 막 바꿔대던 길지 않
은 기간이었다. 거칠 것 없던 밤, 애인을 막 갈아치우던 시
절, 보수적인 부모님과 연결된 나의 탯줄을 끊기 위해 필요
할 것 같았던 인생 단계였다. 나는 마주 서 있는 신사를 어
렴풋이 기억해냈다. 그는 법학을 전공했는데, 당시 올바른
정치적 방향, 즉 내가 서 있는 쪽에 함께한 소수의 법학도
중 하나였다. 우리는 그저 두어 번 서로 이야기를 나누었
고 여러 위원회에 동석했던 것 같다. 그런 그가 이제 성탄
선물을 사며, 집 근처에 서점이 하나 있다는 것을 기뻐하고
있다. 그는 우리를 12월 31일 열리는 송년파티에 초대했
다. 파티에 말이다! 더구나 파티 다음 날은 서점 문을 열지
않아도 된다. 그러니 마음껏 술도 한잔 할 수 있겠지! 일도
하지 않는다! 그 순간 내 환상을 깨고 남편 올리버가 비집
고 들어왔다.

"연말이니 재고 조사를 해야지. 하지만 일이 일찍 끝나면
갈 수 있어."

재고 조사라……. 이 말은, 우리가 두 달 전에 서가에
꽂아둔 책 전부를 꺼내 등록하고 다시 꽂아 넣는 일을 말
하는 건가? 좋다. 그중에서 일부는 팔려나가고 없으니 말
이다. 물론 일부가 새로 그 자리를 차지하고 있지만. 그때

까지만 해도 나는 사태 파악을 하지 못했었다. 재고 조사가 그렇게 힘든 줄 알았다면 그렇게 순진하게 좋아했을 리가 없다. 아직 내가 제대로 된 서점 주인이 아니라는 뜻이기도 했다.

12월 마지막 날, 우리는 기적처럼 밤 11시에 일을 끝냈다. 서둘러 옷을 갈아입고 빈에서 맞이하는 첫 번째 파티에 갔다. 우리가 아는 사람이라고는 파티를 주최한 사람 빼고는 하나도 없었다. 하지만 그게 무슨 대수인가? 우리는 그저 행복했다. 뷔페 음식은 열심히 퍼먹어도 좋을 만큼 넉넉히 남아 있었다. 우리는 포도주 잔을 꼭 쥐고는 피곤해하며 소파에 서로 뒤엉켜 앉았다.

내가 온종일 서점에 서 있는 동안 머리 위에서는 새 보금자리가 살 만한 곳으로 모습을 바꿔가고 있었다. 공사가 진행되는 상황은 서점 뒷방과 위층을 이어주는 회전계단을 통해 실시간으로 볼 수 있었다. 바닥 깎아내는 기계와 벽 뚫는 드릴이 내는 요란한 소리가 되풀이되자 손님들도 이제는 그걸 즐기는 경지에 이르게 되었다. 가끔 우리는 책방 문을 닫고 회전계단 위로 올라갔다. 거기에 서서 나는 지금 머물고 있는 샤프베르크 산자락에 있는 작은 집의 습기 찬 손님방이 150평방미터나 되는 큰 집으로 변신하는 모습을 천천히 상상하곤 했다. 그러는 사이, 부엌에는 타일이 붙여졌고, 욕실도 마감이 끝났다. 피브이시 바닥을 벗겨내니 기적처럼 아름다운 나무 마룻바닥이 모습을 드러냈다. 더 많은 공간이 생긴다는 사실에 나는 벌써부터 마음이 들떴다. 한편으로 나는 조각보처럼 짜 맞춰진 우리 가족이 다시 부모와 자식이 함께 사는 가정으로 바뀔 거라는 사실이 잘 믿기지 않았다. 지금 사는 의사 부부네에서 하는 살림은 머리 위에 지붕 하나를 이고 사는 것처럼 규모가 어마어마했다. 우리는 어느새 손발이 척척 맞는 대가족으로 살고 있었다. 함께 장을 보러 가서 물건을 왕창 사고, 아이 돌보는 시간을 서로 맞추고, 일도 완벽하게 나누고 있었다. 우리의 하나뿐인 아이는 놀라울 정도로 빨리 남매가 있는 아이로 변신해 있었다. 의사 부부 친구는 더 이상 야간 당직 근무를 서로 번갈아가면서 하도록 시간을 짤 필요가 없었다. 밤에는 내가 집에 있을 수 있으니 말이다. 그렇지 않아도 사실 예전부터 나는 아이를 많이 갖고 싶었다. 하지만 앞으로도 여러 해 동안은 하루 종일 일할 게 분명한 상황에서, 내 아이들로 대가족을 만든다는 건 꿈도 꿀 수 없었다. 게다가 자영업을 하는 사람에게 육아휴직이란 어차피 불가능한 일 아닌가. 그래서 이렇게 나는 조각보 방식으로라도 대가족이 생긴 것이 그저 기쁘다. 적어도 대개는 그렇다. 아이들이 더 생겼을 때 해야 할 수많은 일들을 생각하면, 지금 딸을 위해 아침을 차리는 일이나 시금치 접시를 벽에 내동댕이치는 것을 포함한 막내딸의 정기적인 발광은 오히려 가뿐하다. 다만 의사 부부가 느긋하게 야간 당직을 하는 동안만큼은 제발 장염 바이러스가 아이들 방을 들락거리지 않았으면 좋겠다. 새벽 4시면 남는 시트가 하나도 없고, 또 다음 날 나는 불편한 위장과 함께 서점 계산대 뒤에 서야 하니 말이다.

우리는 남편이 출판사에 마지막으로 출근하는 날을 손
꼽아 기다리고 있다. 3월부터 올리버는 출판사 영업직원이
아니라, 빈에서 서점 주인으로 살게 된다. 드디어 우리가
함께 일하게 되는 것이다. 그 말은 곧 올리버의 월급 대신
우리가 버는 돈으로 생계를 꾸리게 된다는 뜻이기도 했다.
그나마 친구네에서 사는 동안 돈을 아낄 수 있어서 다행이
었다. 친구네 집에서는 공짜로 살고 있으니, 서점 2층을 리
모델링하는 동안은 적어도 집세를 내지 않아도 되었다.

올해 겨울은 유난히 눈이 많이 왔다. 가끔 전차가 다니
지 않기도 했을 정도였다. 그럴 때면 우리는 요란스럽게 법
석을 떨며 아이들을 썰매로 유치원에 데려다주었다. 2월
초에는 의사 친구 부부가 일주일 동안 스키 휴가를 떠났
다. 그런데 마침 아이를 돌보는 보모 하나가 병이 났고, 다
른 보모는 무슨 이유인지 급히 슬로바키아로 가야만 했다.
나는 패닉에 빠졌다. 유치원은 매일 오후 4시면 문을 닫고,
금요일에는—우리도 이제는 이런 것을 잘 알게 되었다—
오후 2시면 벌써 끝나는데 이를 어쩐다! 결국 나는 절망에
빠져 시어머니를 비행기 타고 오시게 했다. 지금까지 시어
머니가 할머니로서 했던 행동은 만족스럽지 않았지만 말
이다. 하지만 결국 할 일이라는 게 뻔하기 때문이었다. 날
마다 손녀를 유치원에서 데려오고, 2시간 정도 돌봐주는

것, 그리고 저녁에 내가 집으로 오면 먹을 것을 내주는 정도다. 그것으로도 충분하다. 다행히 시어머니는 허락하셨다. 가끔 시어머니는 저녁에 시장 보러 나갔다가 길을 잘못 들어 한참을 헤매다 3시간 뒤에 택시를 타고 집으로 돌아오셨다. 어쩔 때는 장을 보시지 않아 저녁 식사로 전날 먹던 파스타를 내놓기도 하셨다. 내가

"하루 종일 일하느라 배가 고파 죽겠어요. 뭔가 제대로 된 음식은 없어요?"

라고 투덜거리면 어머니는 알 수 없는 침묵으로 일관하셨다. 아이는 내가 좀체 하지 못하게 하던 텔레비전 시청을 할머니 덕분에 맘껏 즐기게 되었다. 그렇게 한 주가 지나갔다. 시어머니는 서점에 나오시면 아주 즐거워하며 도서 소개 자료를 알파벳 순서로 분류해 정리하고, 돈을 은행에 입금해 주고, 새로 도착한 샘플도서에 푹 빠지곤 했다. 모두가 자기의 몫만큼 하며 살고 있었다.

마침내 기다리고 기다리던 대망의 날이 왔다. 남편이 모든 물건을 자동차에 싣고 1,100킬로미터를 달려 빈으로 왔다. 이번에는 머물러 살기 위해서였다. 마침내 우리가 다시 함께 살게 된 것이다. 전에 없던 끈끈함으로 말이다. 남편이 온 뒤로 우리는 낮이면 40평방미터 크기의 서점을, 밤이면 작은 방에 있는 폭 1.3미터짜리 소파 겸용 침대를 공

유하게 되었다. 이따금 우리 둘을 사이에 두고 아이 하나가 끼어들기도, 두 아이가 끼어들기도 했다. 하지만 우리가 꿈꾸던 삶이기도 했다. 우리는 해낼 것이다. 그리고 성공할 것이다! 정말로.

우리 머리 위에서는 주거 공간 개보수 작업이 아주 천천히 진행되고 있었다. 의사 부부는 사려 깊은 사람들이라 우리가 살 곳이 어떻게 되어가고 있는지에 대해 묻지 않았다. 친구 부부가 자기 집에 지내라는 제안을 했을 때만해도 우리는 그 기간이 몇 주 정도일 거라고 생각했다. 하지만 그사이 우리는 딸의 네 번째 생일도 치렀고, 이제는 부활절 달걀 숨기기에 정원이 있는 이 집이 훨씬 더 실용적이라는 생각을 하기에 이르렀다. 이 집을 나가 새로운 집에서 아이를 혼자 키운다는 건 이제 상상하기도 싫을 정도였다. 하지만 의사 친구의 집주인이 보낸 편지 한 통이 우리 마음을 무겁게 했다.

제가 다방면으로 관찰한 결과 마침내 최근 귀하의 지인의 방문이 지속적 체류가 되었다는 인상을 받았습니다. 한 가구가 아니라 두 가구가 이 집에 거주하는 것은 임대차 계약의 심대한 위반으로, 온갖 문제를 야기할 수 있을 것입니다.

그런 이유로 저는 해당 가구가 그 집에 더 이상 거주하지 않는지의 여부와, 필요하다면 언제부터 그렇게 할지에 대해 향후 2~3주 이내에 확

답해주시기를 요청합니다.

잘 지내시기 바라며, 이만. 주인백.

그사이 서점 일은 거의 일상이 되었다. 나는 거스름돈을 잘못 세는 일 없이 잘 해냈고, 올리버는 "봉투 필요하세요?"라는 말을 거의 오스트리아 악센트 수준으로 말하게 되었다. 우리는 언제나 유쾌하고 생기 넘치게 손님을 대하려고 노력했다. 너무 피곤해서 다크서클이 진해지면 화장으로 가렸다. 이제는 이게 내 인생이고, 앞으로 30년 동안 계속될 일상일 거라는 생각이 문득 들면서 올바른 결정을 했나 하는 의심이 들기 시작하면, 나는 재빨리 머리를 가로젓곤 했다. 우리는 항상 잠들기 전이면 이제 더 이상 돌아갈 수 없다는 것을 의식했다.

동네 사람들, 적어도 책을 사는 사람들—다른 사람들은 내가 어차피 알지 못한다—은 우리를 두 팔 들고 환영해줬다. 많은 사람들은 이 동네에 다시 서점이 열렸다는 사실, 그리고 자기네가 이미 50년도 더 된 옛날부터 책을 사러 우리 서점에 왔다는 사실이 얼마나 기쁜지 모른다고 우리에게 누누이 말하곤 했다. 그들은 사고 싶은 책이 우리 서점에 없으면, 주문을 했다. 다른 서점에 갈 생각을 하는 사람은 극소수였다.

"싫소. 시내까지 왜 차를 타고 나간단 말이오? 내일 다시와서 책을 가져가면 되는 걸!"

뭔가 신비한 힘 같은 것이 있는 게 분명했다. 이른바 사람들이 '시내'라는 곳은 여기서 정확히 7분 거리에 있다. 전차로 다섯 정거장 떨어져 있는 그곳이 우리 동네 사람들에게는 다른 세상인 듯했다. 우리로서는 괜찮은 일이었다. 나도 몇 달 뒤, 서점 맞은편에 있는 공구상에 부품 재고가 없을 때 이렇게 말하는 내 자신을 발견했다.

"뭐, 시내까지 차타고 나갈 이유는 없지요."

남편은 함부르크에서 자신이 하던 일을 제대로 인수인계했음은 물론, 아들이 지낼 곳을 제 친구들이 사는 곳에 잡아주었을 뿐 아니라 우리의 모든 살림살이를 이삿짐용 상자에 옮겨 담았다. 짐 가운데에는 우리가 그동안 살아오면서 모은 수천 권의 책도 있었다. 함부르크에서 빈까지 이사하는 것은 돈이 많이 드는 일이지만, 그래도 이사 일정을 몇 주 전에 미리 잡아놓으면 돈을 다소 절약할 수 있었다. 하지만 그렇게 하면 날짜를 더 이상 변경할 수 없다는 점이 단점이었다. 새로 들어가 살 집의 수리가 아직 끝나지 않아도 마찬가지였다. 결국 우리는 130평방미터나 되는 마룻바닥을 깨끗이 갈아내지 못한 채 이삿짐을 받게 되었다. 350개의 이삿짐 상자는 2주 동안 계단에, 나머지 짐들은 앞으로 식당으로 쓸 곳에 쌓아둘 수밖에 없었다. 우리는 완벽한 집을 상상했었다. 책장이 들어서 있고, 옷장과 서랍장도 다 갖춰진 집 말이다. 우리는 힘 센 인부들이 꼬리표가 붙은 상자를 번쩍 들어 제각각 들어가야 할 방으로 옮기는 모습을 상상했었다. 우리는 다만 상자를 열어 옷가지를 서랍에 넣고, 책을 책장에 꽂기만 하면 된다고 생각했었다. 이 방에는 1900년 이전의 문헌들로, 저 방은 독어 문헌들로, 또 다른 방은 세계문학과 비소설로, 그리고 몇몇 귀퉁이 서가는 프랑스 작가와 기타 도서로, 그리고 화려한 장정의 마네세 출판사● 문학전집은 식당에 놓인 서가에 정리할 예정이었다. 하지만 모든 것이 어긋났다. 지금은, 그러니까 우리가 가진 것 전부가 계단에 쌓여있고, 우리는 계속 의사 친구네에서 살고 있다. 언젠가는 우리 마룻바닥 공사도 끝나겠지.

● Manesse Verlag. 1944년 취리히에서 설립되었다가 현재는 뮌헨에 있는 독일 출판사. 랜덤하우스 소속으로, 문학 고전을 주로 간행한다.

새로운 삶의 터전에서 우리는 한 걸음 한 걸음 앞으로 나아가고 있었다. 새로운 친구도 생겼다. 어느 날 오후, 사십대 중반으로 보이는 한 여자가 활짝 웃으며 손을 내밀었다.

"안녕하세요. 저는 맞은편에 살아요. 우리 딸도 동갑이죠. 그러니 인사를 안 할 수가 없었어요."

우리 나이쯤 되면 천천히 다가가 탐색하느라 많은 시간을 보낼 필요가 없다. 마음에 드는 재미난 사람을 만나면, 그냥 받아들인다. 그걸로 그만이다. 그렇게 만난 친구와 연극표 정기권을 공동으로 구입하기도 하고, 서로 아이를 돌봐주기도 하며 지냈다. 딸들은 같은 초등학교를 두 해 동안 같이 다녔고, 맞은편에 있는 넓은 정원에서 음료를 마시며 몇 시간을 보내기도 했다.

로베르트도 누군가가 우리에게 소개해 준 사람이었다. 서점 개업을 코앞에 두었을 때였다. 우리는 서점 이름을 큰 플래카드에 써서 입구 위에 걸려고 하던 참이었다. 그때 누군가가 녹색당 지방의원 한 사람에 대해 이야기해주며, 그가 우리 인근에 살고 있는데 기다란 사다리를 갖고 있다는 것이었다. 그가 로베르트였다. 우리는 로베르트를 수소문 끝에 찾아냈고 결국 사다리를 빌렸다. 그는 서점까지 따라와서 플래카드 거는 일을 도와주었다.

로베르트는 건축가였다. 처음 만났을 당시만 해도, 그가 앞으로 우리 삶에서 몇 번이고 결정적으로 중요한 도움을 주리라는 것을 전혀 예측하지 못했다. 어쨌든 그때 그는 올리버가 서가를 1미터 단위로 짜는 것을 도와주었다. 그러면 나는 로베르트의 여자 친구와 함께 거기에 칠을 했다. 남편은 이제 다른 사람의 도움을 아주 자연스럽게 받아들이게 되었다. 사람들의 도움 없이는 우리의 새로운 삶이 절대 돌아가지 않는다는 것을 마침내 그는 알아챈 것이다.

드디어 2층 공사가 끝났다. 살 집이 완성되었다. 친구 집에서 나와 우리 집으로 들어가게 되었다. 7평방미터짜리 방에서 150평방미터 크기의 집으로, 이케아 가구에서 붙박이장이 딸린 곳으로, 대가족에서 엄마-아빠-아이가 있는 단출한 가정으로 바뀌었다. 옷장과 찬장을 채우면서 나는 비로소 행복하다고 느꼈다. 아이도 혼자 쓰는 침대가 생겼다. 위층에는 매트리스가, 아래는 놀이 공간이 있는 2층 침대였다. 이제는 다른 아이들 사이에 끼여 소파를 늘여 침대로 만들어 잘 필요가 없다. 그런데 참 이상한 일이었다. 아이는 잠자리에 들 때면 허전해했다. 밤마다 다른 아이들과 나누던 이야기들, 함께 인형을 쓰다듬던 일을 그리워했다. 이삿짐 상자에서 꺼낸 자기 장난감으로는 아무것도 해볼 수 없었던 것이다. 이제 혼자인 것이다. 결국 공갈젖꼭지를 다시 꺼내야만 했다. 충분히 이해가 되었다. 나 역시 이상하게도 남편과 아이와 함께 있는데 그렇게 외로

웠으니까. 시간이 지나면 좀 익숙해질 것이다. 그리고 한 주에 이틀을 정했다. 아이들이 한 번은 우리 집에서, 또 한 번은 샤프베르크 산자락에 있는 친구네 집에서 자기로 했다. 그리고 여름휴가 한 주를 함께 보내기로 하고 장소를 예약해 두었다.

그리고 우리는? 우리는 갑자기 일터에서 일에 파묻혀 살게 되었다. 서점 뒷방을 우리 주거 공간과 연결해주는 회전계단은 우리 삶의 중심축이 되었다. 처음에 우리는 그 계단에서 굴러 떨어져 목이라도 부러지는 게 아닌가 걱정했다. 하지만 우리는 곧 그 철제 구조물을 다람쥐처럼 재빨리 오르락내리락하게 되었다. 아침이면 커피 잔을 손에 든 채로, 낮에는 커피를 새로 끓이거나, 세탁기를 돌리거나, 아니면 점심 식사를 하러 그 계단을 하루에도 몇 번이고 오르락내리락했다. 남편이 딸을 유치원에 데려다주거나 딸이 친구네 집에서 잘 때면 나는 한밤이 되도록 바깥 날씨가 어떤지도 모를 때가 많았다. 출근하려고 저고리를 입을 필요도, 차를 탈 필요도 없었다. 또 어떨 때에는 신발 신는 것조차 잊어버렸다. 오븐에서 닭고기가 익어가고 있으면 맛난 냄새가 서점으로까지 퍼지곤 했다. 그러면 손님들은 유난히 행복해 하고 여유로운 태도를 보였다. 방사선과 의사 친구네 아이들이 매주 한 번 우리 집에서 잘 때면 아이들 나름의 의례가 있는데, 그때 이 회전계단이 중요한 역할을 했다. 저녁을 먹고 이를 닦고 잠옷으로 갈아입은 뒤 나는 세 아이와 함께 두꺼운 양말을 신고 그 계단을 지나 서점으로 내려갔다. 서점에는 작은 야간용 조명만이 희미한 빛을 내고 있었다. 아이들은 손을 더듬으며 아동도서 코너로 갔다. 그곳에서 아이들은 각자 잠자리에서 읽을 책을 한 권씩 골랐다. 나는 아주 조용히 그 책을 아이들에게 읽어준 다음 아침이 되면 다시 서점에 반납하곤 했다. "한 권은 멋진 책, 또 한 권은 분홍빛 책, 그리고 또 한 권은 논픽션 책", 책 고르는 일은 종종 책 읽어주는 일 자체보다 더 오래 걸리기도 했다.

그러면서 아이들은 컸다. 스마트폰을 들고 귀에는 이어폰을 꽂고 다니는 사춘기 아이들이 되었다. 아이들은 해리 포터 시리즈, 에라곤 시리즈*, 그리고 퍼시 잭슨 시리즈** 전권을 섭렵했다. 이제 딸은 빅토르 위고를 읽으며, 《칙Tschick》***과 《악업Mieses Karma》****을 웃기는 소설이라고 조롱한다. 이제 회전계단에서 있었던 일들은 전설이 되었다. 하지만 잠옷 바람으로 서점에서 책을 고르던 일은 세 아이 모두에게

● 미국 작가 크리스토퍼 파올리니가 십대 때 쓴 판타지 소설.
●● 릭 라이어든이 쓴 소설 《퍼시 잭슨과 올림포스의 신들》의 주인공.
●●● 볼프강 헤른도르프가 쓴 청소년 소설.
●●●● 다비트 자피에르의 소설.

오늘날까지 멋진 추억으로 남아 있다. 그 아이들이 책벌레가 된 데에는 이렇게 보낸 밤들이 아마 결정적이었으리라.

일터와 집이 가깝다는 것은 단점이기도 했다. 일거리가 남아있다는 것을 알기 때문에 늘 일하거나, 일하지 않으면 양심에 가책을 느꼈다. 하지만 이런 삶을, 서점을 사기로 결정한 뒤로 우리는—제대로 알지도 못하면서—늘 일하며 살기로 마음먹었으니 일터와 집이 멀지 않아 훨씬 편한 점도 많았다. 우리는 함께 저녁 식사를 하고, 한바탕 의식을 치르며 아이를 재우고 나면, 베이비모니터를 켰다. 그러고는 둘이 함께 다시 저 아래 '갱도'로 내려갔다. 주당 60시간 넘게 머무는 그곳을 우리는 그렇게 불렀다.

그러던 어느 날, 우리는 앞으로 우리 삶을 편안하게 해 줄 착한 사람과 조우하게 된다. 그녀는 칠레 출신 여대생으로, 우리 집 위층, 화장실이 복도에 있는 코딱지만 한 방에서 살고 있었다. 세탁기도 없고 난방 사정도 좋지 않았다. 우리는 세탁기와 부엌을 같이 쓰자고 제안했다. 우리 세탁기는 네 사람이 쓰기에도 문제가 없으니까. 또 우리 부엌은 하루 종일 앉아 책을 보기에 부족함이 없을 정도로 따뜻하고 크니까 말이다. 로레나는 빵을 구울 줄 알았고 나는 음식을 만들 줄 알았다. 그녀는 텔레비전이 없었고 우리에게는 종종 아이 돌보는 사람이 필요했다. 서로에게 모두 윈-윈이었다.

'작고 멋진 서점'이라는 유유자적한 구상은 실패라는 사실을 우리는 서서히 깨닫기 시작했다. 물론 우리 서점은 작고 멋졌다. 하지만 유유자적이니 고요나 평화로움이니 하는 것과는 거리가 멀었다. 적어도 여기서 일하는 우리에게는 그랬다. 서점에는 손님이 없는 때가 단 일분도 없었다. 아침 9시에서 저녁 6시까지 사람들이 물결처럼 들어왔다. 손님들은 상상할 수 있는 모든 주제에 대해 책으로 나온 게 있냐고 묻곤 했다. 동물 키우기부터 수학책 해답집, 성경, 과일나무 가지치기 안내서, 멋진 판본의 제인 오스틴 소설, 뜨개질 모자에 대한 책, 다니엘 켈만*의 신작, 책을 읽지 않으시는 아버지께 드릴 선물 그리고 그리스 에게해 남쪽 키클라데스 제도 여행안내서("뭐라고요, 그게 어딘지 모르신다고요?")에 이르기까지 다양했다. 우리는 사람들이 필요로 할 만한 모든 것을 서점에 갖추어놓으려 했다. 우리는 최고이자 고객 지향의 서점이라고 생각했기 때문이었다. 하지만 사람들이 찾는 모든 책을 다 갖추기란 쉬운 일이 아니었다. 40평방미터란 절대 넓지 않았기 때문이

---

* 뮌헨 출신인 독일 작가로, 오스트리아와 독일을 무대로 활동한다.

었다. 서점은 작았고, 앞으로도 계속 그럴 것이었다. 정해진 작은 공간에서 우리는 큰 서점 역할을 해야 했다. 그래서 우리가 선택한 방법은, 모든 판매심리학자들이 세미나에서 부정적 사례로 제시할 모습, 즉 책을 위로 보내는 것이었다.

천장 바로 아래까지 이어진 옛 서가에는 빈틈없이 책이 꽉 들어차 있었다. 위쪽 서가는 긴 사다리를 이용해야만 손이 닿는데, 그 사다리는 상부가 레일에 고정되어 서점 가운데까지 밀어서 이동할 수 있었다. 서점 위층에 우리 말고 다른 사람이 살지 않으니 얼마나 다행인지 모르겠다. 누군가 이집트(Ägypten) 여행안내서(A로 시작하는 책이니 당연히 맨 위에 있다)나 토마스 베른하르트(포켓북이라 서가가 맨 위 칸에 있다)의 책을 찾아달라고 부탁하는 날이면, 2층 식당 바닥은 마치 지진이 일어난 것처럼 흔들댔다. 드물기는 했지만, 위층에서 그 소리는 멋진 소음처럼 들렸다. 책이 팔리는 소리니까 말이다. 팔리는 책은 모두 하나하나 좋은 책이다. 물론 그 모든 소음이 정반대로도 들릴 수 있다. 2층에서 아이 셋이 난리를 치며 뛰어다니거나 오래된 피아노를 마구 두드릴 때면, 손님들은 진절머리를 쳤다.

물건을 쌓는 기술도 늘어갔다. 이상한 자리들이 고유의 영역으로 개발되었다. 거기에 무슨 논리 따위는 필요없었다. 중요한 것은 우리가 어디에 뭐가 있는지 알면 되는 것이다. 예를 들어, "어린 왕자 코너"도 있고, "개-말-요가-골프 코너"도 있고 동화작가 토마스 브레치나 코너도 있었다. 그리고 갖고 있기는 해야 하지만 전시까지 하고 싶지는 않은 책들도 있다. 예컨대 출간이 예정된 '주부용 포르노 도서'나 독일 경제학자이자 정치인인 틸로 사라친이 쓴 《독일 파멸Deutschland schafft sich ab》 같은 책이 그랬다. 이런 책들은 한쪽 귀퉁이에 쌓여 있다가 손님들이 찾을 때만 나왔다. 가장 기괴한 곳은 에로물과 역사소설이 같이 꽂혀있는 서가였다. 나중에 우리는 거기에 빈 출신의 작가 글라타우어 코너도 추가했다.

우리 서점에는 빈 출신의 소설가 도더러 기념 코너도 당연히 있었다. 북독일 사람인 남편이 이미 하이미토 폰 도더러 학회에 가입해 있기 때문이었다. 우리는 큼직한 액자에다 도더러가 낭독회에서 손짓하는 모습을 찍은 흑백 사진을 전시하고, 그 위에는 그가 쓴 저서나 그에 대한 책을 학술서에서 고서에 이르기까지 빽빽이 꽂아 두었다. 물론 모든 손님이 그 위대한 작가를 단번에 알아보는 것은 아니었다. 빈 토박이들은 자기 생각을 대놓고 큰 소리로 말하곤 했다.

"저기 미친 듯이 손을 사방으로 내젓는 사람이 도대체 누구요?"

다행히 남편은 이런 말을 손님들이 대놓고 하는 것을 직접 본 적이 없다. 남편은 그렇지 않아도 충분히 심각한 사람이었다. 마치 모든 오스트리아 사람들이 생각하는 독일인처럼 말이다. 하지만 남편은 서점을 운영하면서 어느새 오스트리아 문학의 심연에 깊이 빠져들었다. 그는 해마다 출간되는 게오르크 마르쿠스의 책 제목이 무엇인지를 줄줄 꿰게 되었고, 디트마 그리저를 알아보고, 로베르 제들라체크라는 이름 스펠링도 틀리지 않고 쓰게 되었다. 그리고 소설가 뢰빙거 여사가 서점에 들어서면 그녀가 누군지 정확히 몰라도 어쨌든 아는 척하며 인사해야 한다는 정도는 알고 있었다. 단 한 번, 성급한 손님이 홀라베크*의 신간을 찾자 남편은 땀을 삐질삐질 흘린 적이 있긴 하다. 오스트리아 역사에 나오는 정치가인가? 배우인가? 내가 모르는 유명한 성악가인가?

"그래, 댁은 그 사람을 모르시오? 그 프랑스 사람을? 섬에 대해 뭔가를 썼던 작가잖소."

얼마나 좋은가. 우엘베크**를 어떻게 쓰는지 우리 모두가 다 외우게 되었으니 말이다. 남편의 역할에서 멋진 점은 손님이 그의 역할을 분명하게 규정해준다는 점이다. 주문한

📚

....

* Hollabek. 손님은 "우엘베크"라고 했는데 남편은 이 프랑스 식 이름을 알아듣지 못하고 독일/오스트리아식 이름인 "홀라베크"로 알아들었음을 의미한다.
** 영화감독. 여기서 "섬에 대해 뭔가"란 그가 쓴 《섬의 가능성 La possibilité d'une île》을 말한다.

책을 남편이 바로 찾지 못하면 손님들은 이렇게 말했다.

"아니, 독일 양반이 제 책을 주문하지 않았나요?"

그러고는 바로 이런 말이 따라온다.

"오늘은 여사장님 안 계세요?"

라며 다정한 목소리로 나를 찾는다. 언젠가 비교적 나이 든 신사분이 남편을 두고 "독일제국 말투를 쓰는 그 불친절한 직원"이라고 말한 적도 있다. 그런 말을 들으면 도저히 웃을 수가 없었다.

딸을 데리러 유치원에 갔을 때 가끔 마주치는 다른 아이의 아빠가 있었다. 그는 무척 다정한 사람이었다. 들어보니 전에 시내에 있는 한 대형 서점에서 일했고, 지금은 아이가 셋이며, 아내가 다시 일하러 나간다고 했다. 밤에는 빈 최고의 합창단 중 하나에서 노래를 부른다는 이야기도 했다. 하루는 막내딸을 유모차에 태워 밀고 가려는 그에게 내가 불쑥 물었다.

"다시 서점에서 일할 생각이 있나요?"

그러자 그는 나를 향해 씩 웃으며 이렇게 말했다.

"그럼요, 저한테 일자리를 주면요."

그렇게 해서 우리 서점에서 일하게 된 사람이 바로 페터다. 그는 몇 년째 우리 서점에서 일주일에 이틀 동안, 그것도 오전만 일을 하고 있다. 그는 정말이지 자유로운 영혼을 가진 서점 직원이다. 그는 행정적인 업무를 전혀 맡지 않고, 추가 주문을 넣지도 않으며, 나중에 사무실에 남아 처리해야 하는 성가신 잡일에 대해 어떤 책임도 지지 않는다. 그는 9주 동안 계속되는 여름방학이 되면, 자신이 맡은 모든 업무를 일주일에 다 해치운 다음, 나머지 8주를 쉰다. 토요일 근무도 하지 않는다. 심지어 서점에 있을 때도 대부분은 자기 아이들을 돌봐주는 시설의 담당자들과 통화하느라 시간을 보내곤 했다. 일하는 동안에도 소리 내어 노래를 불렀다. 하지만 사람들은 모두 그를 사랑했다. 정말 그랬다. 다른 여자 직원들도 마찬가지였다. 그는 언제나 기운이 넘쳤다. 가장 불친절한 손님에게도 환하게 미소 짓는 사람이었다. 터울이 많지 않은 아이 셋을 키우는 사람만이 가질 수 있는 그런 인내심이 그에게는 있었다. 다만 M부인이 오면 이야기가 달랐다. 우리는 페터와 M부인 둘 다 욕할 수밖에 없었다. 둘은 항상 서점을 가득 채우는 큰 목소리로 최근에 막을 올린 오페라에 대해 논쟁을 벌이기 때문이다. 지휘자는 난도질당하고, 무대 연출은 찢어발겨졌다. 그럴 때면 책 한 권 주문하려고 기다리거나, 주문한 책을 찾으러 온 사람들은 따분하게 마냥 기다려야만 했다. 둘에게는 예술이 먼저였다. 물론 사람 좋은 페터가 오페라에 푹 빠진 M부인의 말을 끊을 수 없다는 것도 이유 중 하나겠지만 말이다. 페터가 긴 휴가에 들어가면 M부인에게는 힘든 시간이 시작되었다. 그녀의 책 소비 또한 급격히 감소했다. 나이가 지긋한 M부인은 그런 방식으로 페터를 좋아했다.

페터는 모든 이들에게 귀를 기울여주었다. 페터가 나무에 대해서 잘 아는 것도 좋은 일이었다. G부인은 요즘 들어 새로운 살구나무를 한 그루 사려고 한다. 그녀는 원래 어떤 정원사도 신뢰하지 않았다. 처음에 그녀는 과일나무에 대한 책을 한 권 사려고 서점에 들렀다가 페터와 이야기하게 되었고, 그를 신뢰하게 되었다. 몇 차례 전문적인 대화를 나누다보니 나무에 대해 훨씬 풍성한 지식을 얻게 되었고, 그 결과 나무를 사겠다는 결심으로까지 이어진 것이다.

매출은 계속 올랐다. 일이 점점 많아지니 직원을 늘리는 것 말고는 달리 방도가 없었다. 그러던 어느 날, 젊은 여성 하나가 서점에 들어와서는 자기 동생을 위해 도제 자리를 하나 얻을 수 있는지 물었다. 세상에. 자기도 아니고 자기 동생이라니. 당사자가 직접 올 수 없나? 어쨌든 우리는 면접을 보기로 했다. 알고 보니 그 동생은 긴 머리카락을 대담무쌍하게 꾸미고 검정 계열의 옷을 여러 겹 껴입는 스타일의 아가씨였다. 그녀는 교육이라곤 받아본 적 없는 사람이었다. 어릴 때 폴란드에서 부모와 함께 이민을 왔는데 대학입학 자격시험을 치르기 직전에 학교를 그만두었으며, 다른 서점에서 도제 수업을 받은 적이 있지만, 수습기간이 끝나기도 전에 관두었다고 했다. 말이 없고 숫기가 없는 사람이었다. 그녀는 서점 직원 말고는 되고 싶은 게 없다고 말했다. 이유는 모르겠지만, 우리는 그녀가 하는 말을 믿기로 했다. 9월에 도제로 받아들인 다음, 성탄 대목을 지내고 나서, 그러니까 석 달의 수습기간이 채 끝나기 전에 내보내는 서점 주인들이 있다는 이야기를 들은 적이 있었다. 도제 수업생을 성탄 대목때 값싼 보조직원으로 써먹는 것이다. 아마 그녀도 그런 경우였을 것이다. 한 가지 마음에 들었던 점은, 그녀가 도제 자리를 잃고 나서 다시 직업학교를 다녔다는 사실이었다. 그래서 우리는 그녀에게 기회를 주기로 결정했다.

그랬던 그녀가 이제 우리 서점에서 일한지 8년째이다. 그녀는 이 기간 동안 정확히 세 번 아팠다. 그녀는 무척 분주할 때에도 파도에 흔들리지 않는 바위 같은 존재였다. 우리가 처음 만나 면접을 했던 당시, 그녀는 자신의 두 번째 정체성에 대해 우리에게 이야기하지 않았다. 아마 자기도 별로 자신이 없었던 것 같다. 그녀는 매주 2번 매우 서둘러 퇴근한다. 밴드 연습 때문이다. 그녀는 어떤 데스메탈 밴드에서 베이스를 맡고 있다. 나는 40년 넘도록 그런 음악이 있는 줄 모르고 살아왔다. 하루는 직원들이 모두 그녀의 공연에 간다길래 남편과 나도 함께 따라 가보기로 했다. 그날 나는 그녀의 다른 면을 보았다. 금요일, 빈의 7구 어디에서 공연한단다. 시작은 빨라야 밤 10시. 우리는 샛길에 차를 세웠다. 비가 마치 양동이로 쏟아 붓듯 내리는 날이었다. 레르헨펠더 거리를 뛰어올라가 알려준 주소로 찾아가니 작은 바가 하나 있었다. 탁자가 듬성듬성 놓여 있는데 아직 사람들은 많지 않았다. 지하로 내려가는 가파른 계단이 보였다. 검은 가죽 옷을 입은 건장한 체구의 남자 하나가 두껍게 방음 처리를 한 문 앞에 서서 한 사람당 입장료를 5유로씩 받았다. 그가 문을 열자 엄청난 음악소리가 터져 나왔다. 귀청이 나가떨어질 정도였다. 우리는 손짓으로 맥주를 주문하고는 반쯤 찬 공간을 둘러보았다. 무대 위에는 덩치 큰 남성 넷이 머리카락을 허리께까지 늘어뜨린 채 여러 가지 악기를 들고 서 있었다. 그들 중 가장 키가 큰 사람이 땋은 머리를 흔들어대며 마이크에 대고 리듬과 전혀 상관없이 괴성을 질러댔다. 둘러보니 우리 직원들이 거의 다 온 듯했다. 심지어 합창단원인 직원은 박자에 맞춰 머리를 아래위로 흔들어대기까지 하고 있었다. 우리는 손을 흔들며 서로 아는 채 했다. 서로 이야기를 나눈다는 것은 불가능한 일이었다. 그러다 그녀와 눈이 마주쳤다. 그녀는 우리 앞에 서서 우리를 빤히 쳐다보더니 갑자기 얼굴이 창백해졌다.

"어머나, 사장님!"

그녀는 우리의 목을 얼싸안았다. 그때 그녀의 밴드 "보이드 크리에이션"이 등장했다. 마이크를 잡고 있는 사람은 키가 못 되어도 2미터는 되어 보였다. 우리 직원은 무대 위의 유일한 여성이었다. 첫 음을 튕기려고 베이스를 뜯기 직전 그녀는 청중을 향해 미소를 짓고는 우리에게 손짓을 했다.

마치 학교에서 하는 공연 무대 같았다. 그녀는 성탄절 노래를 피리로 멋지게 연주하기 전에 잠깐 동안 엄마 아빠에게 손짓이라도 하는 아이 같았다.

그녀가 믿을 수 없을 정도로 정신없이 머리카락을 앞뒤로 흔들어대는 동안—사람들은 이걸 헤드뱅잉이라고 부른다고 들었다—문득 나는 낮 시간 동안 그녀의 삶에 대해 생각했다. 그 시간에 그녀는 우리 가게에 들르는 엄마들에게 천사와도 같은 인내심으로 두꺼운 그림책을 펼쳐 보이며 설명해주곤 했다. 반짝이는 장식이 붙은 일각수나 조랑말이 그려진, 아이들이 글을 배운 뒤 처음으로 읽게 되는 책들이었다.

45분쯤 지났을까. 정신없던 귀신놀음이 끝났다. 귀에서는 윙윙대는 소리가 가시지 않았다. 바에서 한밤중이 지나도록 모두 따뜻한 술을 마시며 앉아 있으니 기분이 무척 좋았다. 헤비메탈이 울리는 너저분한 술집에서 하는 직원들과의 회식이니 왜 그렇지 않겠는가?

나는 줄곧 노동조합원이었다. 심지어 대학생 때도 그랬다. 우리 집은 골수 보수집안이다. 아버지는 보수 정당이었던 인민당외에 다른 어떤 정당에도 표를 주지 않으셨다. 어머니는 가정주부였으며 아버지 말고는 그 어떤 것도 스스로 선택하지 않으셨다.

나는 언제나 녹색당에 투표했지만 한 번은 공산당을, 또 이따금은 전략적인 이유로 사회당을 찍기도 했다. 그리고 앞서 말했다시피 언제나 노조, 언제나 노동회의소*에 가입해 있었다. 그런데 서점을 운영하면서 상황은 완전히 바뀌었다. 나는 기업인이 되어 갑자기 다른 편에 서게 된 것이다. 도대체 어느 쪽에? 도제 교육을 마친 여직원을 한시적으로 고용하려 했을 때 나는 그 어느 것도 잘못하고 싶지

● 오스트리아의 모든 노동자 계층의 이익을 대변하는 법적 단체로, 모든 노동자들이 법적으로 가입해야 하는 반면 노조는 임의단체임.

않았다. 그래서 상공회의소에 전화를 걸었다. 거기서 한 친절한 남성이 한시적 고용이 무엇인지 모두 설명해주었으며 다른 훌륭한 조언도 해주었다.

"되도록이면 서른 살이 안 된 여성은 고용하지 마세요. 한시적으로라도 말입니다. 임신하면 골치 아프거든요."

나는 조언해줘서 고맙다는 말을 했지만, 마음속으로는 여자인 나를, 그것도 서른 전이나 후에나, 가임 연령에다 아이가 하나 있는데도 아이를 더 갖겠다는 뜻을 대놓고 드러냈던 나를 뽑아준 고용주가 내 인생에 언제나 있었다는 것이 매우 기뻤다.

돌이켜보면 나는 어린 시절, 가끔 학급 반장을 맡기도 했고, 대학 정책에서도 적어도 2선에서는 대단한 일을 하는 것처럼 떠벌리곤 했다. 어릴 때에는 배우가 되고 싶었던 적도 있었다. 심지어 서커스에 들어가고 싶어한 적도 있다. 그러다 대학에 가서는 유명한 역사가가 되고 싶어하기도 했다. 그러나 절대로 되려 하지 않았던 것이 사업가와 사장이었다. 서점을 인수하고 영업허가증을 수령하면서부터 나는 얼떨결에 사업가가 되었다. 얼마나 낯선 말이었던가. 내가 무슨 사업을 한다니. 좋다, 그건 아주 중립적인 말이다. 하지만 내가 정치적 활동을 하던 시기에는 '사업가'란 언제나 부가가치를 쓸어 담고, '모든 위험을 혼자 다 떠맡는다'는 이유로 자신에게 고용된 직원보다 돈을 10배는 더 가져가는 그런 사람이었다. 개인적으로 '사업가'는 아버지가 다니던 회사의 옛 사장을 떠올리게 하는 단어였다. 그를 직접 본 적은 없지만 내 상상 속에서 언제나 그는 디즈니 만화영화에 나오는 주인공 오리인 스크루지 맥덕과 같은 존재였다. 만화영화 시리즈 〈심슨 가족〉의 주인공인 호머 심슨을 괴롭히던 사악한 사장 미스터 번즈이기도 했다. 갑자기 화를 벌컥 내는 속 좁은 사람, 직원들을 정기적으로 아무런 이유 없이 막 야단치고, 상상이 안 될 정도로 부자인 사람, 그게 내가 생각했던 '사업가'였다.

이제 남편과 나는 그러니까 그 모든 위험을 떠맡고 있으며, 적어도 직원들이 일하는 시간의 두 배 정도 일을 하고 있다. 어쨌든 직업을 묻는 서류에 '사업가'라고 적어 넣을 수 있다. 지금까지 나는 한 번도 직원들을 야단쳐본 적이 없다. 이유가 있든 없든 관계없이 말이다. 그리고 우리는 상상이 안 될 정도의 부자도 아니다. 그럼에도 불구하고 우리는 양심의 가책을 느끼곤 했다. 왜냐하면 우리가 서점에서 빼가는 돈이 직원들에게 지급되는 것보다 더 많기 때문이다. 사실 사정을 들어보면 좀 복잡하다. 해당 사업연도를 정말 흑자로 잡아도 되는지, 아니면 우리가 생활비로 빼간 돈이 실제로도 그렇게 해도 될 만큼 번 것인지를 절대 미리 알지 못하기 때문이었다. 내가 피고용인이었을 때에는 월초가 되면 늘 이번 달에도 돈이 부족하리라는 것을 알 수 있었다. 월급은 정확히 정해진 실제 숫자이기 때문이다. 계산에 써 먹을 수 있는 그 무엇이었던 것이다. 하지만 이제 우리는 매일 저녁, 돈을 은행으로 나른다. 많은 지폐가 날마다 내 손을 거쳐 나간다. 우리는 먹고 사는 데에 대략 얼마나 필요한지를 계산해서 그 돈을 한 계좌에서 다른 계좌로 보내고 있다. 언뜻 들으면 아주 간단하다. 하지만 서점을 시작한 첫 해에는 그것이 거대한 미지수였다. 집세를 낼 정도는 될까? 월급 줄 돈은 마련할 수 있을까? 당장 수중에 없는 돈을 한 해 내내 지출할 수 있을까? 빚은 갚을 수 있을까? 한번은 남편에게 물어보았다. 그는 언제나 모든 것을 통계로 포장하고 엑셀 도표와 무슨 리비도적인 관계를 갖고 있는 대형 컴퓨터 같은 남자다.

"우리가 도대체 가난한 거야, 부자야? 말 좀 해 봐."

그는 나를 의심스럽다는 듯 쳐다보더니 천천히 말했다.

"나도 정확히는 몰라. 하지만 부자는 아니야."

직원들의 월급도 생각해야 했다. 직원들은 모두 서점 분야 직업교육을 받은 이들로, 판매직 임금협약에 따라 급여 등급이 정해져 있다. 다시 말해 서점 판매직원은 이론적으로 우리 맞은편의 빵집 판매직원보다 더 많이 벌 수 없다. 실제로도 그렇다. 빵집 판매직원에 비하면 아무 것도 아니지만 그 훌륭한 빵집 판매직원에게 기대할 수 있는 게 무엇인가? 통곡물 빵에 들어간 첨가물을 모두 읊어댈 수 있다는 것, 그 직원들은 곡물이 정확히 어디에서 난 것인지, 그것을 어떻게 빻는지, 그리고 빵 반죽을 어떻게 만드는지, 잼이 들어가지 않은 크루아상 하나가 몇 칼로리이며 잼이 추가되면 칼로리가 얼마나 늘어나는지를 안다는 것? 훌륭한 서점직원이라면 현재 서점에 재고로 있는 스무 권의 미국 여행안내서 중 어느 것에 올랜도 시에 대한 종합적인 정보가 들어 있는지, 게오르크 하임*이 문학사에서 어느 시대에 속하는지, 다니엘 켈만의 신작이 스벤 레게너가 쓴 《레만 씨 이야기》에 비해 어떤지, 글을 알게 된 초등학교 일학년이 어떤 책을 처음으로 읽으면 좋을지 등등을 알고 있어야 한다. 우리 직원들은 전공서적을 조사해주거나 특정 지역 색채가 잘 드러나 있는, 카리브 해의 외진 섬들에서 벌어지는 범죄추리소설을 몇 시간 동안 뒤지는 경우도 드물지 않다. 심지어 우리가 판매한 등산 안내서에서 산행 시간이 맞지 않을 경우 그 결과에 대한 책임까지 떠맡는 경우도 있다. 한번은 어떤 부인이 손자에게 주려고 휴가지에서 산 스페인어판 어린이 도서를 우리한테 번역해달라고 엉뚱한 부탁을 하기도 했다. 손자가 스페인어를 할 줄 모른다면서 말이다. 우리 직원이 "저도 못해요."라고 맞받아치

---

* 초기 표현주의를 대표하는 독일작가.

자 부인은 화를 내며 서점을 나갔다.

이 모든 일을 그들은 얼마 안 되는 시간당 임금을 받으며 한다. 많은 사람들이 가정부를 고용하는 데 드는 비용을 생각해보면 이들의 임금은 정말 낯 뜨거울 정도의 수준이다. 이론적으로는 우리가 그들에게 더 많은 임금을 지급할 수 있지만 사실상 그렇게 할 수 없다. 그래서 나는 날마다 양심의 가책을 느끼고 있다. 우리 직원들이 알고 있고, 할 수 있고, 행하는 일들이 그런 임금으로는 절대로 만족스런 보상이 되지 않기 때문이다. 문학 및 모든 전문 분야에 대한 지식, 영어 및 프랑스 어로 된 도서의 올바른 표기방식, 지리 및 정치 분야 지식, 나이 지긋한 외로운 이들을 위한 오락 프로그램, 온갖 인생문제―그것이 이혼이든, 주의력 결핍이나 과잉행동 장애 문제든, 아니면 똥오줌 못 가리는 개의 문제든 간에―에 대한 심리적 위무 등 무슨 주제든 거기에 해당하는 책이 있다. 그런 책을 우리가 구해 주는 것이다. 그리고 거기에 관련된 조언은 공짜다. 우리 서점이 성공한 진짜 이유는 바로 이것 때문이었다. 자그마한 서점 공간이 언제나 꽉 차 있고, 매출이 꾸준히 늘어나는 이유 말이다. 하지만 우리는 법으로 규정된 것보다 조금 높은 수준으로밖에는 급여를 줄 수 없다. 우리는 10년이 지난 지금도 여전히 똑같은 돈을 가지고 간다. 근무 시간으로 계산하면 임금협약에서 정한 수준과 거의 일치할 것이다. 다행인 것은 적어도 우리는 우리 임금으로 책을 살 필요는 없다. 배송용 차량을 자가용으로 쓰다보니 세금도 공제된다. 이것만 해도 벌써 살림살이 부담이 크게 줄어드는 셈이다.

이 모든 것은 아마 '열정'으로만 설명이 가능할 것이다. 사람들은 어쩌면 정신 나간 것 아니냐고 말할지도 모르겠다. 하루에 10시간 넘게 일하면서 모든 분야의 책을 200권 이상 손님에게 설명해주고, 식탁에 앉아 아주 흥분해서는 로볼트 출판사와 한저 출판사에서 보낸 검토용 책 꾸러미를 뜯으며, 폴 오스터나 T. C. 보일의 신간을 보며 침대 맡에 다른 책이 아무 것도 쌓여있지 않은 양 즐거워한다면, 어쨌든 정상은 절대 아니기 때문이다. 일종의 중독이다. 하지만 어쩌겠는가. 우리는 이미 푹 빠져있다.

아무래도 우리의 이런 성향은 아이에게도 영향을 미친 듯 했다. 아이도 대형 아동도서 출판사에서 검토용 도서를 보내오면 당장 달려간다. 다섯 살에 이미 책을 읽기 시작했던 딸은 더 이상 부모가 읽어주는 짧은 시간에 만족하지 않았다. 이제는 책을 읽은 뒤 토론을 한다. 아이가 자기도 언젠가는 서점 주인이 되겠다고 말하는 걸 보면 아이도 이미 뭔가 사명감 같은 것이 있는 모양이다. 어떤 책이 괜찮다 싶으면 딸은 그 책이 우리 서점에서 많이 팔렸는지 알고 싶어했다. 그 책이랑 조금이라도 관련있다 싶은 사람에게 다 물어보며 말이다. 하지만 그게 늘 그렇게 쉬운 일만은 아니었다. 딸이 남다른 취향을 갖고 있기 때문이었다. 어린 여자아이답지 않게 딸은 자기 또래 아이들을 대상으로 쓴 책은 절대 읽으려 들지 않았다. 일곱 살 때 딸은 나이에 어울리지 않게도 진중하며 지적인 소설을 좋아했다. 이혼이니, 조각보니 심각한 우정 이야기 따위를 다루는 소설 말이다.

"엄마, 그 책 벌써 팔렸어?"

저녁 식사 시간이면 날마다 했던 질문이었다.

"글쎄, 그게 쉽지 않구나. 엄마가 그 책 내용을 이야기하기 시작하면, 그러니까 여자애가 하나 있는데 엄마 아빠가 이혼하고 어쩌고 그러면 손님들이 대부분 그만 됐다며 책을 사려 하지 않는단 말이야."

"왜 안 사?"

"자기 아이들이 이혼이니 뭐 그런 내용이 있는 책을 읽는 것을 원하지 않기 때문이지."

"왜?"

"이혼이란 게 자기네 삶과는 아무런 상관이 없다, 아이들이 그런 책을 읽으려 하지 않는다, 뭐 그렇게들 말하지."

"하지만 어른들은 자기 인생과 아무런 상관없는 책도 읽잖아."

"그게 무슨 말이니?"

"아니, 그렇잖아. 어른들은 범죄추리소설을 사 보지만 그렇다고 그 다음 날 누구를 죽이려 하지는 않잖아?"

듣고 보니 아이의 말이 틀리지 않았다. 딸과 이야기를 나눈 덕분에 나는 사람들이 항상 자기 삶과 다소 관계있는 책만을 산다면 문학이란 얼마나 지루할까를 곰곰이 생각해보게 되었다. 예를 들면 이런 식이겠지. 나는 경리 담당 직원에 미혼으로, 날마다 아침 9시에서 저녁 5시까지 일하며 고양이도 한 마리 키우고 있다. 그런 내가 책을 읽으려 한다. 다른 세상으로 도망쳐버린 사람 이야기도, 드라마 같은 삶이나 모험 이야기를 원하기도 한다. 그런데 왜 아이들은 언제나 자기 삶의 상황에 부합하는 책을 읽어야 한다는 말인가?

그랬던 딸이 이제는 13살이다. 지금도 딸은 제 손에 닿는 책은 뭐든 다 읽는다. 판매에 대한 조언은? 이제는 이런 정도로 그친다.

"괜찮은 책인데 열네 살 이하가 볼 책은 절대 아니야. 꽤 끔찍한 내용이거든."

서점을 운영하며 우리는 때론 행복에 겨워 북받치는 감정을 느끼기도 했다. 그야말로 아무 것도 없는 상태에서 서점을 샀고, 무일푼의 대담한 결정은 우리의 삶을 완전히 뒤집어놓았다. 운이 좋게도 첫 해에 벌써 서점은 적어도 집세를 내고 먹을 것을 살 수 있는 정도로는 돌아갔다. 한 주 동안 휴가를 다녀오기도 했다. 남편과 나는 늘 탈진한 상태였지만, 그래도 우리는 서로가 어떤 느낌으로 살아가고 있는지 너무나 잘 알고 있었다. 어린 딸은 그럭저럭 잘 자라주었다. 적어도 유치원을 두 번째로 바꾼 뒤부터 말이다. 처음에 다녔던 가톨릭계 사립 유치원은 아름다운 정원이 있다는 점이 좋았지만, 우리에게는 좀 갑갑한 곳이었다. 두 줄로 서서 정원으로 행진하고, 그늘 온도가 25도가 넘는 경우에도 절대 신발을 벗으면 안 되는 규칙이 있다는 이야기를 아이에게 들을 때면 뭔가 마음이 불편했다. 함부르크 유치원에서는 20도만 넘어도 옷을 벗고 진흙탕 속에서 놀았고 오후에는 덜커덩거리는 나무 수레를 타고 공원으로 소풍을 갔다. 하지만 딸에게는 그 대안유치원에 대한 기억이 그저 희미하게만 남아있을 뿐이었다. 별로 그리워하는 것 같지도 않았다. 하지만 우리는 그 시절이 그리웠다. 그 시절을 매우 정확히 기억하고 있는 우리로서는 아이의 엄격한 일과를 바라보는 게 마음 아픈 일이었다. 그렇다고 동네에 있는 공립 유치원에 자리를 얻을 가능성은 없었다. 우리가 신청일정을 놓쳤기 때문이다. 차선책으로 고른 곳이 작은 사립 유치원이었다. 그곳은 방이 어둡고 놀이터도 손바닥만 했다. 하지만 영어 원어민 여자 선생님이 따로 있었고, 선생님과 다른 학부모들이 상냥했다. 아이는 환한 얼굴로 '머리 어깨 무릎 발'과 '거미가 줄을 타고 올라갑니다'를 영어로 부르며 선생님 품에 안겨 많은 시간을 보냈다. 가끔 채식 식단에 대해 불평을 했지만 말이다.

우리는 일을 많이 했다. 일이 없을 때가 거의 없었지만, 그럴 때면 어린 딸을 위해 조금이라도 정상적인 가정생활을 느낄 수 있게 하려고 애썼다. 그러나 여전히 '미안한 마음'은 우리가 입에 달고 사는 소리였다. 특히 12월에는 일이 너무 넘쳐서 제때 밥을 찾아먹는 일도 드물었다. 그나마 조금이라도 집을 정리하려고 애를 쓰는 유일한 사람이 청소 도우미였다.

그럼에도 불구하고 딸은 이 모든 상황이 별로 고통스럽

지 않다는 기색이었다. 성격이 활달했고 솔직했으며 스스로 일을 잘 처리했다. 잠도 잘 잤고, 커서는 학교에서 생활도 잘 하며 별 탈 없이 지냈다. 한번은 딸이 중국에서 아이를 입양해 키우는 가족에 대한 책을 읽으면서 이 문제에 대해 관심을 보인 적이 있었다.

"엄마, 아이를 입양한다는 게 뭐야?"

"음, 그건 말이지, 부모가 없는 아이를 자기 집에서 지내게 하는 거야. 자기 자식처럼 돌봐주는 거지."

"아무나 그렇게 할 수 있어?"

"물론이지. 하지만 먼저 아이가 그 집에서 사는 게 아이에게 좋을지 자세히 살펴본단다. 모든 걸 정확히 조사해야 하지."

"그럼 엄마나 아빠는 어때? 아이를 입양할 생각이 있어?"

"아마 안 할 것 같은데?"

"왜 안 해?"

"엄마랑 아빠는 일이 너무 많으니까. 사람들도 우리가 아이한테 시간을 충분히 쓰지 못한다고 생각할 거야."

"나한테 물어보면 좋을 텐데. 나는 괜찮거든."

그렇게 입양이라는 주제는 딸에게서 잊혀졌다. 다행히도 딸은 내 눈에 맺힌 눈물을 보지 못했다.

그사이 아이는 훌쩍 자라 자기 인생을 적어도 강림절 기간 동안에는 스스로 꾸려갈 정도가 되었다. 우리를 정말로 믿고 의지할 수 없음을 아는 것이다. 딸은 스스럼없이 의사 친구네 집에 가서 먹을 것을 달라고도 하고 우리 집에서 열 집 떨어진 곳에 사는 연극배우—그는 미식가이자 요리사다—와 친한 사이가 되어 그의 전화번호가 딸의 휴대전화 친구목록에 저장되어 있기도 하다.

12월이 되면 한 달 동안 우리는 피자집, 그리고 두 블럭 떨어진 곳에 있는 친절한 아시아 식당에서 음식을 배달시켜 먹었다. 이따금 친구들이 차려준 음식을 먹기도 했다. 친구들은 우리가 말없이 먹고 마시기만 한 다음, 그냥 집으로 가버리더라도 이해해주는 사람들이었다. 하루 종일 손님 네 명을 동시에 응대하기도 하고, 전화기는 쉬지 않고 울려대며, 직원 한 사람은 선물용 포장지 문제로 나와 입씨름을 벌이는 것을 알기 때문이다.

하루는 한참 일하고 있는데 딸이 계산대 옆으로 와서 섰다. 벌써 오후가 되었나? 학교가 끝났나?

"엄마, 뭐 먹을 거 있어?"

딸이 속삭였다. 나는 작은 소리로 대답했다.

"아무 것도 없어."

아이는 뭐라고 중얼거리더니 사라졌다. 10분 뒤, 아이는 서점을 가로질러 달려와서는 나지막이 친구네 집에 간다고 말했다. 그 친구 엄마는 야간 근무를 했는데도 나와는 반대로 음식을 만들어줄 시간이 있었던 거다.

일, 일, 일. 그 와중에도 살림이 완전히 방치되지 않도록 애를 쓰는 나날이 계속되었다. 얼마 안 되는 여유 시간은 작은 아이에게 바쳐졌다. 큰아이를 까맣게 잊어버리는 날도 가끔 있었다. 함부르크에 있는 큰아이와 전화 통화도 한 번 하지 않고 며칠이 후딱 지나가는 일이 되풀이되었다. 그러던 어느 날, 한밤중에 떨어지는 벼락처럼 내 머리를 때리는 생각이 있었다. 우리에게 미성년의 아들이 하나 있고, 그 아이는 우리와 떨어져 함부르크에 혼자 살고 있다는 것. 아이는 연말 방학이 시작하기 전까지 함부르크에 있다가 방학이 되면 우리가 있는 빈으로 오기로 했었다. 함부르크를 떠나야하는 날짜가 점점 다가올수록 아들은 무뚝뚝한 북독일 남자가 되어 말수가 적어졌다. 아들은 함부르크에 그냥 그대로 머물러 살고 싶었으리라. 나는 너무나 잘 알고 있었다. 하지만 아이는 열여섯이었고, 열여섯 살짜리가 부모와 천 킬로미터나 떨어진 곳에서 혼자 살 수는 없는 법이었다. 비싼 기숙학교를 감당할 돈이 있는 경우를 빼면 말이다.

마침내 그날이 왔다. 학년이 끝난 것이다. 약속대로 아이는 빈으로 왔다. 아이는 훌쩍 커 있었다. 그리고 전보다 더 조용해졌다. 아이가 짐을 얼마 들고 오지 않았다는 사실을 우리가 눈치챘어야 했다. 나머지 짐은 함부르크에 있는 친구네 집 지하실에 놔두었던 것이다. 마치 곧 그곳으로 다시 돌아갈 듯 말이다.

우리는 아이를 빈의 한 김나지움에 등록시켰다. 모든 게 정상으로 보였다. 교장 선생님은 다정하고 담임 선생님도 쿨한 분이었다. 하지만 아들은 점점 더 우울해지고 말수가 적어졌다. 아이는 고통스러워했다. 자신의 친구들, 자신의 자유, 자신의 함부르크를 그리워했다. 나는 아이의 마음을 이해할 수 있었다. 나이가 열일곱 살이고, 빈에 무슨 꿀단지를 묻어둔 것도 아니라면, 나라도 함부르크가 훨씬 더 좋다고 느낄 것이다. 빈은 모든 것이 촌스러웠다. 정치는 눈물 날 정도였고, 학교 친구들은 흐리멍덩했으며 오스트리아 사투리는 웃겼다. 마침내 아이는 성탄 대목이 한창인 어느 날, 완전히 진이 빠져 무방비 상태인 부모에게 적잖이 심사숙고한 자기 구상을 제시하기에 이르렀다. 다시 함부르크로 돌아가겠다는 것이었다. 가장 친한 친구 집에서 살 거고, 그 친구네 부모님께는 이미 연락을 드렸으며,

그 집에 다른 아이가 한 해 동안 교환학생으로 외국에 가 있어서 방이 하나 비어 있다는 것이었다. 함부르크 학교의 교장 선생님은 이미 아들과 통화를 하고는—학기 중임에도—기꺼이 다시 입학을 받아주겠다고 했단다. 정부에서 주는 가족 지원금은 계속 받을 수 있을 것이고, 의료보험도 아이가 외국에서 생활할 경우 문제가 없을 것이란다. 완벽하게 짜놓은 구상에 이어 아이는 앞으로 무엇에 얼마나 돈이 들지 정확히 계산한 엑셀 표를 꺼내놓았다. 남편까지 감탄할 정도였다. 집에 먹을 빵이 없어도 길 건너 빵집으로 갈 생각을 하지 않는 아이, 방학 때 아르바이트조차 좀처럼 해보려 하지 않던 아이, 학교에 들고 가는 가방은 늘 길 가다 쓰레기 버리는 곳에서 우연히 주운 것 같은 꼴을 하고 다니는 아이. 그런 아들이 마치 세계적 컨설팅 회사의 컨설턴트가 파워포인트로 기업 구조조정에 대해 프레젠테이션 하는 것처럼 우리 앞에 종이를 펴 놓고 보고를 하고 자기 주장을 펼쳤던 것이다. 우리는 허락할 수밖에 없었다. 무척 마음이 아팠고 걱정도 되었지만 그러라고 했다. 열일곱 나이에 뭔가에 대해 확신을 하고 있는데 부모니까, 여러 면에서 아이보다 우위에 있으니까 아이가 좋다고 여기는 건 어차피 모두 별 볼일 없는 것이라 여기며 허락조차 하지 않으려고 할 때 어떤 느낌이 드는지 나는 너무 잘 알고 있었다. 우리는 그런 부모가 절대 되고 싶지 않았다. 그래서 허락했다. 우리에게 지금 상황이 너무 힘겹기도 했기 때문이다.

나는 지금도 어릴 적 아들의 모습을 많이 생각한다. 나는 너무 이른 나이에 그 아이를 얻었고, 혼자 키웠다. 우리는 처음 몇 해 동안은 여러 명이 함께 사는 집의 방 한 칸을 얻어 살았다. 아이의 침대는 내 침대와 바로 붙어 있었다. 아이는 누군가가 손을 잡아주어야만 잠들 수 있었다. 하지만 아이는 자립심 강한 사람으로 컸고 우리는 서로에 대해 자랑스러워했다. 나는 그 많은 일을 혼자 스스로 챙기는 아이를 자랑스러워했고, 아이는 내가 제 욕구 때문에 아이에게 집착하는 일이 없는 젊고 쿨한 엄마를 자랑스러워했다. 남편 올리버를 만나고 아이는 나를 따라 선뜻 함부르크로 왔다. 낯선 새로운 삶, 엄마, 아빠, 아이가 있는 보통의 가족으로서의 삶에 아이는 얼마나 빨리 잘 적응해 갔던가. 나는 우리의 결혼식을 떠올리지 않을 수 없었다. 아이는 티 나게 작은 양복에 지나치게 짧게 자른 머리를 하고 우리와 함께 호적과 앞에서 사진을 찍으려고 포즈를 취했는데, 그 모습이 마치 루마니아에서 온 고아처럼 보이기도 했다. 함부르크에서 아이가 처음 학교에 입학하던 날 모습은 아직도 기억에 아주 생생하다. 우리 둘은 매우 들떠서 낯선 지하철을 타고 낯선 도시를 가로질러 낯선 학교로 갔었다. 아이가 그 모든 일을 너무나 잘 해주었기에 야단칠 일이란 단 한 번도 없었다. 비록 내 아들로 산다는 게 때로는 모험이기도 했고, 지금도 그러하지만 말이다.

저녁에 서점 문을 닫으면 그것으로 우리 일은 끝이었을
까? 그렇지 않았다. 낮 동안 하지 못한 물건 인수, 추가 주
문 그리고 장부 정리가 시작되었다. 그리고 또 하나. 그것
과는 별도로 밤에도 하루 매출을 조금 더 올려주는 일을
해야 할 때가 있었다. 바로 낭독회였다. 거기서 우리는 도
서 판매대를 운영했다.

하지만 낭독회가 많아질수록 내 눈에는 그게 삐딱하게
보였다. 사람들은 왜 저녁 시간에 안락한 소파를 떠나 남
이 책 읽어주는 것을 보려고 하는 걸까? 그것도 불편한 의
자에 앉아서 무자비한 조명과 별로 좋지도 않은 음향 가운
데서 말이다. 행사가 끝나고 마시는 포도주도 대개는 집에
서 먹는 것보다도 더 못한 것일 텐데. 게다가 모든 저자들
이 다 낭독을 잘하는 것도 아니다. 물론 스벤 레게너나 로
거 빌렘젠 같은 사람이 하는 낭독은 설사 뒤셀도르프 지
역 전화번호부의 한 구절을 읽는다 해도 몇 시간이고 들어

줄 수 있다. 그런 대단한 작가들이라면 진정한 팬으로서 한번쯤은 낭독회에 참석해야 한다. 하지만 내 독서 인생을 통틀어 찬탄할 만큼 대단한 사람은 한 손에 꼽을 정도에 불과하다.

어쨌든 낭독회를 여는 진짜 목적은 저자가 책을 파는 데에 있기 때문에 그 어떤 낭독회라도 도서 판매대가 없어서는 절대 안 된다. 그리고 그 판매대는 일반적으로 서점이 운영한다. 하지만 낭독회에서 도서를 판매하는 일이 돈이 되는 경우는 별로 없을뿐더러 직원들의 초과근무 수당이 비싸기 때문에 우리 서점의 경우 야간 행사는 나와 남편이 감당해야 하는 일이었다. 내가 일하면 어차피 인건비가 따로 들지 않으니 말이다. 그래서 나는 해마다 여러 날을 저녁 시간에 바람이 술술 들어오는 행사장 한쪽 귀퉁이, 책이 깔려있고 작은 돈 통 하나가 놓인 판매대 뒤에 앉아 있었다. 나는 이름도, 호칭도 없는 사람이었다. 그저 도서 판매대 관리인일 뿐.

서점 안을 서성이지 않고 책상 앞에 앉아 있을 때는 나의 위상도 높았다. 유능한 대화 상대이자 책 전문가이며 서점 주인으로 보였기 때문이었다. 많은 손님들이 나에게 조언을 구했고, 나는 그들이 원하는 책을 찾아주었을 때 무척 기뻤다. 하지만 야생의 세계로 들어가면, 그러니까 식당, 화랑, 극장 현관 근처에 설치된 도서 판매대 뒤에 서 있으면 나는 얼굴 없는 존재, 독립적이지 못한 판매원이 되었다. 낭독회에서 나는 감지되지 않는 존재, 혹은 나중에서야 비로소 감지되는 존재였다. 그건 늘 흥미로운 경험이었다. 도서 판매대는 그날 저녁의 주인공과 나 사이에 서있는 벽과 같았다. 지난 번 파티에서 나와 흥미로운 대화를 나눈 작가와 출판사 대표들은 마치 나를 모르기라도 하는 것처럼 내 옆을 스쳐 지나갔다. 내가 그들에게 말을 걸고 인사를 건네면 대다수는 마치 아픈 곳을 누가 건드리기라도 한 듯한 표정을 짓곤 했다. 아랫사람들과 말을 섞고 있는 것을 내게 들키기라도 한 듯 말이다.

우리는 도서 판매대 행사를 보통 두 종류로 구분한다. 우리가 선호하는 것은 이른바 최종 소비자, 다시 말해 독자들과 직접 만나는 행사다. 독자들은 자기가 좋아하는 작가가 나오면 한 번이라도 더 얼굴을 보려고 애를 쓰고, 현장에서 소개되는 책을 사며, 거기에 저자 서명이 있으면 엄청나게 기뻐한다. 하지만 또 다른 판매행사는 저자나 출판사 지인만을 위한 행사다. 언론, 서점, 정보를 얻으려는 업계 종사자 등을 위한 것으로, 말하자면 소개되는 책 자체에는 관심이 없고 이벤트에 관심이 있는 사람들이 주로 참석한다. 그들도 아주 드물기는 하지만 책을 한 권씩 사려고는 한다. 하지만 이런 경우 도서 판매대는 대개 곁다리로 꾸며지는 장식품이며 서적상은 기껏해야 책을 지키고 서있는 사람일 뿐이다. 결국 가능한 한 많은 책을 가지고 와서 가지런히 펼쳐 놓은 다음, 행사가 끝나고 모든 흔적을 치울 누군가가 필요한 것이다. 그런 행사에 가면 나는 대부분의 시간을 손님들에게 설명하는 데에 써야 했다. 이를 테면 저자 아내의 친구에게 가장 오래된 어린 시절 친구라고 해도 왜 그 책을 그냥 가져갈 수 없는지 등을 설명해야 했다. 그 이유는 그 책이 내 것이기 때문이었다. 그 책들은 내가 서점에서 또는 낭독회 도서 판매대에서 팔기 위해 출판사로부터 구입한 것이었다. 내가 책값을 지불해야 하니 그 책을 그냥 선물해버릴 수는 없는 노릇이다. 그런데 많은 사람들에게는 이렇게 생각하는 것이 무척 힘든 일인 것 같다. 가끔은 책이 그냥 프라다 핸드백 안으로 슬쩍 사라지는 일이 없는지 예의 주시해야 하는 행사도 있다.

오스트리아 팝의 전설인 한 여가수가 자신의 비망록 출간을 기념하여 빈의 한 유명한 고급 식당에서 파티를 연적이 있었다. 그날도 나는 식당 앞 주차장에 지저분한 루마니아산 다치아 배송차량을 늘씬하게 빠진 여러 스포츠카와 SUV 사이에 세워두고, 늘 그랬듯이 담당 직원에게 가서 인사를 했다. 그건 일종의 규칙과도 같은 것이었다. 어딜 가든 거기서 일하는 사람들, 예를 들어 관리인, 기능공, 웨이터 들과 인사하기. 그들은 우리에게 도움을 줄 수 있는 사람들이다. 책을 실은 무거운 수레를 밀어줄 수도 있고, 남들이 모르는 차 댈 곳을 알려줄 수도 있으며, 우리에게 음료를 줄 수도 있다. 하다못해 행사가 끝났다고 우리를 5분 만에 바깥으로 내몰고 불을 꺼버리는 짓은 하지 않을 것이다. 그날도 파티를 벌이는 한 무리의 사람들 사이를 가로질러 운반용 수레에 책을 산더미처럼 쌓고는 밀며 가는데 아무도 길을 비켜줄 생각을 하지 않았다. 문을 열어 잡아주는 사람도 없었다. 다들 책을 담은 수레와 플라스틱 통이 눈에 거슬린다는 눈초리로 쳐다볼 뿐이었다. 이탈리아산 아페롤을 홀짝이며 마시는 시간에 일하는 사람들의 모습을 보고 싶지 않은 것이다. 친절한 웨이터 한 사람이 오더니 손님들의 공간 한가운데에 마련된, 우리에게 할당된 장소를 알려주고는 우리에게 따뜻한 음료 두 잔을 가져다주었다. 가져온 짐을 채 다 풀어놓지도 못했는데 꺼내 놓은 책들을 사람들이 가져가기 시작했다.

"우리는 서점에서 나왔습니다. 이 책은 판매용입니다. 선물을 받고 싶으시면 출판사에 문의하셔야 합니다."

나는 이 말을 수도 없이 되풀이해야 했다. 아주 젊다고도 할 수 없는, 꽤나 멋져 보이는 은백색 머리를 한 남성이 나를 쏘는 듯한 눈으로 바라보더니 이렇게 말했다.

"댁은 내가 누군지 전혀 모르나보군요."

"네, 그렇습니다."

"나는 1985년부터 1992년까지 이 사람 밴드에서 드럼을 맡은 사람이오! 책 234쪽을 펴 보시오, 거기에 내가 있으니까. 사진과 함께."

"멋지네요."

"그럼 이제 책 한 권 가져가도 되겠소?"

"네, 25유로 60센트입니다."

문득 친구 하이디가 한 말이 생각났다. 하이디는 오랫동안 음악 분야에서 일한 친구였다. 그 분야에서는 CD 발표를 기념하는 파티에서 모든 손님들이 CD 한 장을 선물 받아 가는 것이 일반적이라고 한다. 그냥 손에 쥐어 준단다. 누구든. 그렇다면 지금 그 CD의 가치는, 평가는 어떠한가? CD 시장은 완전히 바닥으로 내려앉아 있다. 공짜 CD를 선물로 뿌리는 그런 수많은 파티 때문만은 아니겠지만, 나는 그게 어느 정도 일조했다고 생각한다.

책이 잘 팔리지 않아 절망한 가운데 우리는 그 스타가 이야기를 마친 다음 친필 사인을 해줄 것이라는 소문을 퍼뜨렸다. 그러자 책이 몇 권 더 팔렸다. 사람들은 여전히 책을 돈 주고 사야 한다는 데 대해 불만이 이만저만이 아니었다.

짧은 모피를 걸친, 뺨에 보톡스를 맞은 듯한 부인 하나가 적포도주 잔을 우리 책 위에 올려놓고는 내게 환한 미소를 지으며 물었다.

"어떻게 하면 이 책을 그냥 받을 수 있나요?"

그사이 나는 "서점에서 나왔으며, 책은 판매용"이라는 말을 수백 번은 더 되풀이한 것 같은 느낌이었다. 순간 나도 모르게 이런 말을 퍼붓고 말았다. 물론 상냥하게 미소 지으며 말이다.

"아, 네. 그 오래된 게임 잘 아시잖아요, 돈 내고 물건 가져가기."

매니저가 나오더니 그 스타가 어쩌면 너무 피곤해서 사인할 시간을 내지 못할 수도 있다고 말했다. 우리는 도망갈 구멍을 찾기 시작했다.

모든 사람들이 책을 한 장 한 장 넘겨보려는 것은 당연한 일이다. 한 사람씩 순서대로 하는 것도 아니다. "이 책 포장 뜯어주실 수 있어요?"라고 말하고는 기름기 낀 손가락으로 한 쪽 한 쪽씩 넘긴다. 십여 권의 책이 그렇게 더러워졌다. 출판사 사장 아들이 오더니 책 위에 포도주 잔을 올려놓았다. 팔리지 않은 책은 당연히 반품할 수 있다. 적어도 이론적으로는 그렇다. 하지만 실제로는 공급업체로부터 다음과 같은 답변이 온다.

"제품이 손상되어 있어서 반품 처리가 불가합니다."

빈의 한 관공서에서 교육정책을 주제로 개최된 행사에서 도서 판매대를 운영할 때의 일이다. 그곳에는 두 개의 탁자가 미리 준비되어 있었는데, 포도주와 빵을 얹어두기 위한 것이므로 우리가 사용할 수 없다는 말을 들었다. 하는 수 없이 나는 외투 보관소 자리에 판매대를 설치해야 했다. 사실 그게 실용적이기도 했다. 그곳에서 나는 사람들의 외투를 걸어줄 수 있었고, 그 대가로 팁도 얻었기 때문이다.

풍자극이 열리는 인민 오페라 극장에서 도서 판매대를 운영할 때였다. 그 공연에는 많은 사람들의 사랑을 받는, 풍채 좋은 바이에른 출신의 한 남자 배우가 출연하는데 공연이 끝나면 생일잔치를 벌이기로 했다는 것이다. 공연장의 마케팅 담당 여직원은 기뻐하며 나에게 미리 말해주었다.

"책을 제대로 가져 오셔야 해요. 입장권이 800장이나 팔렸거든요."

나는 오스트리아 공급업체가 갖고 있는 모든 재고를 다 주문해 상자에 가득 담은 다음, 수레에 싣고 공연장으로 갔다. 공연이 끝나기 전에 부지런히 그 책들을 오페라 극장 현관에 죽 깔아놓는 것도 물론이었다. 극장 출입문이 열리고 사람들이 쏟아져 나왔다. 그러고는 도서 판매대를 지나 차가운 밤 속으로 사라졌다. 판매를 개시하기 전부터 벌써 끔찍한 예감이 들었다. 아니나 다를까. 공연이 끝난 다음 배우가 책에 사인하기 위해 볼펜을 꺼내려고 하는데 사람들이 별별 것들을 그의 앞에 내놓는 게 아닌가. 프로그램

안내책자, 입장권, 빈 메모지 등. 그런데 그 중에 책은 한 권도 없었다! 심지어 옆에 쌓인 책들은 사진을 찍는 사람들이 삼발이 대용으로 쓰고 있었다. 그나마 이 끔찍한 광경도 20분쯤 지나자 사람들이 빠져나가면서 끝이 났다. 그날 내가 판 책은 10권. 한 상자도 비우지 못했다.

우리 서점주들은 당연히 도서 판매대를 운영하고 싶어 한다! 우리를 제쳐놓고 출판사들이 책을 직접 판매하겠다면 어쩔 도리가 없지만 말이다. 돈 되는 행사가 일 년에 몇 번 있긴 하다. 그 외에는 그저 그렇다. 하지만 나는 나를 환영해준다면, 점잖은 자리에 참석하는 것을 허락해준다면, 웬만하면 참석하려고 한다. 심지어 부탁하지 않은 일까지도 흔쾌히 도우려고 한다. 두 시간 만에 하루 매출을 올려주는 흔치 않은 행사도 있지만, 그것과는 별개로 내가 도서 판매대를 운영하며 행복했던 멋진 순간들도 있었다. 어떤 베스트셀러 작가의 낭독회에서는 행사가 끝나고 작가와 우리 직원들이 함께 남은 뷔페 음식을 도서 판매대 뒤에서 사이좋게 나눠먹기도 했다. 책의 판매가 좋든 나쁘든 상관없이 그냥 마음에 드는 장소도 있었다. 예를 들면 빈의 풍자극 공연장인 시립 문화홀 같은 곳이다. 그곳에서는 우리가 책 상자를 들고 가면 모두가 기뻐했다. 그곳에 가면 우리도 그 팀의 일부라는 기분이 들 정도였다. 빈의 도심 순환로에 있는 중앙도서관도 그런 곳이다. 도서관장님은 도서 판매대 운영 직원들을 적어도 자기가 초대한 낭독회 저자만큼 진심으로 맞아주신다. 우리를 만족시키기란 이렇게나 쉬운 일이다. 책을 파는 사람들이란 결국 별로 까다롭지 않은 존재이며 거의 모든 주제에 대해 관심을 갖고 있다. 도서 판매대는 일종의 사업이다. 누군가 우리를 위해 문을 열어 붙잡아주고, 엘리베이터로 가는 가장 짧은 길을 안내해주며, 행사장 맨 뒤 구석에 자리를 배치하지만 않는 것으로도 우리는 충분히 행복해 한다.

도서 판매대가 좀 특별하게 변화된 형태로 학교의 성탄절 도서 전시회가 있다. 우리는 아동 도서 중 초등학생에게 적합한 대표적인 책들을 수레에 싣고 여러 학교로 간다. 학교는 우리 서점에 방 하나를 사용하도록 제공해주고, 아이들은 이틀 동안 학급 단위로 담임 선생님과 함께 도서 전시장을 방문한다. 거기서 아이들은 자기가 희망하는 도서 목록을 작성한다. 그 뒤 학부모 면담일이 되면 서점 직원이 그 도서 전시장—대개는 공작실, 종교실 또는 음악실이다—에 앉아 도서 주문을 받는다. 첫 해에는 내가 참석했지만, 그 뒤로는 에파가 그 일을 도맡아하고 있다. 다행히 에파는 그 일을 재미있어 하는 것 같다. 거기에 가면 늦은 오후부터 저녁까지 내내 앉아 있어야 한다. 담임 선생님과 종교 선생님의 면담을 기다리다 지친 부모들은 이곳에 들어와 책을 구경한다. 가끔 아이들을 데리고 들어오기도 한다. 아이들은 눈빛을 반짝거리며 마음에 드는 책을 부모들에게 보여준다. 부모들만 오는 경우는 대개 작은 쪽지를 들고 온다. 아이들이 원하는 책 번호를 적은 쪽지이다. 나는 부모들이 도서 전시장에 들어오는 모습만 봐도 그들이 책을 좋은 것으로 여기는지 아니면 불필요한 것으로 여기는지, 또는 도서 판매 행사 자체를 귀찮은 일이라고 느끼는지 풍성한 행사로 느끼는지 대번에 알아볼 수 있다. 가끔은 학부모회에서 누군가가 학교 뷔페에 있는 빵이나 직접 구운 케이크를 판매 직원에게 갖다 주기도 한다. 저녁 6시가 지나면 샴페인이 나오기도 한다. 그러다 저녁 7시 반이 되면 주문서를 모으고 책을 다시 상자에 담는다. 빈의 초등학교 중에서 엘리베이터가 있는 곳은 몇 군데 되지 않는다. 대개는 책이 가득 담긴 큰 통 서너 개를 아래로 나른 다음 끙끙거리며 차 안으로 옮겨 실어야 한다. 우리가 좋아하는 학교는 출입문 바로 앞에 주차장이 있고, 책 상자를 아래로 옮기는 것을 도와주는 열정적인 아버지들이 있는 학교다.

서점 매출은 서서히, 그러나 꾸준히 올랐다. 우리 서점에서도 첫 도제 수업생이 실습기간을 끝내고 정식 직원이 되었다. 에파가 정식 직원이 된 것이다. 밴드에서 베이스를 맡은 폴란드 출신 아가씨는 도제 2년차 실습에 들어간다. 이제 우리는 일이 어떻게 돌아가는지 서로 잘 안다. 최근에 다시 새로운 실습생을 구했다. 이번에도 면접은 부엌 식탁에서 했다. 젊은 아가씨였다. 단골 중에 교사인 분이 있었는데 그 손님의 동료의 딸이었다. 아주 어리다고는 할 수 없는 나이로, 그동안 이미 많은 일을 해본 아가씨였지만, 서점 일이 자기 꿈이라고 했다. 직원을 뽑을 때에는 지원 서류를 꼼꼼히 살펴보아야 한다는 것, 어느 정도 수습 기간을 거치도록 해야 한다는 것, 하룻밤 정도는 숙고하며 고민해야 한다는 것, 그건 이미 나도 알고 있었다. 하지만 지금 내 앞에 있는 사람이 적당한 사람이라는 것을 알고 있다면 군이 왜 그래야 하나? 머리를 굴릴 필요가 없었다.

아직 면접을 보지 않은 멋진 지원자가 다섯 명이나 더 있는 것처럼 거짓말을 할 필요도 없었다. 우리는 함께 커피를 마셨고 그녀는 도제 자리를 얻었다.

가끔씩 밤에 자다가 소스라치게 놀라 깰 때가 있었다. 계단을 내려가서 문을 열고 "영업중"이라고 적힌 작은 안내 표시판을 내걸고 하루 종일 손님들에게 책에 대해 설명하는 꿈을 꾸곤 했다. 그럴 때면 엄청나게 피로가 몰려왔다. 새로운 일에 마음이 혹하던 시기는 지나갔다. 이제는 그 새롭던 일들을 능숙하게 처리한다. 그 일들은 나의 일상이 되었다. 하지만 어떤 날에는 그런 일상을 생각하면 소름이 오싹 돋기도 한다.

그사이 우리 서점은 부쩍 성장해 새벽 근무를 하는 직원도 생겼다. 그 직원은 출근해서 컴퓨터를 켜고 모든 프로그램을 가동시키며, 금전출납기를 켠다. 아동도서 코너로 가서 전날의 흔적도 지우고 쓰레기를 치우며 부족한 재고가 있으면 추가 주문을 넣는다. 이 시간이 손님들에게 방해받지 않고 직원들끼리 몇 마디 대화를 나눌 수 있는 유일한 때이기도 하다. 하지만 대개는 모든 직원들이 자기 커피 잔을 꼭 쥐고 있다. 손 놀릴 일이 정해져 있기 때문이다. 이 시간에 많은 이야기를 나눌 필요는 없다. 그런 다음 서점 문을 열고 회전식 스탠드 여러 개를 밀어 바깥에 내

놓기 시작하면 대개 벌써 첫 손님이 아데아체*스탠드와 그래페-운트-운처** 스탠드 사이를 가로질러 어느 새 서점 안으로 들어온다. 그런 손님들은 대개 나이가 지긋한 분들로, 아침 9시 5분까지 서둘러 자신들의 모든 장보기가 끝났으면 하고 바라는 분들이다. 때로는 하루 종일 계속 그렇게 시간이 가기도 한다. 서점 안에 단 일 분도 손님이 없는 때가 없다. 신간을 소개하려고 한 해에 두 번 우리 서점을 들르는 출판사 사장님들은 우리 매출이 꾸준히 오르는 것을 보고는 온 힘을 다해 우리에게 책을 판매하려고 한다. 그들에게 우리는 만만한 먹잇감이다. 우리는 항상 새로운 이야기, 아름다운 요리책, 한물간 주제나 애서가들이 좋아할 만한 디자인에 열광한다. 그러면서 서점이 40평방미터밖에 되지 않는다는 사실을 매번 망각한다. 그러다 몇 주 뒤 신청한 물건들이 도착하면 절망에 빠진다. 도대체 어디에 그 물건들을 놓아두어야 할지를 몰라서다. 빈 구석이 조금이라도 있으면 거기에는 책이 자리를 차지하고 있다. 도서 거래에는 예나 지금이나 이른바 '자동 할인'이라

● ADAC(Alllgemeine Deutsche Automobile-Club). 뮌헨에 본부를 둔 독일 최대 자동차 클럽. 회원 수가 천오백만 명에 달하며, 자동차 긴급수리는 물론 모터스포츠 및 관광에 대한 관심을 증진하기 위한 각종 사업을 펼치고 여행안내서나 지도 등도 펴낸다.
●● Gräfe-und-Unzer. 자기개발서를 주로 펴내는 뮌헨 소재 대형 출판사.

는 게 있기 때문에 많이 팔린다싶은 책을 대량으로 구매해놓는 것은 유의미한 일이다. 10권 주문하면 11권을 주거나, 20권을 사면 23권을 주곤 하기 때문이다. 이 말은 우리 부엌이 10월 중순부터 물건 창고가 된다는 것을 의미한다. 이 시기에는 아주 가까운 친구 말고는 우리 집을 찾는 손님이 없다. 그런 친한 친구들이라면 식탁 옆에 쌓인 책과 바구니 사이에 앉아 있어도 전혀 부담이 없다. 우리는 회전계단을 하루에도 수십 번 번개처럼 올라갔다 내려갔다 하며 책을 가져오기도 하고 빈 곳을 채우기도 한다. 저녁이 되면 두 다리가 묵직해진다. 우리 살림집은 마치 도서공급 창고 같다. 다만 그 창고가 우리 집보다 좀 더 가지런할 뿐.

드물게 찾아 온 조용한 저녁 시간이었다. 한때 부엌이었던 물품 창고에서 스파게티 접시를 앞에 두고 앉아 있는데 남편이 불쑥 말을 꺼냈다.

"집을 좀 개조해야할 것 같아."

나는 아무 말도 하지 않았다. 남편을 잘 알고 있기 때문이었다. 남편은 그런 말을 내뱉기 전에 이미 여러 주 동안 모든 것을 생각해두는 사람이었다. 어쩌면 비용이 얼마나 드는지를 이미 엑셀로 말끔하게 정리해놓고, 그렇게 개축하면 집이 어떤 모습이 될지 몰래 대략적인 설계까지 끝내놓았는지도 모를 일이었다. 정말로 그랬다. 아니, 그 이상이었다. 남편은 이미 건축가 친구와도 이야기를 끝낸 뒤였다. 두 사람은 어떤 벽을 허물 수 있는지, 뒤쪽 마당에 설치할 사무실 크기는 어느 정도 되어야 하는지에 대해 이미 머리를 굴릴 만큼 굴렸던 것이다.

다시 은행을 방문할 날짜를 잡았다. 우리를 담당하는 은행 여직원은 그사이 우리와 잘 아는 사이가 되었다. 그 직원은 우리 서점에서 요리책과 여행 안내서를 구입하곤 했다. 서점이 언제나 손님으로 가득하고 매출도 괜찮다는 것을 눈으로 확인한 셈이다. 덕분에 대출은 전혀 문제되지 않았다. 나는 다만 집을 개축하는 것, 새로 빚을 내는 것, 그로 인해 일을 더 많이 해야 하는 것이 두려울 뿐이었다. 하지만 남편과 건축가 친구는 찰떡궁합처럼 죽이 맞아 신나했다. 남편 올리버가 내세우는 논거는, 우리 서점 외관이 완전히 구식이라는 것이다. 맞는 말이었다. 서점은 공간이 좁고 다소 어두운 편이며 손님들이 들어오자마자 계산대와 마주하게 되는 구조였다. 그래서 손님들은 더 앞으로 나아갈 수 없으며 자신이 직접 책을 뒤져볼 수도 없었다. 마치 도로변 매점이나 약국과 비슷한 구조였다. 손님이 원하는 책을 말하면 서점 직원이 서가 높은 곳이나 아래에 꽂힌 책을 꺼내오는 방식이었다. 심지어 바닥에 깔아놓은 책들도 있었다. 우리는 각종 신간을 벽을 따라 카펫 위에 층층이 쌓아두기도 했다. 아직은 사람들이 그것을 매력적이라 여기고 우리 서점에 오고 있었다. 그건 다 우리가 유능하고 친절하기 때문일 것이다. 하지만 언젠가는—어쩌면 벌써 그런지도 모른다—그게 기우뚱할 것이다. 그러면 우리 서점은 지저분하고, 좁고, 매력 없는 곳이 되어버리고, 그들은 모두 차를 타고 시내로 들어가 크고 환한 서점을 찾거나, 더 나쁜 경우, 아마존에서 책을 사게 될 것이다. 말수가 적은 건축가 로베르트는 이렇게 말했다.

"이봐, 걱정하지 마. 내가 벌써 작업에 들어갔으니까."

그렇게 시작하게 되었다. 설계도면이 그려지고 비용이 얼마나 들지 조사에 들어갔다. 그러면서 이 모든 것을 상상할 재주가 나에게는 전혀 없다는 것이 다시 한 번 드러났다. 뭐라고? 저기 벽 전체가 없어져야 한다고? 그 위에 건물이 서 있는데도? 그리고 사무실은 판매 공간이 되고 뒷마당 일부가 사무실이 된다고? 그러다 어느 순간인가 '회전계단 철거' 어쩌고 하는 말이 튀어나왔다. 유감스럽게도 딸이 그 말을 듣고 말았다. 설계에 따르면 서점을 키우는 유일한 방법은 한쪽 벽을 헐어버리고 현재 사무실 공간을 판매 공간과 합치는 것이었다. 문제는 회전계단이었다. 거실 입구에 난 회전계단은 가게 입구와 이어지는 지점에 있었는데 이것이 계속 남아있다면, 개축 후에는 부엌에서 손님들이 서 있는 것을 볼 수 있거나, 서점 영업시간이 시작되기 전에 내가 파자마 차림으로 슬리퍼를 질질 끌며 거실을 돌아다니는 꼴을 손님들이 볼 수 있게 된다. 그러니 계단을 철거하고 다른 것으로 막아야 하는 상황이었다. 주물로 만든 회전계단은 철거하기 참 안타까운 물건이었다. 하지만 건축 전문가의 말이 맞았다. 그러나 딸은 그렇게 생각하지 않았다. 회전계단은 그대로 남아야 한단다. 그렇지 않으면 집을 나갈 거란다. 다시 샤프베르크 산자락의 작은 집에서 혼자 살겠다는 것이었다. 그 회전계단이 없으면 자기 삶에 아무런 의미가 없단다. 1, 2층을 연결해주던 회전계단이 없어지면 자기는 혼자 2층에 있게 되는거나 마찬가지이므로 끔찍할 정도로 외로워질 거란다. 그런 일은 생각조차 해서는 안 된단다. 여섯 살짜리 여자애가 연출한, 때 이른 작은 사춘기 같았다. 우리는 시선을 다른 곳으로 돌리기 위해 능수능란하게 다른 이야기로 주제를 빙빙 돌렸다. 나는 아이가 계단 해체를 막으려고 난간에 매달려 있는 모습을 상상했다. 아무래도 우리가 너무 자주 《바바파파, 새 집을 지었어요*》를 보았나보다.

파도는 일단 잦아들었다. 우선은 건축허가를 받아야 하

• Barbapapa baut ein Haus. 아동용 만화영화 시리즈 중의 한 편. 바바파파는 아동용 시리즈 도서의 제목이자 주인공 이름. 원래 바바파파는 불어 barbe à papa에서 온 것으로, 글자 그대로는 "아빠의 턱수염"이란 뜻이지만 프랑스 어에서 "솜사탕"이라는 뜻으로 쓰였다. 작품은 1970년대에 아네트 티종과 남편 탈러스 테일러가 프랑스 어로 쓴 것으로, 후에 수십 개 언어로 번역되었고, 나중에 텔레비전용 만화영화로 제작되었다.

기 때문이었다. 그것도 뒷마당 건축에 대한 허가를 먼저 받아야 했다. 그렇게 하면 쓰레기통 놓을 공간이 더 줄어들기 때문이었다. 내부 개조에 대한 건축허가는 그 뒤에 받아야 했다. 내력벽을 허물어내야 하기 때문에 이에 대한 계산이 일단 철저히 이루어진 다음에 허가가 나오는 것이다. 모든 서류는 로베르트가 제출했다. 그 다음은 기다리는 일만 남았다. 우리는 어린 딸이 회전계단 이야기를 다 잊어먹도록 오래 기다렸다. 나조차도 '어쩌면' 하게 될지도 모를 공사에 대해서 가끔 생각할 뿐이었다. 로베르트가 일을 시작할 때까지 그랬다.

　건물 뒷마당에 작은 집이 하나 들어섰다. 우리의 새 사무실이었다. 모든 일은 서점 뒤편에서 이루어졌다. 우리는 그 일과 아무 상관없는 사람처럼 지낼 수 있었다. 약속한 그대로였다. 로베르트가 다 알아서 하고 있었다. 우리는 그저 가끔 둘러보면 되었다. 사무실이 완성되는 모습을 상상하면 설레는 마음을 억누를 수 없었다. 새로 깐 바닥, 목적에 맞게 들어선 시설물, 새 책상, 넉넉히 설치된 콘센트, 철제 서가, 그리고 책 포장을 풀 때 몸을 심하게 구부릴 필요가 없도록 높이가 적절한 탁자가 있는 사무실. 그 작은 건물이 완성되자 로베르트는 다시 기다리라고 했다. 모든 게 일단 건조된 다음에야 내부 확장 공사가 시작된다는 것이었다. 게다가 다음 단계의 건축 허가는 아직 나오지 않은 상태였다.

어느 날, 느닷없이 뮌헨에서 전화가 왔다. 어떤 여자가 남편과 통화를 하고 싶다는 것이었다. 남편은 전화기를 들고 사라졌다가 다시 나타나서는 나지막한 목소리로 말했다.

"그 사람들이 나한테 일자리를 주겠대."

남편이 말하는 '그 사람들'이란 빈에 사무소를 하나 두고 있는 독일의 대형 출판사였다. 오래 일하던 여성 판매부장이 회사를 그만두겠다고 통보하자 회사에서는 그 자리를 맡을 사람으로 남편을 원하는 것이었다. 다시 여러 날 밤에 걸쳐 토론이 벌어지고 이리저리 밀고 당기기가 진행되었다. 남편은 그 일자리를 얻고 싶어하는 눈치였다. 그 일은 남편이 함부르크에서, 그러니까 양복 입고 넥타이 매고 서류가방을 들고 사무실로 출근하던 시절에 하던 일과 같았다. 청바지에 때 묻은 손으로 돌아다니는 영업사원이 아니라 "관리자" 같은 존재이던 시기에 하던 바로 그 일이었다. 남편의 마음이 이해가 되었다. 만약 누가 나에게 일자리를 제안한다면 나도 받아들였을 테니깐. 그래, 물론 모든 제의를 다 받아들이지는 않을 것이다. 나라면 절대 시끄러운 상가 지역에서 일할 수 없을 테니 말이다. 하지만 신문사의 문학 편집자나 문학관의 프로그램 기획자 일자리 제의가 들어온다면 나는 십중팔구 허락할 것이다. 하지만 그런 제의는 없었고, 그래서 나는 그냥 서점 주인으로 사는 것이다. 앞으로 서점 일을 잘 하리라는 보장은 없지만, 서점 경영에 대해 근거 없는 자신감이 넘치는 요즘 같은 때에 나에게 그런 제의가 온다면 좀 아쉽기는 할 것 같다. 어쨌든 남편에게 일자리 제안이 들어왔다는 사실은 또 다른 고민으로 다가왔다. 바로 경제적인 이유였다. 출판사 급여가 후하다라는 뜻이 아니었다. 이 분야의 급여 수준은 하위권에 속한다. 하지만 확실한 수입, 그것도 일 년에 14번, 5주 동안의 휴가는 매력적으로 들렸다. 게다가 포도밭 동네에 있는 작은 집도 문제였다. 지난여름에 우리는 그 집을 발견하고는 마음이 홀딱 빠지고 말았다. 우리 수입으로는 추가로 원리금 상환을 감당할 수 없는 형편이었지만 우리 둘 다 그 집에 대해 이야기하다가 정신을 못 차릴 정도로 빠져들다보니 어느새 질러버린 것이다. 얇은 벽 하나를 사이에 두고 일과 생활 속을 오가며 사는 것은 좋은 측면만 있는 것이 아니었다. 그래서 우리는 스스로에게 시골의 작은 안식처를 허락했다. 주말동안 큰 계획 없이 훌쩍 떠나 뜰에 누워 있는 것, 아무도 우리를 알지 못하고 아무도 우리에 대해 관심이 없는 어떤 곳에 머무는 것. 은행 빚이 그다지 걱정되지는 않았다. 어쨌거나 서점은 개업이래 상승세를 보이고 있었고 다 죽어가는 포도밭 마을의 그 작은 집은 남편의 옛 회사 사장이 타는 회사차 가격보다 덜 나갔으니 말이다.

원리금 상환액에 변화가 없는 것은 물론 아니었다. 창문은 새로 칠을 해야 하고, 지붕의 빗물받이 홈통에서는 물이 새고, 지난 폭풍 때에는 지붕을 덮고 있는 얇은 석판 몇 장이 바람에 날려가고 말았다. 사실 우리는 그 악명 높은 '현금 부족 상태'였다. 하지만 서점이 앞으로 어떻게 될지 누가 알겠는가? 남편과 나는 우리 인생에서 정말 중요한 일들을 언제나 재빨리 그리고 감각적으로 결정해왔다. 그래서 남편의 출판사 입사 제의를 수락하는 일도 신속하게 결정되었다. 빈 제4구*의 일자리 하나를 받아들이는 것은 결국 나의 갑작스러웠던 결혼, 하룻밤 사이에 아이와 함께 함부르크로 떠났던 이사, 실수로 저질러진 서점 인수, 집 없이 아이와 함께 빈으로 이사 온 일에 비하면 그렇게 심대한 일은 아니다. 나는 남편이 그 일을 원하며, 또 그 일을 필요로 한다는 느낌이 들어 출판사로 돌아가는 것을 허락했다.

하지만 그것은 다시 우리가 인력을 확충해야 함을 의미했다. 내가 두 사람 몫의 일을 할 수는 없으니 말이다. 문득 이웃집 아이의 생일날이 기억났다. 이웃과 정원에서 서

----

* 빈은 23개 구로 나뉘어 있고 중앙의 1구역부터 시계방향으로 돌아가며 구역 번호가 붙는다. 그러므로 제4구는 빈의 중심지이다.

로 마주앉아 있다가 우연히 한 젊은 여자와 인사를 나누게 되었다. 그녀는 예전에 서점 직원으로 일했다고 말했다. 그녀는 무척 재치있고 유머러스한 사람이었다. 딸이 우리 딸과 동갑이라는 것, 그리고 어느 서점에서 일했다는 것, 그 서점이 너무 보수적이라 자신의 도서 취향을 한껏 누릴 수는 없었다는 것 말고는 그녀에 대해 내가 아는 것은 없었다. 나는 신속히 번호를 찾아 전화를 걸었다. 그녀는 아직도 나를 기억하고 있었다.

"우리 서점에서 일할 생각 없어요?"

"뭐라고요, 지금 당장 말이에요? 정식으로요?"

"그럼요, 지금 하는 일은 그만두고 우리 서점에서 일을 시작하는 게 어때요?"

그녀는 하룻밤 생각해볼 시간을 달라고 하더니 다음날 아침 내게 전화를 걸어 승낙을 했다. 하느님 감사합니다!

그렇게 일하게 된 사람이 안나였다. 우리 서점에서 실습 기간을 거치지 않은 유일한 직원, 그러나 이미 모든 것을 다 할 줄 아는 사람이 바로 안나다. 안나는 16살 때부터 서점에서 14년 동안 일했다고 한다. 모든 걸 다 알고 모든 걸 다 기억해두는 직원이며, 어쨌든 나보다 서점 일에 대해 더 많은 것을 아는 사람이다. 하지만 나는 그녀의 상사이며, 결국 최종 결정을 내리는 사람은 나다. 뭔가 기분이 좀 묘했다. 지금까지 나는 말하자면 교육생이나 다름없었다. 뭔가를 열심히 알려 하고 배우는 과정이었다. 나는 직원들과 함께 많은 것을 배웠다. 그런데 이제 갑자기 일이 어떻게 돌아가야 하는지 분명한 구상을 가지고 있는 사람, 구조를 알고 몇몇 일에 대해서는 나보다 더 훤히 알고 있는 여직원이 존재하게 된 것이다. 처음 몇 주 동안 우리는 서로를 조심스레 탐색했다. 우리 둘 다 일을 아주 잘하는 것 같다.

개축공사에 대해 모두가 까맣게 잊고 있을 무렵, 건축공사를 허가한다는 답변이 왔다. 거의 일 년이나 기다린 끝에 두 번째 개축공사를 시작할 수 있게 되었다.

　로베르트와 남편은 공사를 어떻게 진행할지에 대해 숙고에 숙고를 거듭했다. 공사를 한다고 그냥 몇 주 동안 서점 문을 닫아둘 수는 없는 노릇이니 말이다. 서점을 닫는 것은 예산에 포함되어 있지 않았다. 그래서 우리는 주말에 서점에 있는 책의 반을 큰 통에 몽땅 담아 계단실로 옮기고, 한쪽 벽에 있는 서가를 분해하기로 했다. 거기에는 먼지 차단벽이 세워졌다. 압축판재로 된 벽이었다. 그 앞에 다시 서가를 조립해 책을 넣었다. 이제 서점은 40평방미터가 아니라 겨우 30평방미터 조금 넘을까 싶은 정도의 크기에 불과하다. 이런 모습을 보니 마치 악셀 셰플러가 그린 그림 동화책 《우리 집은 너무 좁고 너무 작아요 *A Squash and a Squeeze*》가 떠올랐다.

우리 남편은 매일 아침 멋진 양복을 걸치고 사무실로 출근하니 얼마나 부러운지 모르겠다. 남편이 출근하고 나면 건축공사 하는 사람들이 우리 가게로 출근했다. 현장감독인 알리, 건설 노동자 유수프와 드라간, 전기 기술자 파스가비치, 그리고 캐른텐 출신의 설비공 한 사람과 슈타이어마르크 출신의 목수 한 사람이 그들이다. 서점은 두 개의 영역으로 나뉘었다. 하나는 먼지 차단벽 앞쪽으로, 마치 아주 평범한 서점인 양 우리가 행동하려고 하는 곳이다. 다른 하나는 먼지 차단벽 뒤쪽으로, 건장한 남자 3명이 70센티미터 두께의 벽을 육중한 기계로 부수는 곳이다. 벽 앞쪽은 안나가 지휘권을 갖고 있고, 나는 두 세계 사이를 분주히 오갔다. 가게는 소음으로 귀가 먹먹할 정도였다. 내가 하는 말도 못 알아들을 지경이니 하물며 손님이 말하는 소리는 말할 것도 없었다. 왜 먼지 차단벽이라고 하는지 모르겠다. 먼지가 서점의 나머지 공간으로 아무 거리낌 없이 마구 들어왔다. 서점 안은 안개 같은 먼지에 감싸여 있었다. 사무실과 매장을 연결해주던 통로는 없어졌다. 사무실에 뭐라도 필요한 것이 생기면 우리는 서점 문을 열고 나와서 계단을 통해 건물 뒤편으로 간 다음 새로 지은 작은 사무실로 들어가야만 했다. 무척 번거로운 일이었다.

　회전계단을 떼어낸 것은 어느 화창한 여름날 딸이 친구들과 함께 하루 종일 수영장에 가 있던 날이었다. 계단은 떨어진 채 덩그러니 뒷마당에 누워 있었다. 집에 돌아온 딸은 그 광경을 슬프게 쳐다보았다. 저녁에 딸은 잠을 자면서 흐느껴 울었다. 아이가 처음으로 맛보는 상실감이었으리라. 딸에게는 함부르크의 집에서 이사를 떠나는 것도, 다니던 유치원을 다른 곳으로 바꾸는 것도, 방학이 끝나서 할아버지 댁을 떠나 다시 집으로 돌아와야 하는 것도 이 정도까지 마음 아픈 일이 아니었다. 오래된 거대한 철제 구조물 하나가 딸에게 최초로 큰 이별의 아픔을 안겨다 준 것이다.

공사가 진행되면서 나는 새로운 능력을 발견했다. 지금까지 내 안 어디에선가 잠자고 있던 능력, 바로 일꾼들과 쉽게 교류하는 능력이다. 집에 남자가 한 사람도 없다보니 그 사람들은 별 수 없이 나와 이야기를 나누어야 했다. 며칠 동안 조심스런 탐색 기간을 보내고 나자 그들과의 일이 아주 순순히 풀려갔다. 로베르트가 나를 건축주라고 소개하자, 갑자기 모든 사람들이 나를 "사장님"이라 부르며 공손히 말을 했다. 그리고 거기, 그러니까 먼지 차단벽 뒤에 있으면 사장님이라는 게 갑자기 아주 기분 좋게 느껴졌다.

"사장님, 여기 좀 봐요. 콘센트는 어디다 만들까요?"

"사장님, 문은 폭을 얼마로 하면 될지 말씀해보셔!"

그사이 말 없고 다정한 로베르트는 내 인생에서 가장 중요한 사람이 되었다. 그의 전화번호는 단축번호 맨 위에 저장되었다. 하루에 수도 없이 그에게 전화를 걸었고, 나는 그의 목소리만 들어도 안심이 되었다. 모든 게 잘 계획되어 있다는 걸 알지만 우리에게 주어진 시간이 무척 촉박했다. 뭔가 문제가 생길 때마다 챙겨야 하는 사람은 나밖에 없었다. 결국 거기에 있는 유일한 사람은 나 하나였기 때문이다.

"로베르트, 이 양반들이 벽에다 구멍을 하나 뚫었어."

"어느 벽에다?"

"사무실과 새로 만들 판매 공간 사이에 있는 벽."

"크기가 얼마만 해?"

"뭐 한 10센티미터 정도."

"정확히 어디에?"

"바닥에서 한 20센티미터 쯤 위에."

로베르트의 대답은 대개 이 세 가지 중에 하나였다. "아무 문제없어." 또는 "알리 좀 바꿔줘 봐." 아니면 "내가 10분 내로 갈게."

뜯어낸 벽은 건물 전체를 지탱하는 내력벽 중의 하나라서 우리는 부엌과 식당 방의 벽들에 금 간 데가 있는지 늘 되풀이하여 살펴보았다. 그 모든 것은 3개의 임시 지주 위에 서 있는데, 철제 보가 들어설 때까지는 이 3개의 지주가 건물 전체를 떠받치고 있어야 했다.

나는 알리, 유수프 그리고 드라간과 친구가 되었다. 아침이면 나는 이들을 위해 커피를 끓였다. 알리는 나에게 자기 아이들 사진을 보여주었다. 우리 딸조차도 자기 회전계단을 살해한 사람과 화해를 하는 학교를 마치고 집으로 돌아오면 그들과 수다를 떨었다. 어떤 날인가는 이상한 물건이 배달되었다. 높이 3미터에 길이 4미터짜리, 무게 2,977킬로그램이 나가는 강철 틀이었다. 우리 건축공사 현장은 천장이 뻥 뚫린 널찍한 곳이 아니라 좁은 뒷방이라서 이 거대한 구조물을 천장 아래로 옮길 기중기나 그 비슷한 무엇은 없었다. 인부 세 사람이 원시적인 도르래 하나를 이용해서 맨손으로 할 수밖에 없었다. 나는 일하는 사람들이 걱정되어서 현장에 있을 수가 없었다. 그들이 용을 쓰느라 내뱉는 신음소리는 당연히 먼지 차단벽을 통해 서점 안까지 다 들렸다. 나는 그들에게 아무런 사고도 일어나지 않기를 기도했다. 인생이 힘들다고 느껴지고 내가 일을 너무 많이 하고 있다는 느낌이 들면, 잠깐 건물 뒤로 가서 먼지 속에서 땀을 뻘뻘 흘리는 인부들에게 눈길을 던지고는, 내가 얼마나 조용하고 안락한 직업을 갖고 있는지를 생각했다.

여름 방학이 끝나고 개학하는 첫 주까지는 공사가 끝나야 했다. 그때까지 모두 깔끔하게 정리되어 있어야 했다. 먼지 차단벽 앞에도 몇 가지 고칠 것이 있어서 서점을 3주 동안 닫는 것이 불가피했다. 전기 배선도 새로 하고, 천장도 새로 하고, 조명도 새로 달고, 자그마한 아동도서 코너용 가구도 새로 들여놓아야 했다. 우리는 이 모든 일을 3주 만에 끝내겠다는 야심찬 계획을 세웠다. 모든 게 정확히 정해진 대로 움직여야만 했다. 각 공정별 기술자들이 약속된 시간에 나타나지 않으면 그 뒤에 오는 다른 모든 기술자들의 일도 모두 늦춰질 테니까. 어쨌든 나는 3주 동안 휴가를 얻은 셈이다! 4년 만에 처음으로 닷새 이상을 통으로 쉬는 것이다. 정확히 말하면 내가 즐길 수 있는 휴가는 2주였다. 마지막 한 주는 새로 마련된 공간을 다시 채워 넣어야 했다. 하지만 3주 동안은 손님이 없다! 아침에 문을 열지 않아도 되고, 회전식 스탠드를 바깥으로 내놓지 않아도 되고, 선물 포장을 하지 않아도 되고, 전공서적 영수증을 써주지 않아도 되고, 온갖 이야기를 읊어대지 않아도 된다. 그러니 거의 휴가나 마찬가지다. 나 혼자 제대로 이해할 수 없는 일에 대해 하루에 대략 20번 정도 알리랑 로베르트와 전화 통화를 한 다음 결정을 내려야 한다는 사실은 중요하지 않았다. 시골에 있는 그 작은 집도 그사이 제법 거주할 정도가 된 덕에—그건 도대체 언제 한 거지?—어느 때인가 우리는, 건축 일이 진행되더라도 며칠간은 이 도시를 떠나 있기로 결정했다. 여러 기술자들은 계단실 어느 곳에 열쇠를 놔두기로 서로 합의를 보았다. 그리고 나는 가게를 나왔다.

다행히 일은 내가 없이도 잘 돌아갔다. 전기 기술자는 어떻게 알았을까? 새로 깐 바닥은 막 새로 칠을 해서 들어가면 안 된다는 사실을 말이다. 로베르트가 거기 있었기 때문이다. 로베르트는 언제든지 연락이 닿는 사람이었다. 시간이 빠듯해도, 건축주 아줌마가 히스테리를 부려도, 그의 마음은 미동도 하지 않고 평정을 유지했다. 덕분에 나는 포도밭으로 둘러싸인 시골집 정원에서 건축공사 현장을 통제할 수 있었다. 하지만 항상 그렇지는 않았다. 로베르트는 몇몇 다른 공사 현장을 살피느라 자리를 비우기도 했다. 거긴 규모가 컸다. 거기서 그는 돈을 많이 벌 수 있었다. 한번은 내가 기술자 한 사람에게 전화를 걸어 다음 일을 진행하라고 말하는 것을 잊어버렸다. 차양 아래에서 여유롭게 아침을 먹고 있는데 어쩔 줄 몰라 하는 인부들한테 전화가 왔다. 나는 모든 일을 제대로 만회해보려고 안간힘을 쓰는데, 남편이

"그럼 오픈 날짜를 미루면 되지 뭐. 무슨 일 있겠어?"

라는 나름 건설적인 제안을 했다. 인상까지 쓰며 말하는 남편의 말은 내 속을 후벼 팠다. 그렇게 말하고는 남편은 자기 앞에 놓인, 몰랑몰랑하게 삶은 달걀을 숟가락으로 파먹었다. 식탁에 침묵이 감돌았다. 독일에서 이곳까지 방문하신 시부모님도 말씀을 아끼셨다. 하지만 아무 소용이 없었다. 나는 반쯤 남은 커피 잔을 들고는 책 한 권을 낚아채서 우리의 코딱지만한 침실로 들어갔다. 침대 속에 들어가

꼼짝하기 싫었다. 다시는 일어나고 싶은 마음이 들지 않았다. 음식도 만들지 않을 거고, 아이랑 놀아주지도 않을 거고, 시부모님과 산책도 가지 않을 거며, 그리고 무엇보다도 절대로 그 건축공사 현장 일에 신경을 쓰지 않을 거라고 다짐했다. 그건 어차피 남자들이 할 일 아닌가. 그리고 아이의 할머니, 할아버지는 남편의 부모고, 딸도 어차피 아빠를 더 따르고, 남편은 나보다 음식을 훨씬 더 잘 만든다. 하지만 나는 그렇게 훔친 시간을 침대 속에서 제대로 누리지 못했다. 결국 화는 폭발했고, 남편과 나는 무지무지 화를 내며 싸웠다. 내 자신이 너무 가련하게 느껴졌다. 믿을 수가 없겠지만 이것이 우리의 첫 부부싸움이었다.

남편은 그리 대단찮은 일인듯 오히려 조용하고 평화로워 보였다. 수완이 뛰어난 남편은 나를 그냥 가만히 내버려두었다. 부모님께는 버섯을 좀 따오시라고 숲으로 보내고, 자기는 아이들과 함께 자동차를 몰고 인근 시내로 영화 구경을 갔다. 나는 스웨덴에서 나온 피 튀기는 범죄소설 몇 백 쪽을 읽고 한 시간 정도 잠을 잔 뒤 몸을 움직여 침대에서 나왔다. 그사이 로베르트는 공사 현장의 문제를 해결했고, 남편은 스파게티를 만들어 놓았다. 그래, 공사가 좀 늦어진다고 무슨 큰일이 나겠는가. 다른 사람들이 남프랑스에서 휴가를 보낸다고 해도 그게 뭐 그리 대수랴! 나는 서점을 갖고 있는데!

결국 로베르트는 공사 시간을 지켰다. 자신의 멋진 부대원들과 함께 해낸 것이다. 우리에게 정리하는 데 주어진 시간은 정확히 한 번의 주말. 이 시간에 모든 책을 다시 진열해야 했다. 하지만 도와줄 친구가 없었다. 친구들은 모두 주말 근무이거나 휴가 중이었다. 나는 다시 절망에 빠졌다. 기분을 띄워보려고 딸과 함께 아이스크림을 먹으러 갔다가 늘 그렇듯 서점 손님들과 만나게 되었다. 여자는 약사고 남자는 전통 중국의학을 하는 의사였다. 둘은 절망에 빠진 나를 보더니 그 자리에서 바로 오후에 수영장 가기로 한 약속을 깨고 우리와 함께 서점 정리하는 일을 돕기로 결정했다. 이 두 사람과 함께 서점에 도착하자 남편은 다소 짜증이 난 표정이었다. 하지만 상대가 도움을 준다고 할때 내가 절대 거절하는 법이 없다는 사실에 남편은 어느 정도 익숙해졌다.

일요일 늦은 밤, 정리가 끝났다. 마지막 책이 서가에 꽂혔다. 모든 게 깨끗하고 잘 정돈되어 있었다. 따뜻해 보이는 천장 조명이 우리의 새롭고 넓은 공간 위로 쏟아졌다. 기운은 다 빠져버렸지만 매우 자랑스러웠다. 앞으로 10년 동안 상환해야 할 빚은 머리에서 싹 치워버렸다.

몇 주가 지났다. 제법 나이가 들어 보이는 부인 한 분이 서점에 들어와 잠깐 둘러보더니 이렇게 말했다.

"서가 위치를 바꾸셨나요?"

순간 나는 소리를 버럭 지를 뻔 했다. 수 억 빚을 내서 여름 내내 먼지 마시고 귀마개를 한 채 일을 했건만 그걸 알아채지 못하는 사람이 있다니?

"아뇨, 그저 진공청소기 좀 돌렸을 뿐이에요."

에파가 이렇게 중얼거렸다. 손님이 나가자 우리 모두는 낄낄거리며 웃음을 터뜨렸다.

개축공사 덕분에 우리는 몇몇 이상한 구석을 없애고 제대로 된 '코너'를 만들 수 있었다. 바닥에 책을 쌓아놓는 것도 이제는 과거의 일이다. 이제는 큼직한 가구가 하나 있어서—우리는 그것을 애정을 담뿍 담아 "관(棺)"이라고 부른다—그 위에다 신간들을 쌓아놓을 수 있으며, 대다수 손님들이 처음에는 좀 망설이지만 곧 혼자서도 기꺼이 책을 찾아 뒤지는 모습도 볼 수 있다. 그들은 표지의 글도 읽어보며 좀 더 독립적으로 책을 고르게 되었다. 더 이상 모든 책을 찾아 온 서점을 돌아다니거나 책 내용을 처음부터 끝까지 다 이야기해줄 필요가 없었다. 덕분에 직원 모두가 여유를 갖게 되었다.

서점이 넓어졌다는 소식이 사방으로 퍼진 모양이다. 크리스마스 주간이 되자 평소보다 더 많은 손님이 서점을 찾았다. 아침 9시부터 저녁 6시까지 하루 종일 사람들로 가득했다. 그들에게는 서점이 비좁다는 것, 줄을 길게 서야 한다는 것, 서점에 계산대가 한 곳 밖에 없다는 것, 그리고 익명성이 전혀 없다는 것이 아무 문제가 되지 않는 것 같았다. 우리 서점에서는 누구나 다른 사람들이 뭘 사는지 알 수 있었다. 우리가 누구에겐가 어떤 책의 내용에 대해 묘사를 하면 다른 사람도 함께 듣고는 그 책을 사기도 했다. 몇몇 손님들은 자기들끼리 대화를 나누고 서로 책을 권하기도 했다. 이런 적도 있었다. 상냥한 L여사가 요리책 한 권을 들고 책장을 넘기며 보고 있는데 마침 의사 선생님 한 분도 그 책을 원하는 것이었다. 나는 책이 한 권 뿐이니 두 분이 이 책을 공동으로 구입하라고 제안했다. 그러나 남자 분은 L여사가 기혼에다 아이 넷이 있다는 것을 알고 다소 실망하는 눈치였다.

가끔은 손님들이 지나가다가 서점에 들러 직접 구운 과자와 초콜릿을 주기도 했다. 토요일에 장에 갔다가 서점을 들르는 분들은 꽃과 과일 아니면 포도주 한 병을 갖다 주기도 했다. 언젠가는 에파의 어머니가 우리 서점에서 일하기도 했다. 그녀는 30년 동안 가정주부로 지내다가 예순이 훨씬 넘어서 우리 서점에서 일거리를 받은 것이다. 1년 채 못 되는 기간 동안 그녀는 서류를 정리하고 포장이 뜯긴 책을 다시 비닐로 포장하는 일을 맡았다. 그녀는 지금도 12월이 되면 뒷방에서 날마다 수십 권의 책을 포장지에

싸는 일을 맡아 한다. 그리고 매주 한 번 우리를 위해 감자 굴라시*를 한 솥 가득 끓여 준다.

성탄 대목 때 우리의 가장 큰 문제점은 좁은 공간에서 매출이 너무 많이 오른다는 점이다. 한마디로 서점에 한두 권만 비치해둔 책들이 하루에도 수십 종류가 팔려나가고 다시 채워넣고를 반복해야 한다는 뜻이었다. 도매상 3곳은 날마다 책을 어른 키 만한 높이로 탑을 쌓아 배달해주고, 우리는 그 책들을 고객이 주문한 책과 함께 인수해 분류해야 했다. 우리는 날마다 어떻게든 업무 시간 안에 끝내려고 애를 썼지만, 남편이 저녁에 사무실에서 집으로 돌아올 무렵이 되어도 탑처럼 쌓인 책은 조금도 줄어들지 않았다. 날마다 남편은 늦은 밤까지 뒷방에 서서 토마스 만이나 하이미토 폰 도더러의 라디오 드라마를 들으며 책 포장을 풀었다. 하지만 나는 저녁 7시가 되면 무조건 일을 마치는 특권을 즐겼다. 그래야 다음 날 다시 수많은 이야기를 풀어놓으면서 재미를 느낄 준비를 할 수 있기 때문이었다. 12월의 이런 밤들은 한 해 중 내가 텔레비전을 보며 행복해하는, 그것도 멍청한 짓거리를 방송하는 350가지가 넘는 프로그램을 보는 유일한 시간이었다. 여기에 포도주 몇 잔을

....

● 헝가리 음식. 쇠고기 등을 큼직하게 깍둑썰기 해 넣고 무르도록 푹 끓인 다음 매콤하게 간을 한 수프.

더하면 귀에서 웽웽거리는 소음을 느끼지 못하고 잠들 수 있으며, 어떤 손님의 어떤 책을 까먹고 주문하지 않았는지 계속 생각하지 않을 수 있었다.

간혹 자기 앞에 스무 명이 서 있다 해도 기다리려 하지 않는 손님들이 있었다. 그들은 바로 자기 순서가 되길 원했고, 관심을 받고자 했다. 그들을 위해 우리는 컨디션을 최고로 끌어올려야 했다. 피곤해서 유머 감각이 떨어진다 싶으면 우리는 바로 쉴 곳으로 기어들어가 잠을 청하곤 했다. 하지만 대다수 손님은 잘 기다려주며, 기다려야 할 때에도 우리 서점에서는 지루하지가 않았다. 수많은 책과 함께 이곳에서는 늘 새로운 이야깃거리가 넘쳐났다. 이곳은 순수 예술이 살아 숨 쉬는 경건한 사원이 아니라 큰 소리로 누군가를 부르고 웃는 곳, 서로 책 제목을 사람들 머리 위를 향해 외치는 곳이다. 사다리 높은 곳에서 저 아래를 보며 이렇게 소리치는 일도 드물지 않았다.

"뇌스틀링거 책은 도대체 어디 있어요?"

"호박 토끼*는 추가주문 벌써 했죠?"

"거기 백만장자들에 대한 책 채워 넣었어?"

● 영국의 도자 예술가이자 작가인 에드먼드 드 발이 쓴 《호박 눈을 가진 토끼 : 감춰진 유산 *The Hare with Amber Eyes: a Hidden Inheritance*》를 말한다.

"켈만 책 사인본 아직 한 권 더 있어?"

"아는 사람 없어요? 지난주 슈퇴클°의 아침 식사에 나온 사람이 누군지?"

너무 오래 걸린다고 불평하는 사람이 없지는 않지만 그런 경우에도 대개는 문제가 저절로 해소되었다. 우리가 입을 뻥긋하지 않아도, 나머지 손님들이 웃기 시작하고, 그러면 욕먹게 되는 사람은 오히려 불평하던 사람이기 때문이었다. 가끔 우리도 웃어야 할지, 울어야 할지 모를 때가 있다. 어떤 사람이 계산대 앞에 서서 이렇게 말할 때다.

"어제 책 한 권 주문했는데요, 책 왔겠죠?"

이름도, 책 제목도 없이 그냥 그렇게만 말하는 것이다. 하루에 300권쯤 되는 주문 중에서 물론 기억하는 책도 있겠지만 보통은 어찌 다 기억할 수 있을까. 간혹 2년 밖에 안 된 경제관련 도서가 우리 서점에 재고로 비치되지 않았다고 짜증을 내는 사람도 있다. 하지만 대다수는 우리가 모든 것을 다 갖고 있으며, 때로 좀 시간이 걸리기도 하지만 거의 모든 것을 다 찾아주는 것에 열광한다. 제품 관리 시스템 상에는 한 권이 있는 것으로 나오는데 실제로는 책이 있어야 할 곳에 책이 없다면 서점 직원이 다 그 책을 찾

● 슈퇴클은 라디오 진행자로 일요일마다 "우리 집에서 아침식사를 Frühstück bei mir"이라는 프로그램을 진행하는데, 명사 한 분을 아침식사에 초대해 인터뷰한다.

137

아 나서기도 한다. 손님들이 나서서 함께 찾는 경우도 드물지 않다. 찾아내는 사람은 대개 가장 나이 어린 직원일 경우가 많다. 그래서 우리는 요즘 그녀를 "트뤼펠슈바인*"이라 부른다. 그녀는 컴퓨터 모니터에 있는 책 표지 그림을 한 번 쓱 보고는 목표가 정해졌다는 듯 말없이 사다리를 올라 책을 서가에서 꺼내온다.

12월 23일, 우리는 행복에 겨운 나머지 무릎을 꿇고 절이라도 할 심정이었다. 성탄 대목이 거의 끝나가고 있었고, 24일이면 갈 수 있는 작은 집이 시골에 있기 때문이었다. 출발은 12월 24일 15시 22분. 프란츠-요제프 역. 그 작은 집을 사기로 한 것은 얼마나 훌륭한 결정이었던가! 그리고 20살에 아들을 하나 낳기로 한 것은 얼마나 멋진 결정이었는가! 그 아이가 이제 다 커서 운전면허증까지 갖고 있다. 아들은 12월 23일, 어린 여동생, 개, 성탄절 선물, 먹을거리와 한 주 동안 읽을거리를 서점 배송차량에 싣고 포도밭이 있는 시골로 미리 떠났다. 우리는 12월 23일 저녁에 서점 문을 닫고 대충 치운 다음—이건 서가의 빈 칸을 채워 넣었다는 말이다—두 블럭 떨어진 친구 게오르크네 식당으

----
* '송로버섯을 찾는 돼지'라는 뜻.

로 가서 밥을 먹었다. 아마 한 해 중에 가장 행복한 날이었을 것이다. 다만 기운이 다 빠져 알아채지 못했을 뿐. 우리는 훌륭한 음식을 먹고, 술을 진탕 마시고, 아주 늦게 잠자리에 들었다. 하지만 괜찮다. 다음날이면 이 모든 일이 끝나니까.

성탄절 전날 마지막으로 일하는 다섯 시간 동안은 모든 것이 용서되고 다 괜찮다는 느낌이 유독 도드라진다. 새로 입고되는 물건도 없다. 배달된 물건을 풀 일이 없다. 이런 날 아직도 우리 서점을 찾는 손님들은 겸손하고 소박한 사람들이다. 자기가 소망하는 책을 손에 넣을 수 있다고는 기대도 하지 않는 진짜 절망적인 상태의 사람들이다. 그러니 "아니, 그 책을 비치하고 있지 않다는 말입니까?"라거나 "아마존 같으면 그 책을 대번에 받을 텐데." 같은 말은 전혀 나오지 않는다. 12월 24일에 오는 손님들은 그저 고마워하며 모든 걸 서점에 있는 것 중에서 고른다. 등산에 관한 책을 원해도 자전거에 관한 책으로 빠질 수도 있고, 자서전이 요리책으로 바뀔 수도 있다. 중요한 것은 크리스마스 포장지로 덮어 싼다는 것이다.

오후 1시. 서점 문이 닫혔다. 아이가 없는 직원들, 그래서 우리와 함께 일을 해야 했던 직원들은 요란하게 소리를 질렀다. 우리는 서점 문에 걸린 간판을 "영업 안 함."으로 돌려놓은 다음 모두 서로 껴안고 인사를 나누었다. 샴페인도

한 병 터뜨리고 자그마한 선물도 나눠주었다. 그런 다음 모두는 가능한 한 신속히 그곳을, 지난 여러 주 동안 자기 시간의 대부분을 보낸 그 공간을 떠났다. 남편과 나도 역으로 달려가 패스트푸드점에서 먹을 것과 큰 잔에 든 커피를 샀다. 기차가 아직 시 경계에도 이르지 않았는데 나는 벌써 남편의 어깨에 기대어 잠에 빠져들었다.

포도밭 마을의 역에 도착하니 우리 아이들과 개가 서있었다. 날이 차고 벌써 어둑어둑했다. 하지만 우리 작은 집의 창들은 불빛에 반짝이고 화덕 두 개에서는 불이 타오르고 있었다. 잘 치워놓았다고 말할 수는 없었다. 크리스마스 트리도 앞쪽만 장식되어 있었다. 아이들도 그리 시간이 많지 않았나보다. 두 아이는 해리포터 영화 두 편을 보아야 했던 것이다. 먹을 것으로는 라자냐가 있었다. 라자냐는 아들이 정말 잘 만드는 음식이었다. 소파에서 잠깐 눈을 붙이고, 개를 데리고 느긋하게 산책을 하고, 선물을 나누고, 먹고, 놀고. 그리고 나는 5분에 한 번씩, 내일은 서점에 가지 않아도 된다, 내일은 장편소설 내용을 이야기해주지 않아도 된다, 내일은 선물 포장을 하지 않아도 된다는 생각을 했다. 나는 세상에서 가장 행복한 사람이었다.

누가 생각이나 했었나, 그 애가 다시 제 발로 와서 우리와 함께 성탄절을 축하하리라고? 큰아이가 우리와 함께 포도밭 동네에서 크리스마스 트리 아래에 앉아 훈훈한 장면을 연출하리라고 말이다.

아들은 자기 반에서 가장 쿨한 아이였다. 부모도 없이, 그 중에서 몇 달은 심지어 혼자서 상파울리의 어느 집에서 살았다. 환락가인 레퍼반까지는 걸어서 갈 수 있는 거리. 그렇게 혼자 남겨두는 것이 심대한 실수였고 그로 인해 아이가 수백 시간을 잘못 보내게 되었다는 것을 우리는 너무나 늦게 알아차렸다. 긴급제동은 아이 스스로가 걸었다. 몇몇 친구들과 함께 사는 형식으로 말이다.

몇 년 전, 아들과 나눈 전화 통화가 아직도 생생하다. 아이는 함부르크에 있고 나는 빈에서 살고 있었다. 아들은 혼자 알토나의 공동 주택에 방 한 칸을 얻어 살고, 나는 사람들로 빽빽한 빈의 서점에서 성탄 선물을 찾는 손님에게 둘러싸여 있었다. 그때 내 귀에 들린 한 마디.

"나 학교 때려치울래."

다른 모든 것이 한순간에 꺼지는 느낌이었다. 손님들은 희미한 안갯속으로 사라지고, 나 홀로 서있는 느낌이었다. 나를 둘러싼 모든 세상이 산산조각 나 흩어지는 느낌. 그 아이를 키우고 교육시키는 데 얼마나 많은 시간과 에너지를 투자했던가? 그래, 인정한다. 나는 자식에게 모든 것을 헌신적으로 쏟아붓는 엄마는 분명 아니었다. 그러기에는 내 자신이 한마디로 너무 어렸고, 내 모든 에너지를 아이 교육에 쏟아붓고 싶은 생각도 전혀 없었다. 하지만 나도 당연히 아이에게 무엇이 최선일지를 고민하느라 언제나 골머리를 앓았다. 어떤 유치원에 보내면 좋을지, 취학 전 예비학교에 보낼지 말지, 어떤 도시락을 싸줘야 할지, 몬테소리 학교를 보낼지 일반 학교를 보낼지 등을 고민했다. 텔레비전을 너무 많이 보는 건 아닌지, 게임보이를 너무 많이 갖고 노는 건 아닌지, 자유 시간이 너무 많지는 않은지, 아이와 함께 공부를 너무 적게 했나, 아이에게 너무 신경을 많이 썼나를 염려했다.

성탄 대목이 한창이지만 나는 함부르크 행 비행기를 예약했다. 도착하자마자 당장 아이가 친구 레오와 함께 살고 있는 방으로 갔다. 아들이 사는 곳을 방문하기는 처음이었다. 하지만 가자마자 침대 시트를 바꾸라고 잔소리를 늘어놓았다. 아이는 친구 몇몇을 함께 불렀고, 우리는 함께 젬멜크뇌델*과 양송이버섯 소스를 만들었다. 여유있는 분위기였다. 아이 친구들은 모두 쿨했다. 얼룩덜룩하게 염색한 바지를 입고, 여자 아이들은 목에 스카프를 둘렀고, 남자 아이들은 머리를 길게 길렀거나 여러 갈래로 땋고 있었다. 내가 저 나이 때 저런 게 있었다면 나도 분명 같은 모습이었을 거다. 아이들은 좀 별난 데가 있었지만 다정하며 정치적인 주제에도 적극적이었다. 아이들은 아들과는 달리 졸업시험을 준비하려고 했다. 여자아이 하나는 의사가 되겠다고 하고, 다른 여자아이는 개발도상국에 가서 개발 원조를 지원하는 일을 하고 싶다고 말했다. 레오는 미대를 가려하고, 야콥은 교사가 되고 싶다고 했다. 우리 아들만 '자본주의 세계'에 동참하지 않겠다는 말을 했다. 그러니 당연히 졸업시험도 준비할 필요가 없다고 말했다.

그날 밤 우리는 서로 많은 토론을 했다. 기쁘게도 아이의 친구들은 나와 비슷한 생각이었다. 학교를 그만두는 것은 아주 멋진 행동이기는 하지만 졸업시험 합격증을 일단 딴 다음에 하라는 의견이었다. 시간이 점차 지나면서 나는

● 하루 지난 빵을 썰어 우유에 담가 불린 다음, 양파 등을 넣고 계란으로 경단 모양을 만들어 쪄낸 음식이다.

아들이 그렇게 결정하고 싶은 이유가 '자본주의 세계에서 뛰어내리는 것'에 있는 게 아니라 아이가 부모 없이 함부르크에서 혼자 지내면서 놓쳐버리고 허비해버린 수많은 시간으로 인해 공부에 공백이 생겨서 그렇다는 것을 조금씩 알게 되었다. 학교 선생님들, 친구들의 부모와 대화를 나누었고, 친구들은 누가 언제 우리 아들과 공부를 할지 계획을 짰다. 그리고 우리는 마침내 아들을 설득하는 데 성공했다. 아들이 졸업시험을 준비하기로 한 것이다. 적어도 시도는 해보겠다고 했다. 모든 사람들이 아들을 돕겠다고 나섰다. 그리고 아들은 해냈다. 그래서 지금은? 아들은 대학에 다니고 있으며 교사가 되려 한다.

딸은 영리하며 아들과는 달리 매우 열성적이다. 아이는 어릴 때부터 되고 싶은 게 너무 많았다. 4살 때는 배우가, 5살 때에는 빈 인민 오페라단의 바이올린 주자가, 7살 때부터는 가라테 세계 챔피언이, 그리고 최근에는 건축가나 비행기 조종사가 되려 한다. 하지만 아이가 하지 않으려는 게 딱 하나 있다. 바로 서점 일이다. 그렇다고 아이가 서점을 가질 생각이 없다는 말은 아니다. 아이는 다만 서점에서 일하고 싶어 하지 않는다. 그보다는 세상을 보고, 대학에서 공부하고, 멋진 직업을 가지고 싶어 한다. 그러다 아이가 이 모든 짜릿한 일들을 맛본 뒤에 어쩌면 서점 일을 할 수 있지도 않을까? 다만 그때까지 이 서점이 없어지지 않기를 바랄 뿐이다. 아이가 그럴 수 있는 날이 온다는 것은 남편과 내가 계단에서 떨어져 죽을 때까지 서점에서 일해야 한다는 것을 의미한다. 물론 아이는 부모가 서점을 갖고 있다는 것, 자기 학교 선생님들이 우리 서점에서 책을 주문한다는 것, 자기가 모든 책을 그냥 가질 수 있다는 것, 7학년이 읽을 책으로 뭐가 좋을지 자기가 독일어 선생님께 조언을 해줄 수 있는 것을 멋진 일이라고 여긴다. 아이는 학교에서 서점 집 아이로 이름나 있다. 저자들을 알고 있다는 것도 당연히 멋진 일이다. 예를 들면 오스트리아 작가 다니엘 글라타우어와 그가 키우는 인디언 러너 오리에 대해 수다를 떨고, 작가 아르노 가이거의 여자 친구에게 새 스노보드를 구경시켜주고, 베아 카이저와 라틴어에 대해 이야기를 나누고, 남들은 텔레비전에서만 보는 정치 풍자극 배우들의 초연을 엄마와 함께 보러 가는 것 따위 일들이다. 하지만 아이가 날마다 보고 듣는, 그 뒤에 숨은 일거리는 그것보다 덜 멋있다. 아침 식사하는 자리에서 벌써 매출액, 직원들 근무 계획 그리고 추가 주문에 대해 이야기하는 엄마 아빠, 텅 빈 냉장고, 그리고 크리스마스 주간이 되면 엄마 없이 먹어야 하는 찬 음식, 11월과 12월 두 달 동안 식당 방에 쌓이는 책 상자들, 그리고 내가 전날 새벽 3시에 집에 들어왔음에도, 아니면 막 장염으로 고생

하고 있음에도 친절하게 응대 받으려 하는 손님. 이런 것들은 휘황찬란함과는 전혀 관계가 없으며 '아, 나는 책 읽는 것을 좋아하니 나중에 서점을 하나 했으면 싶어.'라는 식의 감정과도 아무런 상관이 없다.

그러므로 우리는 더 이상 사다리를 올라갈 수 없을 때까지 일할 것이다. 그러다 한 20년 동안 서점 문을 닫고 있어야겠다. 그러다 딸이 거친 인생과 잘 나가는 출세 가도에 진절머리를 내다가 직접 다시 문을 열 수도 있겠다. 거미줄을 걷어내고 정리만 하면 된다.

이제 우리는 대형 서점으로 가는 길로 들어서고 있었다. 서점 구조에 대한 고민은 피할 수 없는 일이 되었다. 지금까지는 모든 직원들이 모든 일들을 공평하게 나눠서 해왔다. 근무 계획을 짤 때면 우리는 여러 시간 머리를 맞대고 같이 의논했다. 초과 근무를 하는 사람이 절대 없어야 했고, 모든 직원이 원하는 휴가 날짜에 쉴 수 있어야만 했으며, 직원의 토요일 근무는 한 달에 한 번으로 제한하도록 했다. 어느 날인가 내가 도서전에 가기 직전, 안나가 이런 말을 했다.

"사장님, 제 업무가 따로 있으면 좋을 것 같아요."

나는 깜짝 놀랐다. 안나가 말하는 업무란, 다른 회사에서는 '점장'이 하는 업무를 뜻했다. 우리는 여전히 풀뿌리 민주주의에 바탕을 둔, 대학 시절에 꿈꿔온 이상을 실천하고자 서점에서 위계구조를 갖추는 것을 금기시하고 있었다. 그런데 이제는 직원들이 위계구조를 요구하고 있는 것이다. 우리는 거기에 맞설 수가 없었다. 안나는 직책을 원했다. 내가 서점에 없을 때 지시를 내릴 권한을 갖고 싶어했다. 안나의 생각은 나름 일리가 있었다. 안나는 전체 업무를 관장하고 모든 일을 보는 데다 대다수 일을 다 잘 알고 서점 업무를 가장 오랫동안 한 사람이었다. 우리도 가끔은 그녀를 '브레인'이라고 부를 정도였으니 말이다. 다른 직원들도 이런 생각에 찬성하는 바람에 결국 안나는 새로운 직책을 얻게 되었다.

업무를 나눌 경우 분야별로 담당 직원이 있게 마련이다. 그런 관행 역시 다른 서점에서는 아주 일반적이지만 우리 서점은 아직 작아서 그럴 필요가 없다고 지금까지 생각해왔다. 하지만 오래 전부터 이미 상황은 그렇지 않았다. 그래서 이번 기회에 담당 분야를 정하게 되었다. 안나는 영어 도서와 전체 총괄업무를 맡기로 했다. 데스메탈 밴드에서 베이스를 맡고 있는 아가씨는 '당연하게도' 범죄추리물을 맡았으며, 그 대신 다른 직원들이 별로 선호하지 않는 상담서도 함께 맡았다. 하긴 결혼 생활에 대한 상담서나 피 튀기는 잔혹한 범죄물은 어떤 면에서 아주 잘 어울리는 조합이기도 하다. 우리 서점에서 가장 정치적이며 여성주의자인 바바라는 비소설 분야를 맡고, 여행서는 우리가 그녀에게 그래픽 노블 부문을 약속한 뒤에 가져갔다. 도제 과정에 있는 직원은 아직 배워야 하므로 전 분야를 다 맡기로 했다. 남편이 맡는 코너도 하나 있는데, 거기에는 문학사 관련 도서, 마네세 출판사에서 나온 소책자 등 이른바 마니아들이 좋아하는 엄선된 책들이 진열되어 있다. 물론 그런 책으로는 절대 돈을 벌지 못한다. 하지만 그런 책을 만나면 정신을 못 차릴 정도로 좋아하는 손님들이 꽤 있다.

남편이 출판사에서 일하는 문제가 우리의 예상과는 어째 좀 다르게 흘러갔다. 정기적으로 꼬박꼬박 들어오는 수입원이 우리의 신경을 안정시키는 데에는 나쁘지 않았다. 하지만 가족의 생활을 생각해보면 꼭 좋은 것만도 아니었다. 나는 모든 시간을 가게에서 보내지만 내가 맡은 일은 절대 끝나지 않을 것 같다는 느낌이 들었다. 게다가 아이도 키워야 했다. 집에서 일도 하고, 생활도 하니 언제나 정신이 없었다. 후다닥 세탁기 스위치를 켠 다음, 부엌으로 달려가 호박 수프를 끓여야 하는 일상이었다. 반대로 남편은 매일 아침 양복을 쫙 빼입고는 대중교통을 이용해 30분 동안 느긋하게 책을 보며 출근한 다음, 사무실에서 하루 종일 책상 앞에 앉아있는 생활을 했다. 그는 저녁에 집으로 돌아와 기분이 별로 좋지 않은 아줌마와 만나 잠깐 함께 저녁식사를 한 뒤 서점으로 내려왔다. 우리가 낮에 끝내지 못한 일을 처리하기 위해서였다.

그러는 사이, 서점은 급성장을 해버렸고, 우리는 정말 죽을 둥 살 둥 애를 쓰지 않고는 일이 감당이 되지 않는 지경에 이르렀다. 사무실 업무 처리는 생각조차 못할 상황이었다. 그러나 누군가는 수백 장의 청구서에 적힌 금액을 이체해주어야 했고, 세무사에게 보낼 서류를 준비해야 하며, 각종 독촉장 따위를 작성해야 했다. 온갖 문서 처리 업무를 하는 사람이 필요했다. 우리가 선택할 수 있는 방법은 두 가지 중 하나였다. 새로 직원을 고용하거나 남편이 직장을 그만두고 서점으로 돌아오거나.

서점을 운영하고 두 번째 맞이했던 성탄 대목 때, 남편은 배달된 책 포장을 밤새도록 풀고 다음 날 아침 8시에 다시 사무실로 출근했으며, 12월 24일이 있던 마지막 주에는 심지어 휴가까지 냈다. 덕분에 우리는 모든 일을 무사히 처리할 수 있었다. 그런 일을 겪고 나서 우리는 새로운 직원을 뽑는 대신 남편이 다시 돌아오는 것으로 결정을 했다. 남편은 크리스마스 휴가가 끝난 뒤 사표를 냈다. 그제서야 나는 마음이 놓였다.

남편은 사람보다는 책을 단연코 더 사랑하므로 그는 내무부 장관 겸 시설관리 팀장이 되었다. 서류 작성, 근무계획표 작성, 성탄 대목의 물품 인수, 전구 및 프린터 잉크 교체도 그의 일이다. 그리고 많은 돈이 들어간 우리 홈페이지에 늘 새로운 내용을 채워 넣는 것도 거기에 포함되어 있다. 아, 그렇다. 홈페이지. 첫 3년 동안 우리는 그런 것을 도입하는 데 고집스레 거부했다. 우리는 멋진 복고풍 서점이라 그런 현대식 도구는 필요 없다고 본 것이다. 홈페이지를 어디다 써 먹는단 말인가? 사람들은 우리 서점으로 와야 하는 것이다. 문학을 체험하고, 느끼고, 그 냄새를 맡을 수 있는 것은 여기 서점 안에서다. 그런데 단골 중 한 사람이 일정한 시간 간격을 두고 서점을 들러 우리 속을 긁어 놓았다.

"품위 있는 서점이라면 홈페이지가 하나쯤 있어야지요. 저는 집에서도 이곳 서점 직원 여러분들의 조언을 읽고 싶습니다. 21세기에 사업을 하면서 홈페이지가 없다는 것은 완전히 시대에 뒤진 것이죠."

그러다 어느 날인가 그 사람이 자기 정체를 드러냈다. 비록 외모가 사회복지사 같아 보였지만 그는 웹디자이너였던 것이다. 몇 달 뒤 우리는 두 손 들고 그에게 홈페이지 설계를 맡겼다. 단, 홈페이지는 복고풍에 아주 개인적인 느낌이어야 한다는 것, 이것이 우리가 제시한 단 하나의 조건이다. 그는 그 말을 너무 잘 이해했다. 웹디자이너 자신이 개인적이고 복고적인 그런 존재였기 때문이다. 그와 같은 유형의 인간은 더 이상 존재하지 않을 정도였다.

여러 번의 시도와 아주 갈등 많았던 논의 끝에 우리는 홈페이지를 갖게 되었다. 우리에게 어울리는 웹사이트였다. 오래 된 학교 공책이 나오고 그걸 클릭하면 공책의 책장이 넘어가면서 사이트가 열린다. 낡은 타자기 글씨체로 우리는 우리가 사랑하는 책을 소개한다. 직원들 각자 자기만의 페이지가 있다. 홈페이지를 방문하는 이들에게는 적잖은 도전거리이며 신속하게 변해가는 도서 시장의 상황을 반영했다고 말할 수는 절대 없다. 추천이 있는 글은 절대 지우지 않는다. 지금 어떤 책을 훌륭한 책이라고 여긴다면 그 책은 한 해 뒤에도 좋은 책이며, 심지어 다섯 해 뒤에도, 설령 더 이상 베스트셀러가 아니거나 심지어 이미 시장에서 사라졌다 해도, 좋은 책인 것이다. 그리고 서점이 돌아가는 것과 똑같이―손님이 책 한 권 찾으러 서점에 들어왔다가 찾지 않은 책 서너 권을 발견하듯―홈페이지도 그렇게 돌아가야 한다.

초창기에는 남편과 내가 불평하지 않고 서로 번갈아가며 휴가를 갔다. 딸의 방학은 9주, 끝도 없었다. 그걸 우리는 서로 나누었다. 하지만 우리가 절대 놓칠 수 없는 일정이 한 해에 딱 한 번 있다. 10월 중 나흘은 직원들끼리 일을 감당해야만 한다. 우리가 저 거대한 문학의 세계로 소풍을 가기 때문이다. 바로 프랑크푸르트 도서 전시회다.

서점 주인으로서 간 첫 도서전시회에서는 분위기가 완전히 둘로 나뉘었다. 오스트리아 리셉션에 갔더니 사람들이 우리를 불신의 눈빛으로 주시하며 조심스레 꼬치꼬치 캐묻는 것이었다. 비관에 빠진 어두운 구름이 독립 서점의 상공에 가득한 요즘 같은 시기에 도대체 어떻게 서점을 새로 열 수 있는가? 어떻게 그렇게 뻔뻔하게 독일에서 오스트리아로 와서 쥐도 새도 모르게 서점을 열 생각을 하지? 뭐 그런 분위기였다.

반대로 독일 친구들은, 출판사 사람들이든 아니면 과거

언론계 동료들이든 가릴 것 없이, 장하다는 듯 우리 어깨를 두드려주었다. 몇몇 눈길에서 나는 그들이 무슨 생각을 하는지 알 수 있었다. 얼마나 좋아, 작은 서점이라니. 그것도 이 초코케이크의 도시, 모든 이들이 언제나 카페에만 앉아 있고 시계는 더 더디 가는 빈에서 말이야. 오스트리아의 한 일간지 문학담당 편집자는 매년 내게 묻는다.

"여긴 웬 일이야? 개인적으로 전시회에 온 거야?"

개인적이라는 게 무슨 말이지? 우리는 여기서 생산되는 모든 것과 당신네들이 기사를 쓰든 말든 다루는 모든 주제를 판매하려고 애를 쓰는데. 서점이 없다면 이 분야는 짐을 싸야 할 수도 있어. 그러니 왜 우리가 이 도서 전시회에 오지 말아야 한다는 거지?

남편이 다니던 출판사에서 방값을 내준 덕에 우리가 그나마 비싼 호텔에 묵었던 시절은 유감스럽게도 지났다. 이제 끝없이 누추한 숙소의 연속이다. 첫 해에 우리는 방을 예약하는 것을 까먹고 말았다. 도서 전시회를 2주 앞두고 나는 대학 시절의 친구에게 전화를 걸어 집에서 재워줄 수 있는지 물어보았다. 친구는 시큰둥한 반응이었다.

"우리 집 상황이 만만치 않아서 말이야. 너희들이 자려면 방을 깨끗이 치워야만 할 텐데."

그래, 그래서? 나는 아무 대답도 하지 않았다. 방 치우는 게 뭐 그리 어려운 일이란 말인가. 나 역시 집에 손님이 오면 항상 직전에 그저 최악의 상태만 눈가림 하려 하니 말이다. 결국 친구는 허락했고, 우리는 그 집에 묵기로 했다.

그녀가 문을 열었고, 우리는 현관으로 들어가는 좁은 틈을 통해 짐을 밀어 넣으려고 애를 썼다. 어떤 이유에서인지 문이 완전히 다 열리지 않았다. 집 안을 슬쩍 들여다보니 숨이 턱 막혔다. 집이 완전 난장판이었다. 여기저기 책과 신문이 쌓여있고 온갖 종류의 종이와 전단지들이 나뒹굴고 있었다. 코딱지 만한 방에 들어가니 방바닥 일부가 치워져 있고 그 위에 회색 빛 매트리스가 깔려 있었다. 그리고 그 위에 둘둘 말린 담요 한 장이 얹어져 있다. 나는 거의 눈물이 날 뻔 했다. 여기서 어떻게 잠을 잔담? 샤워? 그건 불가능해보였다. 남편은 상황을 좀 더 현실적으로 볼 줄 알았다. 우리에게는 다른 선택지가 없다는 것을 그는 상기시켜주었다. 지금, 그러니까 전시회 기간 중에 프랑크푸르트에서 방을 얻는다는 것은 설사 돈이 있다고 해도 절대 불가능이다. 그래서 우리는 결정했다. 매일 저녁 우리를 초대한 파티란 파티는 모두 참석해서 한껏 마시고 최대한 오랫동안 머물기로. 그러면 몇 시간은 이 너저분한 곳에서 그냥 뻗어 자지 않을 수 없을 것이다.

다음 날 전시장에 오자 거의 모든 것이 좋았다. 나는 전시장의 분위기에 푹 빠졌다. 남편의 옛 동료들은 우리를 마치 가출했다가 집으로 돌아온 아들처럼 맞아주었다. 여기

저기에서 낯익은 얼굴들이 눈에 띄었다. 16시간이 지나면 우리는 다시 취침텐트로 돌아가야 했다. 나는 어느 다정한 동료에게 추파를 던지는 내 모습을 은밀히 상상해보기도 했다. 아마 그 동료는, 그래, 멋진 호텔 방을 갖고 있겠지? 물론 나는 그런 짓을 하지 않았다. 끝까지 견뎌냈다. 남편과 함께. 그 옛날, 가난한 대학생 시절에 이미 부다페스트에 가서 쥐가 나오는 폐가에서 침낭을 깔고 잠을 잔 적이 있지 않은가. 그러니 매트리스 옆에 높다랗게 쌓여 있는 신문더미가 나를 죽이지는 못할 것이라고 스스로를 위로했다.

좁고 작은 서점 안에서 한 해를 보낸 끝에 맛보는 크고 넓은 세상의 향기라니. 파티에서 독일의 배우이자 감독인 데틀레프 부크와 다니엘 켈만과 나란히 있던 일, 그리고 도서 전시회 통로에서 로거 빌렘젠이 내게로 달려와 "내가 사랑하는 빈 서점 주인"이라고 말하며 나를 껴안은 일은 지금 생각해도 기분이 좋다. 나는 서점 손님들에게 보여주기 위해 몰래카메라라도 하나 설치되어 있었으면 싶을 정도였다. 우리는 모든 파티에 다 참석했다. 다행히 우리는 거의 모든 파티에 초대를 받았다. 무엇보다도 포도주가 공짜라는 것이 마음에 들었다.

나는 예전부터, 그러니까 서점을 하기 전부터 매년 프랑크푸르트 도서전에 갈 때면 만나서 같이 점심을 먹는 사람이 있다. 그는 베를린에서 온 저널리스트이다. 우리가 서로 알고 지낸 게 느낌으로는 한 백 년은 된 것 같다. 처음 우리가 만났던 당시 그는 대단한 문학비평가였고 나는 아직은 비교적 소규모인 어느 오스트리아 출판사의 풋내기 언론담당자였다. 그는 문학이라는 찬란한 세계로 나를 인도해주었고, 프랑크푸르트 호프 호텔에서 소규모로 열리는 연회에 나를 데리고 가 주었다. 그 연회석상에서 대화를 나누며 나는 무척 애를 써야만 했다. 내가 대단한 존재이고 그 자리에 있을 만한 사람이라도 되는 듯 행동하려고 말이다. 이제 나는 대다수 초대를 직접 받지만, 그와 내가 전시회 기간 중에 함께 점심식사를 하는 전통은 그대로 남아 있다. 그것도 제3전시장과 제4전시장 사이에 있는 핫도그 가게에서 대충 먹는 게 아니라 아주 제대로 먹는 점심이다.

전시장을 내려가 아름다운 이탈리아 식당으로 들어갔다. 전식(前食)에다 본 요리 그리고 그 다음에는 디저트로 푸딩 모양의 판나 코타까지 나왔다. 거기에 포도주도 두어 잔 곁들여졌다. 나는 낮술을 마시는 편이 아니지만, 도서전시회만큼은 예외였다. 그러다 책을 한 번 써 보자는 아이디어가 나왔다.

"요즘은 출판사마다 범죄추리소설을 내고 있어. 시장이 형성되었다는 말이지."

"맞아요. 이젠 그걸 더 이상 부정할 수 없죠. 주어캄프 출판사*조차도 말이죠."

"우리도 그런 걸 쓸 수 있지 않을까?"

"왜 아니겠어요? 빈의 여자 형사와 베를린의 남자 형사가 주인공이 되는 거죠. 두 사람은 우연히 두 도시에서 벌어지는 한 사건을 공유하고요."

"멋진 생각이야. 그리고 사망자는 말이지……."

베를린에서 온 남자는 눈길을 이리저리 굴리더니 식당 안에 있던 다른 손님들을 쳐다보았다. 겉보기에 모두 문학계 사람들 같았다.

"작가야. 성공에 푹 빠진, 빈 출신에 제 잘난 맛에 사는 젊은 친구지. 그리고 살인범은 말이지……."

"그의 에이전트죠!"

"그렇지, 훌륭해! 그렇게 우리가 해보는 거야. 그리고 당연히 이건 영화로 제작하기에도 안성맞춤이라고! 상상해 봐, 그게 얼마나 관광 붐을 일으킬지 말이야! 빈과 베를린, 그야말로 보증수표가 아니고 뭐겠어."

"그럼 사건을 스무 개 정도 써 보죠. 매년 하나씩. 그럼 우린 돈도 많이 벌고 유명해질 거예요."

● 1950년에 창립되어 전후 독일문학 출간에 앞장 선 유력 출판사.

종이 한 장을 꺼내 우리는 첫 번째 사건을 구상했다. 10분도 걸리지 않아 모든 게 명쾌해졌다. 그는 자기가 먼저 1장을 쓸 테니, 그게 마음에 들면 나더러 이어서 다음 장을 쓰라고 했다.

그래도 우리는 그 귀신 나올 것 같던 방에서 용케 살아남았다. 물론 집에 돌아와서도 여러 주 동안 폐가 답답한 증상이 있기는 했다. 그 뒤로도 우리는 여러 해 동안 도서 전시회 기간 중에 묵을 숙소를 찾아 버라이어티한 경험을 하게 된다. 한번은 빈 출신의 유엔 직원을 알게 되었는데, 그가 지나가는 말로 우리에게 프랑크푸르트에 사는 친구에 대해 이야기하는 것을 듣고 다짜고짜 재워달라고 한 적도 있다. 우리가 거기에 좀… 물론 그게 가능할 거라고 생각하는 건 아니지만… 아, 물론 당연히 돈을 지불하지…. 그렇게 해서 도서 전시회 기간 동안 묵을 곳을 마련했다. 집도 아름답고 위치도 좋고 가족도 친절했다. 그런데 그 가족이 유감스럽게도 다음 해에 모로코로 이사를 가버렸다. 그 다음은 몇 해 동안 창고를 개조한 곳에서 보냈다. 퀴퀴한 냄새가 났지만 값도 싸고 지하철 역도 바로 옆에 있었다. 그사이 매우 비싼 방에서 지낸 적도 한 번 있었다. 전시장 인근의 어느 곳이었는데 화장실도 복도에 있고 침실 바로 옆에 요란한 배수펌프가 달린 샤워장이 있었다. 그리고 군데군데 얼룩진 카펫이 사방에 깔려 있었다. 지난여름에는 나의 가장 오랜 친구 중 하나가 전화를 걸어 흥분해서는, 자기가 대학 수학과 교수로 헬싱키와 프랑크푸르트 중에 한 곳을 선택할 수 있다는 이야기를 전하는 것이다. 나는 듣자마자 프랑크푸르트라고 외쳤다. 물론 사심이 전혀 없는 것은 아니었다. 이제부터 10월 중 사흘 동안 그곳 거실 소파는 내 것이다. 그리고 내가 베스트셀러 작가가 되지 못하더라도, 출판사가 내가 묵을 호텔방을 잡아주지 않더라도 우리는 앞으로 잠자리 문제는 해결한 것이다. 그녀의 교수직에는 기한이 없다고 한다.

그렇게 전시회가 끝난 뒤 큰 가방에 책과 멋진 이야기를 잔뜩 담아 서점으로 돌아오면 나는 전시회 분위기를 서점 사람들에게 전달해주려고 애썼다. 직원들과 손님들에게 들려줄 작은 일화들, 이런 저런 멋진 책을 발견한 것, 몇몇 호의적인 작가들을 만난 것 등을 말이다. 프랑크푸르트에서 나는 오스트리아 작가 토마스 글라비니치와는 담배한 개비를 나눠 피웠고, 스벤 레게너와는 오스트리아의 소규모 출판사들에 대해 잠시 수다를 떨었다. 극작가 블라디미르 카미너와는 전시회에서 열리는 여러 파티에서 어떻게 하면 가장 잘 살아남는가에 대해 의견을 나누기도 했다. 에카르트 폰 히르시하우젠과는 함께 택시를 타고 가면서 누가 돈을 낼지에 대해 토론했다. 그리고 폴 오스터를 아주 가까이에서 스쳐 지나가기도 했는데, 그도 잠깐 나를 바라본 것 같았다. 그 한복판에 내가 있었다. 그리고 우리 손님들도.

흔히들 '출판사 영업사원'이라고 하면 진공청소기, 터퍼밀폐용기나 보험 같은 것을 자기도 모르게 떠올린다. 문 앞에 서서 누군가에게 물건을 떠안기려고 애쓰는 모습도 함께 말이다. 들고있는 가방 안에 책이 들어있지 않다면 정말 인정받지 못하는 직업이 바로 출판사 영업직일 것이다. 그러나 사실 출판사 영업사원은 출판사에서 가장 유능한 사람 중의 하나이다. 이들은 스스로 책에 대해 열광하면서도 상황을 대개 현실적으로 평가할 수 있는 사람들이다. 두 다리를 바닥에 굳건히 내딛고 서서 균형을 잡을줄 아는 사람들인 것이다. 그들은 도서 판매 현장의 최전방에서 일하며 담당 지역의 모든 서점주들에게 같은 책들을 같은 열정으로 소개해야 한다.

내가 남편 올리버를 처음 알게 되었을 당시 그는 독일 대형 출판사의 영업사원이었다. 친구와 같이 프랑크푸르트 도서전에 갔다가 서점 직원이었던 그 친구가 출판사 영업사원이었던 남편을 소개해주었다. 올리버는 내게 미국 작가였던 필립 로트의 신간 소설과 자기 출판사에서 제작한 광고용 티셔츠를 선물했고 그 뒤로 우리는 가까워졌다. 하루에도 여러 번 편지와 전자메일이 함부르크와 빈 사이를 오갔다. 그리고 두 달 뒤 그가 나를 찾아왔다. 당시 그는 빨간 볼보 콤비를 몰았는데, 트렁크는 신간과 출판사 브로슈어로 가득했다. 그런데 그게 마치 생강 빵으로 지은 집이 헨젤과 그레텔을 유혹한 것처럼 내 마음을 끌어당겼다.

그랬던 내가 서점 주인이 되었다. 한 해에 두 번, 서른 명의 출판사 영업사원들이 서점 뒷방으로 들어와 우리에게 신간을 판매한다. 영업사원의 급여는 책을 얼마나 파는가에 달려있다. 하지만 마찬가지로 그는 상대를 속여서는 안 된다. 저자가 쓴 책 중에 어떤 책이 '최고의 책'이었는지 말해도 상관없고, 그게 안 먹히면 출판사에서 어떤 거액의 마케팅을 준비하고 있는지 설명해도 괜찮다. 하지만 거짓말로 부풀여서 말한다면 다음번에 방문할 때 상황이 꽤나 어려워진다.

작은 탁자에 앉아서 영업사원이 풀어놓는 끝도 없는 이야기를 듣는 일은 언뜻 보기엔 마치 상쾌한 수다 같아 보인다. 하지만 그렇게 들어주고 대꾸하는 일도 대개는 중노동이다. 무엇보다 가장 힘든 것은, 상대방을 속상하게 하지 않으면서도 거절하는 것이다.

우리 서점에 처음 들른 영업사원 중에는 갑자기 방문을 중단해버린 일도 있었다. 그에게는 우리 서점이 너무 정신 사나워 보였던 것이었다. 그날따라 에파가 장염에 걸려 집으로 가버리는 바람에 나는 중간 중간에 계속 바깥으로 나가 손님을 응대해야 했다. 전화기까지 쉴새 없이 울려댔다. 나는 그가 가져온 프로그램에 대해 최소한의 관심도 보여줄 수 없었다. 그러다 남편이 아이까지 유치원에서 데려왔고 딸은 새로 그린 그림을 들고 자랑스럽게 나와 영업사원 사이를 이리저리 뛰어다니는 것이 아닌가. 그 영업직원은 갑자기 노트북을 닫더니 내게 정색하고 말했다.

"이런 상황에서는 일을 하기 어렵겠네요!"

그는 잔뜩 열이 받아서는 우리 서점을 떠나버렸다. 보라, 어떻게 되었는지! 결국 우리는 그 출판사 책을 한 해 동안 구입하지 못했다. 하지만 별로 아쉽지는 않았다.

또 어떤 영업사원들은 방문할 때 과자와 초콜릿을 가져오기도 하고, 어떤 책에 대해 "정말 쓸데없다."며 사지 말라고 하는 이도 있다. 어떤 이는 딸이 보면 좋아할 재미있는 도서 관련 트레일러 영상을 노트북으로 보여주기도 한다. 그런 사람들은 방문 그 자체로 가족의 관심사가 되고, 그와의 일정은 함께 피자를 먹는 시간으로 바뀌기도 한다.

대개 그들은 우리가 뭘 좋아하는지 잘 알고 있는 데다, 어떤 이야기로 우리를 낚아챌 수 있는지 감지하는 훌륭한 감각이 있다. 우리 모두는 몇몇 책이 베스트셀러가 되는 것은 일단 서점에서 시작되지 마케팅 예산을 많이 잡거나 신문 문화면 좌담 기사를 바탕으로 되는 게 아님을 알고 있다.

하루는 내 취향을 잘 아는 영업사원 하나가 종이 꾸러미 하나를 들고 와서는 흥분해서 내 앞에 흔들어대며 외쳤다.

"사장님, 이거 꼭 읽으셔야 해요! 정말 대단합니다!"

나는 그 친구에게 호의를 갖고 대하기는 하지만, 막상 책을 펼쳐보니 별로 짜릿한 느낌이 오지 않았다. 글이 지나치게 차분하고 단락과 단락 사이에 공백이 계속 이어지고 있었다. 예전에 알고 지내던 지인인 다니엘 글라타우어가 쓴 책이었다. 그의 첫 책은 90년대에 내가 일하던 작은 출판사에서 나왔다. 당시 나는 아무 것도 모르는 신참 직원이었고 그는 유명한 언론인이었다. 그러나 절대 유명한 저술가는 아니었다. 당시 우리는 이곳저곳을 함께 많이 돌아다녔다. 그와 함께 오스트리아 각지를 돌며 사인회를 열기도 했다. 우리 둘의 관계는 완전히 끊어지지 않은 채 언제나 느슨하게 접촉을 유지하고 있었다. 그런 그가 유명한 출판사에서 소설*을 내다니. 내가 그것을 바로 읽었을까?

---

* 원제는 〈Gut gegen Nordwind〉로, 2006년 도이티케 출판사에서 출간된 뒤 베스트셀러가 되었다. 국내에서는 《새벽 세 시 바람이 부나요?》라는 제목으로 출간되었다.

아니었다. 그럴 여유가 없었다.

같은 날, 나는 바흐만 상[•] 시상식에 참석하기 위해 클라 겐푸르트로 떠났다. 다니엘의 책도 짐에 넣고 혹시 몰라 서 신문 몇 종류도 샀다. 기차가 빈 남쪽에 있는 소도시 비 너 노이슈타트를 지날 무렵 나는 드디어 다니엘의 책을 읽 기 시작했다. 몇 쪽 읽기 시작하자 나는 원고에 빠지고 말 았다. 아, 이 정도일 줄이야! 빈에서 클라겐푸르트까지는 기차로 정확히 네 시간 걸리는 거리였다. 내가 속독을 한 다는 게 얼마나 다행인지 몰랐다. 그렇지 않았더라면 나는 기차에서 내리지 못하고 계속 이탈리아까지 갔을지도 모 른다. 책 읽기를 중간에 멈춘다는 것은 불가능한 일이었다. 클라겐푸르트에 도착하자마자 나는 다니엘에게 전화를 걸 었다. 그가 다니는 신문사 편집국 전화번호를 아직까지 외 우고 있었던 것이다.

"원고 읽어봤어요!"

"그래?"

"이제 이 책으로 부자 되시겠어!"

"정말 그렇게 생각해?"

● 오스트리아 여류 작가 잉게보르크 바흐만을 기리는 문학상으로, 1976년 만들어져 매년 초여 름 오스트리아의 클라겐푸르트에서 시상하고 있다. 독어권의 가장 중요한 문학상의 하나로 간 주된다.

"내가 잘 알아요. 우리 둘 다 이 책으로 떼돈 벌 걸요."

물론 알고 있다. 그게 불공평하며 비교도 할 수 없다는 것을. 사과와 배를 비교할 수 없듯이 문학과 통속 소설을 비교할 수 없다는 것 말이다. 하지만 올해 나는 《독어 문학의 나날*Tagen der deutschsprachigen Literatur*》—바흐만 상이 몇 해 전부터 이렇게 불린다—의 작품들이 이상하게 시시하고 어딘가 붕 뜬 것 같이 느껴졌다. 물론 잘 안다. 하나는 문학이고 다른 하나는 통속 소설이다. 서로 시장도 다르고, 목표 집단도 다르다. 하지만 둘 다 결국은 책, 우리가 팔 수도, 팔지 못할 수도 있는 책이며, 아름다운 언어 때문이든 아니면 묘사되는 이야기 때문이든, 독자의 감정을 불러일으키는 책인 것이다.

영업사원이 다니엘 글라타우어의 신간에 대한 사전 주문을 받으러 우리 서점에 다시 들렀을 때 나는 바로 이렇게 말했다.

"300부 주세요."

영업사원이 깜짝 놀라 나를 쳐다보았다. 미친 게 아닌가 하는 눈길로 말이다. 하지만 300부는 시작에 불과했다.

이런 책이야말로 손이 많이 가는 데 비해 버는 돈이 적어도 힘들다는 마음을 잊게 만드는 책이다. 왜냐하면 우리는 세상에 존재하는 것 중에서 가장 아름다운 제품을 판매하기 때문이다. 우리는 이야기를 판다. 나는 훌륭한 통속 소설에 대해서도 이른바 진지한 문학에 대해서와 마찬가지로 열광할 수 있으며, 때로 이런 구분이 독어권에서는 매우 힘들다고 생각한다. 한 여성 고객이 서점에 들어와서 좋은 책을 한 권 추천해 달라고 할 때 그 고객이 어떤 종류의 책을 읽고 싶은지를 알아내기란 매번 외줄타기 같은 일이다. 어떤 책이 적당할까? 그 여성에게 좋은 책이란 어떤 책일까? 엘프리데 옐리네크와 세실리아 어헌 사이의 그 무엇이라 한다 해도,

"읽기가 좀 까다로운 것이 좋은가요, 아니면 재미있는 통속적인 것이 좋은가요?"

라고 인신공격적인 질문을 하지 않고서 내가 어떻게 안단 말인가? 하지만 그렇게 물을 수는 없는 노릇이다. 왜 읽기 까다로운 것이 동시에 재미있을 수는 없을까? 하지만 이 둘을 구분하는 것은 중요하다. 왜냐하면 어떤 책들은 간혹 몇몇 사람들을 매우 불행하게 만들기 때문이다. 사람들이 선물할 책을 골라달라고 할 때면 일은 더 어려워진다. 몇몇 사람들은 마치 꽃집이나 포도주 판매점에 오듯 들어와서는 선물용 책을 골라 달라고 말한다. 뭘 원하는지에 대해서는 아무런 생각이 없다.

"쉰 살 된 부인께 생일선물을 할 거거든요."

"어떤 것에 관심이 있는 분인가요?"

나는 손님에게 그런 질문은 마치 4층짜리 의류 전문 백

화점에 들어가 아래 1층 문 옆에 서 있는 보안 요원에게 "입을 것을 좀 샀으면 싶은데요."라고 말하는 것과 마찬가지라고 설명한다. '입을 것'은 모피 옷에서부터 양말, 브래지어, 신사복, 비키니에 이르기까지 종류가 너무 많다. 책도 비슷하다. 그래서 우리는 적어도 선물받는 분의 취향 정도라도 알아내려고 애쓴다. 이런 일들은 인터넷 서점에서 "이 책을 산 분들은 ○○에도 관심을 보입니다."라고 보여주는 서비스와는 차원이 다른 서비스이다.

책을 추천하면서 또 하나 힘든 경우는, 내가 좋아하는 책을 막상 손님은 아주 형편없다고 생각할 때이다. 그런 경우는 두어 번 말을 하다보면, 벌써 듣는 사람의 주의력이 옆으로 새는 것을 알아챌 수 있다. 손님의 눈이 이미 다음 책으로 건너가 있다. 무슨 까닭인지 알 수가 없다. 진짜 이유를 알게 되는 것은 손님이 지갑을 꺼내서 책을 사려고 하기 바로 직전이다.

"왜 저기에 책이 저렇게 많이 쌓여 있죠?"

"미리 읽어보았더니 괜찮아서 많이 구비해둔 거예요."

그러나 어떤 손님들에게는 이런 이야기가 통할 리 없다. 안 팔려서 쌓여 있는 것이 아니라고 아무리 설명해도 도무지 믿으려하지 않는다. 다행스럽게도 "이 책으로 하세요. 아주 멋진 책입니다."라고 말하는 것만으로 충분할 정도로 우리를 신뢰하는 단골 손님들도 있다.

하루는 상냥한 D여사가 서점에 와서 휴가 때 읽을 좋은 책을 찾고 있는데 도와달라고 했다. 나는 얼마 전부터 읽기 시작한 장편 소설에 매우 열광해서 그 책을 권했다. 책에서 다루는 소재는 귀머거리 소년, 미국에 있는 어느 농가, 개 사육 세 가지였다. 사실 세 가지 모두 내 관심을 끌지 못하는 것들이었지만 그럼에도 불구하고 아주 매력적이고 사람을 꼭 붙잡아 놓는 소설이었다. D여사는 회의적이었다. 그녀 역시 미국 중서부에서 개를 키우는 이야기에 별 흥미를 느끼지 못했다. 그러나 그녀는 내가 보이는 열광적인 반응에 전염되고 말았다. 그녀는 딱 한 가지 조건, 비극적이지만 않으면 된다고 말했다. 휴가를 떠나는 마당에 기분이 가라앉는 것은 원치 않는다고 했다. 그녀는 호스피스 병동에서 일하는 사람이었다.

　주말에 나는 일을 하지 않고 꼬박 그 두꺼운 책을 끝까지 읽었다. 오. 마이. 갓. 해피엔딩과는 완전히 딴판이었다! 이렇게 우울한 결말이라니. 일요일 오후, 나는 저 아래 어둑어둑한 서점으로 내려가 컴퓨터를 켠 다음 고객 카드에서 D여사의 휴대전화 번호를 뒤져 그녀에게 문자를 보냈다.

　"책 계속 읽지 마세요! 모두 다 죽어요. 개까지요!"

　답장이 곧장 왔다.

　"이미 늦었어요."

　몇 년에 한 번 그런 책이 있다. 그런 경우 나는 처음 스무 쪽은 늘 숨을 돌려가며 읽는다. 생각 같아서는 뒷부분도 앞부분과 똑같이 재미있는지 알아내기 위해 단숨에 다 읽어버리고 싶지만, 천천히 읽으며 그 언어를 받아들이려고 애쓴다. 그리고 끝까지 실망시키지 않는다는 것이 밝혀지면 그때부터 나는 그 책의 전도사가 된다. 내게 중요한 사람들, 그리고 다른 모든 사람들까지도 이 책을 읽었으면 하는 마음이 드는 것이다. 그것도 당장! 이런 일들이 내가 올바른 직업을 가지고 있음을, 가능한 한 많은 사람들에게 이 이야기를 전해주는 것 말고 다른 일은 없음을, 그리고 그 어느 것도 이 일보다 더 중요하지 않음을 백 퍼센트 확인시켜주는 인생의 순간들이다.

《현장에서는 공포가 사라진다*Der Schrecken verliert sich vor Ort*》라는 책이 있었다. 표지에 나무가 늘어서 있는 모습이 담긴 별 볼 일 없어보이는 책이었다. 저자는 모니카 헬트라는 별로 유명하지 않은 독일 작가였다. 나는 그녀가 쓴 책을 하룻밤 사이 다 읽었다. 아우슈비츠 생존자와 한 유복자 사이의 사랑 이야기로, 다루기 쉽지 않은 주제였다. 사람들에게 이 책을 소개하면 다들 이런 반응을 보였다.

"에이, 이제 그만 됐어요. 그런 케케묵은 이야기."

어떤 이들은 그 책이 너무 비극적이라 겨울 휴가지에서 읽기에는, 그러니까 스키장과 산장 사이를 오가며 느긋하게 시간을 보내는 데에는 적절하지 않다는 소리를 했다. 나는 이 책을 남편에게 가장 먼저 읽어보라고 하고 싶었다. 물론 자발적으로는 절대 불가능했다. 올리버가 읽지 않고 침대 머리맡에 놓아둔 책이 탑처럼 쌓여있으니 말이다. 게다가 남편은 읽을 목록에 이런 류의 소설을 절대 넣지 않는다. 하지만 나도 가끔씩은 남편을 귀찮게 들볶을 때가 있다. 남편이 '이건 하지 않고 그냥 넘어갈 수 없겠구나.'라는 사실을 알 때까지 말이다. 올리버는 중간까지 대충 읽더니 이런 주제를 다루는 소설치고는 재미있는 건 사실이나 아무래도 자기는 비소설 쪽이 취향에 맞다고 너스레를 떨었다. 그러나 책을 다 읽고 나서는 흐르는 눈물을 감추지 못했다. 내 예감이 맞았다.

당장 작가를 만나야겠다고 생각했다. 나는 그럴 수 있고 또 그렇게 할 수 있는 위치에 있었다. 이것도 내가 나의 직업을 사랑하는 여러 순간들 중의 하나다. 나는 그녀를 빈으로 초대했다. 그리고 낭독회 행사를 기획했다. 어찌 보면 순전히 나를 위해서였다. 나에게는 이 놀라운 책의 저자를 만나는 일이 중요하기 때문이었다. 놀라웠다. 한 여성이 그런 이야기를—그렇게 재미있고 슬프며, 그렇게 아늑하고 무자비하게—글로 남김으로써, 내게 중요한 사람 모두가 이 책을 들고 우리 서점을 나가야 한다는 감정이 들게 하다니! 꼭 우리 서점이 아니어도 좋았다. 다른 서점이어도 괜찮았다. 하지만 이 책은 반드시 들고 나가야 한다고 생각했다.

오스트리아의 한 대형 일간지 문화면에 서평을 쓸 기회가 내게 주어졌다. 편집진과 의논 끝에 나는 매우 개인적인 서평을 쓰기로 했다. 그 책이 나의 가장 깊은 내면을 움직였기 때문에 절대 일반적인 비평은 쓸 수 없을 것 같았다. 더구나 나는 이제 더 이상 비평가가 아니라 서점 주인이니 말이다. 그러므로 신문 문화면에 글을 쓰는 것은 아주 예외적인 일이었다. 모두가 만족했다. 일요일 아침, 내 페이스북 계정을 열기 전까지는 그랬다. 한 여성 작가가 "자칭 문학비평가"의 주관적 기사에 열을 받아 글을 남겼다. 그녀는 내 글이 다음 날 개최되는 낭독회를 위해 끼어 넣은 광고라며 악의에 찬 어투로 비난했다.

"문학비평이란 행사개최 안내와 좋다, 나쁘다 식의 평가를 초월한 그 무엇이어야 한다는 사실을 편집진은 왜 이 서평자에게 지적해주지 않는가?"

그 작가는 공개적으로 나를 지적했다. 페이스북을 통해서. 그것도 일요일 아침에.

눈물이 났다. 누군가가 내 글이 좋지 않다고 비판해서가 아니라, 내가 이야기하고자 했던 의도를 그녀가 전혀 이해하지 못한 것 같아서였다. 이 기사에서 핵심은 서평자로서의 내 이름이나 우리 행사가 아니었다. 중요한 것은 그 책이 홀로코스트에 대해 내가 지금까지 읽었던 책 중에서 가장 감동적인 책이라는 점이었다. 어쩌면 오스트리아의 저술가였던 에리히 하클이 1989년에 쓴 《잘 가, 시도니 *Abschied von Sidonie*》※은 거기서 제외될지도 모르겠다. 하지만 그 책은 내가 열여덟 살 때 읽은 책이었다. 지금 이 책과는 비교할 수 없다. 나는 이 책을 홍보하는 데 있어서 내 이름이 드러나지 않는다 해도 아무 상관없었을 것이다. 우리 낭독회에 참석한 마흔 명의 사람들은 다른 낭독회에도 오는 사람들이다. 그들은 무명작가라도 상관없고 신문에 광고가 나가지 않아도 찾아올 만큼 책을 좋아하는 분들이다.

행사 전날, 나는 이 책의 저자 모니카 헬트와 처음으로 만났다. 그녀는 해당 출판사 편집자와 함께 왔다. 나는 처음 만나는 순간부터 두 사람이 마음에 쏙 들었다. 마치 오래 전부터 아는 사이처럼 말이다. 아주 인상적이고 재미있는 두 여성이었다. 다음 날, 나는 근무 계획표에 아침 9시부터 저녁 6시까지 일을 해야 한다고 적혀 있기는 했지만, 그날은 두 사람과 함께 보내기로 마음먹었다. 그들에게 빈을 보여주고, 빈 중심가에 있는 고풍스러운 커피숍 브로이너호프에 가서 커피를 마시고, 시내에 들러 슈니첼도 먹었다.

● 아우슈비츠에서 사망한 집시 소녀 시도니 아들러부르크의 가족들과의 대화 및 자료 조사를 바탕으로 쓴 다큐멘터리 형식의 글.

저녁 무렵, 우리는 작은 서점 안에 빽빽이 들어찬 청중 앞에 자리를 잡고 앉았다. 순간 나는 모니카 헬트를 오래 전부터 알고 있었던 것 같은 느낌이 들었다. 그녀는 자기 소설의 몇 구절을 읽었고, 나는 몇 가지 질문을 했다. 그런 다음 순서를 청중에게 넘겼다. 서점 안은 갑자기 쥐죽은 듯 조용해졌다. 그것도 꽤나 오랫동안. 얼마나 지났을까. 한 신사분이 일어나 목멘 소리로 낭독회를 열어주어 고맙다는 말을 했다. 그러자 맨 뒷줄에 앉아 있던 부인 한 분이 동감을 표했다. 그들은 작가가 이 책을 쓴 것에 대해, 그리고 일부를 낭독해 준 데 대해 고마워했다! 며칠 뒤, 여성 손님 한 분이 나에게, 자신이 지역 교구에 아우슈비츠 여행을 신청했다는 것, 자신은 홀로코스트를 지금까지 믿지 않았다는 것, 낭독회에서 얻은 경험을 바탕으로, 이 책을 통해 알게된 모든 것을 자기 눈으로 확인할 거라고 이야기했다. 그로부터 일주일 뒤에는 선생님 한 분이 이 책을 아이들의 졸업시험 주제로 삼을 거라고 말해줬고, 또 반년 뒤에는 나이 지긋한 부인이 그 신문기사를 통해 이 책을 만나게 되었고, 그사이 이 책 10여 권을 선물했다면서 그 신문기사를 써주어 감사하다는 말을 했다. 그런 말들을 들을 때면 다시, 인생에서 유일하게 제대로 된 직업을 갖고 있다는 감정이 솟구쳐 올랐다. 그리고 왜 우리가 여기서 그 모든 일을 하며 왜 하루 종일 일하면서 그 사이사이에

끊임없이 서점을 꾸미고 주말에는 쇼윈도를 장식하고 저녁
에는 학교 도서판매대용 목록을 타이핑하는지 그 까닭을
알 수 있다. 바로 이런 순간들과 만나기 때문이다.

미국의 위대한 작가 조너선 프랜즌이 빈에 온다! 빈의 한 극장에서 조너선 프랜즌의 최신작 낭독회가 열린다. 프랜즌의 책을 낸 출판사가 우리에게 행사를 공동으로 기획할 생각이 있는지 물어왔다. 우리 서점에서! 그것도 대형서점이 아닌 우리 같은 작은 서점에서! 우리가 마다할 이유가 없었다. 이 얼마나 영광인가, 프랜즌이라니! 그의 대작 《인생 수정 *The Corrections*》은 남편과 내가 둘다 좋다고 여기는 몇 안 되는 책 중의 하나다. 그런 그가 빈에 온다니. 그것도 우리가 초대하는 행사에! 이 소식을 듣자마자 우리는 모든 것들을 열정적으로 기획하고 계산하기 시작했다. 출판사는 저자 초청 비용을 부담하고, 우리는 사회자와 독일어판 책을 낭독할 배우 한 사람을 맡았다. 수입은 입장권 판매에서 일부, 책 판매에서 일부가 나오는데 아마 빠듯할지 모르겠다. 하지만 이런 행사는 열 수 있다는 것만으로도 기쁜 일이다.

우리는 독일의 한 대형 신문사 문학 담당 기자를 사회자로 섭외했다. 내가 매우 존경해 마지않는 부르크 극장 소속 배우 한 사람에게 낭독을 부탁하는 데에도 성공했다. 모든 게 계획보다 돈이 많이 들 것 같았다. 하지만 대수롭지 않았다. 왜냐하면 우리는 한 해 동안 가장 중요한 문학 행사에 함께하기 때문이다.

일은 처음부터 삐걱거렸다. 낭독을 맡은 배우가 미리 준비를 할 수 있도록 저자가 책의 구절을 미리 골라 보내주어야 하는데 자꾸 미뤄졌다. 배우는 화가 났다. 그는 프로였다. 미리 준비하지 않고는 절대 무대에 오르려 하지 않았다. 우리는 사회를 맡은 여기자의 사례금과 그녀가 묵을 저렴한 호텔 비용까지 결정한 상태였지만 그 배우에게만큼은 시간당 보수가 얼마나 되는지 물어볼 엄두가 나지 않았다. 하지만 걱정할 필요가 없었다. 낭독회 당일 입장권이 완전히 매진되었기 때문이다.

낭독회 날, 나는 극장 앞에 서서 조너선 프랜즌을 기다렸다. 약속 시간보다 30분이 지난 뒤였다. 낭독할 구절은 몇 시간 전에야 전자우편으로 보내온 데다, 너무 길었다. 사회자와 배우가 몇 문장을 서로 번갈아가며 읽어야 할지를 상의해야만 했다. 내 영어가 그 스타 작가에게 무척 화를 내며 맞대면할 정도로 양호한지를 생각하고 있는데, 그가 택시에서 내려 성큼성큼 나에게로 걸어와서는 꽤나 훌

룽한 독어로 늦어서 미안하다며 사과했다. 친척을 만나는 바람에 시간을 깜박했다는 것이었다. 나는 낭독할 구절에 대해 몇 마디 떠듬거리다가 그를 출연자 대기실로 안내했다. 낭독할 구절의 분량이 너무 길어 빨리 고쳐야 한다고 설명하려는 찰나, 배우가 오더니 조너선 프랜즌의 팔을 붙잡고는 대기실에서 사라졌다. 그날 저녁이 어떻게 흘러갔는지 더 이상 정확히 기억할 수 없다. 다만 더 큰 재앙은 일어나지 않았다. 사회를 맡은 여기자는 준비를 아주 훌륭하게 했고, 프랜즌은 매력적이었으며, 낭독을 맡은 배우도 그저 '텍스트를 독어로 읽는 것'을 크게 뛰어넘는 수준이었다. 우리는 끝도 없이 책을 팔았고, 프랜즌은 한 시간이 넘도록 책에 사인을 했다. 행사가 끝나고 나는 책을 낭독해준 배우에게 사례비를 당장 드려야하는지 조심스레 물어보았다. 그러자 그는 이렇게 말했다.

"그건 출판사에서 받잖소!"

"아닙니다. 저희가 드려요."

"하지만 당신네는 작은 서점인데!"

"그렇죠, 작은 서점이죠."

"그러면 됐어요."

"네? 됐다니요?"

"거 참, 됐다면 된 거지. 나 그 책 한 권 가져가도 되겠소? 나도 사인 받았으면 좋겠는데."

나 참, 이런 사람이 있다니. 그는 축복받은 배우이다. 유명하고 출연료도 비싸다. 하지만 가끔은 너무 쿨하다. 지금도 가끔 부르크 극장에 가면 그가 무대에 서서 햄릿 역할을 하는 것을 볼 수 있다. 그럴 때면 나는 늘 저기 무대 위에 친구가 서있는 기분이 든다. 설령 그는 나에 대해 아무런 기억을 못할지라도 말이다.

그날 저녁은 값비싼 만찬과 함께 끝났다. 주 문화부장관이 고맙게도 초대를 해주었다. 출판사, 사회자, 몇몇 극장 관계자, 오스트리아 작가 두 분이 함께 했는데 그 작가 중 한 사람은 프랜즌의 열렬한 팬이었다. 그날 저녁이 어땠는지는 토마스 글라비니치의 소설 《그건 나라니까*Das bin doch ich*》를 찾아 읽어보면 잘 알 수 있다.

나는 음악에 대해서는 별로 정통하지 못하다. 내가 아는 것이라곤 데스 메탈 밴드에서 베이스를 맡은 우리 여직원의 음악이 무척 시끄럽다는 것, 그리고 나는 좀 맥없는 여성 허스키 보이스를 좋아한다는 정도다. 내가 주로 듣는 음악은 클래식과 비틀즈, 밴드 "우리는 영웅_Wir sind Helden_" 정도이며, 히트곡을 들려주는 오스트리아 제3방송을 가끔 듣는다. 우리 직원 바비는 내가 어떤 음악을 좋아하는지를 희미하게 알고 있다. 그래서 내 생일에 여러 가수의 노래를 섞어 만든 믹스 CD를 선물했는데, 그중에서 적어도 셋 중 둘은 내 마음에 드는 노래였다. 그녀는 정말 아는 게 많다. 그녀는 자기가 좋아하는 아이돌도 여럿 있는데 내게는 그들 중 대다수가 낯선 사람들이다. 다만 직원들이 뒷방에서 음악회에 대해 서로 이야기 나누는 것을 듣고, 아레나*나 공장 문화센터**에서 기나긴 밤을 보낸 다음 날의 그들의 눈자위를 볼 뿐이다. 언젠가 바비가 들떠있다는 느낌이 들었다. 알고 보니 오스트리아의 한 출판사에서 독일 음악가인 블릭사 바겔트의 책이 나왔기 때문이었다. 그 사람 이름은 들어본 적이 있었다. 그리고 그가 이끄는, 1980년에 결성된 "붕괴하는 신축건물들Einstürzende Neubauten"이라는 밴드 이름은 나에게도 희미하게 기억나는 이름이었다.

"사장님, 그 사람이 오스트리아에 오면 저는 무조건, 무조건 도서 판매대를 운영하겠어요. 저를 위해 그 일을 기획해 주실 수 있죠?"

도서 판매대를 무조건 운영하겠다는 것은 좀체 없는 일이었다. 하지만 나는 그녀의 소망을 바로 실행에 옮겼다. 그 출판사에 소식을 알렸더니 물론, 아주 흔쾌히 제안을 받아주었다. 몇 주 뒤 도서 판매대 운영 일정만이 아니라 장크트 푈텐***에서 열리는 낭독회 초대장도 왔다. 블릭사 바겔트와의 저녁식사도 포함해서 말이다. 이 소식을 들은 바비는 좌불안석이 되었다. 혼자서는 도저히 그 대단한 영웅을 몸소 만나기 어렵다는 것이었다. 그러니 절대 혼자는 가지 않겠단다. 결국 우리는 함께 떠나기로 했다. 나는 저녁까지 일을 하고 빨리 아이를 가라테 도장에서 데려온 다음, 눈보라가 심하게 몰아치는 가운데 고속도로를 달렸다. 바비는 차를 타고 가는 동안 들으려고 CD 여러 장을 함께 챙겼다. 내가 "붕괴하는 신축건물들" 밴드의 음악을 가까이서 들은 것은 그때 40분이었다.

행사장인 치네마 파라디조●공연장은 사람들로 꽉 찼고 무대 위에는 의자 하나와 마이크 하나가 외롭게 서 있었다. 블릭사 바겔트가 등장했다. 키가 컸다. 그는 롤링 스톤스의 리드보컬이었던 믹 재거와 좀 비슷해 보였다. 말하자면 "나는 한때 무척 잘 생겼었지, 그리고 내 인생을 살았지" 유형 같았다. 그가 자기 책을 연주하기 시작했다. 나는 거기에 사로잡히고 말았다. 《유럽을 가로질러. 장황한 이야기 *Europa kreuzweise. Eine Litanei*》는 원래 그가 이끄는 밴드의 유럽 투어 일기였다. 그렇게 대단히 짜릿한 내용은 아니었다. 하지만 이 책의 하이라이트는 음식에 대한 이야기들이었다. 블릭사는 대단한 음악가일 뿐 아니라 대단한 미식가인 듯했다. 콘서트가 끝나고 먹는 식사가 적어도 콘서트 자체만큼이나 중요한 것 같았다. 식사 시간 부분을 읽을 때

● Cinema Paradiso. "시네마 천국"이라는 뜻의 이탈리아어로, 장크트 푈텐에 있는 영화관 겸 공연장이다.

그는 스타카토 식으로 낭독을 했다. 메뉴를 읊어대는 것이 그렇게 재미있을 수 있다는 것에 나는 깜짝 놀랐다.

낭독이 끝나고 블릭사가 수많은 책에 사인을 하고 나자 한밤중이 되었다. 드디어 스타와의 식사 시간이다. 장크트 푈텐에서. 그것도 밤 11시에. 출판사는 사려 깊게도 식당에다 우리가 간다고 연락을 했다. 식당 주방은 아직도 일을 하고 있었다. 니더오스트리아 주의 주도인 그 도시는 어차피 비상상황이었다. 그날이 요제프 프리츨의 첫 공판일이었던 것이다. 유럽의 모든 언론사가 "암슈테텐의 짐승"을 취재하기 위해 이 도시에 와 있었다. 그는 가족 모두를 수십 년 동안 자신의 단독주택 지하실에 가두었던 남자였다. 덕분에 블릭사는 온 장크트 푈텐 시에서 호텔 방을 구할 수가 없어서 화가 났다. 그는 20킬로미터 떨어진 외곽에 숙소를 잡아야만 했다. 발데스루라는 동네였다. 그래도 어쨌든 그 동네에는 가족들에게 갖다줄만한 매우 훌륭한 초콜릿이 있단다. 출판사 여직원은 덜 기뻐하는 것 같았다. 마지막 포도주 잔이 빌 때까지 식당에 함께 남아 있다가 그를 숙소까지 태워다주어야 하기 때문이다. 물론 그녀는 포도주를 마실 수도 없었다. 취해서는 안 되니까 말이다.

그런 다음 우리는 장크트 푈텐 유일의 고급 레스토랑 뒷방에 앉았다. 그곳은 장크트 푈텐의 고급 식당이라고 하면 떠오르는 모습 그대로였다. 식당을 장식하는 전형적인 장식품은 하나도 빠지지 않았다. 웨이터가 식탁 곁으로 와서는 조용히 뭐라 말하는 것 같더니, 마침내 우리 일행에게 인사를 하는데 살짝 긴장한 듯한 모습이었다. 여기 식탁에 둘러앉은 사람 중에서 도대체 누가 유명인사일런지 티내지 않고 알아보려는 게 아닌가 싶었다. 양복을 입은 사람은 블릭사가 유일한 데다 지난 수십 년 동안 가운데 자리에 서는 데에 어느 정도 연습이 된 탓인지 결국 웨이터는 그가 오늘의 귀빈임을 눈치채고는 큰 몸짓으로 반가이 맞이했다.

식사를 시작하기 전에 반주(飯酒)에 대한 소개가 뒤따랐다. 웨이터는 남성에게는 맥주, 여성에게는 무슨 과일 맛이 나는 샴페인을 권했다. 덕분에 뭘 마실까 고민할 필요가 없었다. 하지만 우리 서점에서 양성 평등과 관련한 온갖 문제를 그냥 흘려 넘기는 법이 없는 바비는 혼자 무언가 중얼거리더니 맥주를 시켰다. 식사 메뉴로는 소스를 끼얹은 육류가 있었는데, 바비가 그것을 대체할 채식이 있는지 묻자 채식주의에 대한 대화가 시작되었다. 블릭사는 이런 채식의 삶을 이미 오래 전에 그만두었는지* 큼직한 스테

----

* 그는 30년 동안 채식주의자로 살았다고 했으나 중국계 미국여성과 결혼하면서 아내의 뜻에 따라 육식을 시작했다고 한다.

이크를 주문했다.

우리는 작은 그룹이었다. 바비와 나를 빼면 거기에는 출판사에서 온 몇 사람뿐이었다. 15분쯤 지나자 나는 우리의 역할이 무엇인지 분명히 알게 되었다. 스타를 바쁘게만드는 것이었다. 출판사 직원들은 접시에 담긴 고기를 칼질하느라 정신이 없었는데 가만히 보면 진이 다 빠진 얼굴들이었다. 놀랄 일도 아니었다. 그들은 자기네 작가와 함께 이미 여러 날째 투어를 하고 있는 것이었다. 할 말은 이미 다 했고 이야기란 이야기는 다 나누었다. 하지만 상대가 대단한 스타이다보니 신경이 쓰이지 않을 수는 없는노릇이었다. 다행히 이제 우리가 그들의 대타로 뛸 차례였다. 자잘한 대화의 마라톤에 이제 신선한 피가 공급된 데다 마침 그 신선한 피가 진지한 팬이기까지 했다. 물론 나는 팬이 아니지만, 블릭사는 눈치채지 못한 것 같았다. 바비가 대화에 부상했다. 바비와 블릭사 두 사람이 대화의대부분을 장악하고, 출판사 직원들은 느긋하게 의자 뒤로몸을 기댔다. 적포도주가 콸콸 흘러들어갔다. 그리고 나는광천수를 큰 병으로 들이켰다. 나에겐 아직 눈보라를 뚫고 고속도로를 40분이나 달려야 하는 일이 남았기 때문이었다.

자연스럽게 우리 서점에 대해서 이야기가 나왔다. 블릭사와 바비는 고대 그리스 건축물의 늘어선 기둥에 책을 없어 전시하는 방식의 애장서 전시 아이디어에 열광했다. 맞은편에는 젊은 남성이 말없이 앉아 있었다. 그날 저녁 내내 그가 맡은 역할이 무엇인지 우리는 도무지 알 수가 없었다. 그런 그가 대화에 끼어들더니 그런 기둥이 정확히 무엇이냐고 물었다. 우리는 블릭사의 반응이 궁금해서 잔뜩 긴장한 표정으로 그의 얼굴을 살폈다. 짧은 순간, 대가의 얼굴에서 뜻밖이라는 듯 잠깐 씰룩하는 모습이 스쳐갔다. 하지만 그는 젊은 남성에게 부드러운 목소리로 설명해주는 게 아닌가.

"어머, 저럴 수가!"

바비는 나를 향해 씩 웃으며 나지막이 속삭였다.

"아이가 생기면 사람이 바뀐다더니, 예전 같으면 저 사람 절대로 저렇게 친절하게 대하지 않았을 거예요."

블릭사도 속으로 비슷한 생각을 한 것 같았다. 왜냐하면 우리는 곧 아이라는 주제에 이르렀기 때문이다. 그는 자신의 어린 딸 안나의 사진을 스마트폰으로 자랑스럽게 보여주었다. 자신과 아내는 딸의 중간 이름을 밀리첸트(Millicent)로 했다고 그는 설명한다. 밀리첸트 바겔트*라니! 식탁에 앉은 사람들은 배꼽이 빠지도록 웃었다. 아이 이

● 독어로 "밀리첸트"는 0.001센트이고 "바겔트"는 현금이라는 뜻이다.

야기가 나오니 슬슬 직업병이 도지는 느낌이 들기 시작했다. 우리가 가장 잘 아는 것을 이야기 할 때라는 생각이 들었다. 그건 바로 책. 우리는 블릭사가 딸에게 무조건 꼭 꼭꼭 선물해야할 멋진 아동 도서에 대한 조언을 쏟아냈다. 서점 직원들은 아이만 보면 파블로프 식의 조건반사를 보인다. 아이는 곧 책을 한 권, 두 권, 여러 권 필요로 하는 존재라고 보는 것이다. 식탁에 앉아있던 사람들은 우리의 반응을 보고 재미있어 하며 웃었다.

어느덧 마지막 잔이 비워졌다. 우리는 잔뜩 달아오른 채 식당을 나섰다. 피곤에 지친 웨이터와 인사성 밝은 사장을 빼고는 그 시간에 식당에는 아무도 없었다.

자정을 훨씬 넘긴 시간에 우리가 눈보라를 뚫고 자동차가 있는 곳으로 비틀거리며 걸어가자 장크트 묄텐은 마치 인간이 멸종한 도시 같았다. 블릭사는 외투를 입고 성큼성큼 앞으로 걸어갔다. 외투는 마치 그가 직접 영화 〈천국에 있는 것처럼*Wie im Himmel*〉의 세트장에서 주인공 역을 맡은 미카엘 뉘크비스트가 입고 있는 것을 빼앗아온 것처럼 보였다. 두 사람이 같은 재단사의 옷을 입은 건 아닐까? 뒤에서 보니 그는 미국 작가 하워드 러브크래프트의 어느 이야기에서 사람 없는 장크트 묄텐으로 떨어진 거대한 까마귀 같았다. 그는 옆구리에 에른스트 얀들의 《오토의 퍼그*Ottos Mops*》* 아동용 도서를 끼고 있었다. 블릭사가 얀들의 팬이라는 걸 알고 출판사에서 준 선물이었다. 갑자기 그의 낯익은 무대 목소리가 텅 빈 거리에 울려 퍼졌다.

"오토스 몹스 트로츠트. 오토: 포르트 몹스 포르트 (Ottos Mops trotzt. Otto: fort Mops fort. 오토의 몹스가 고집부리네. 오토: 앞으로 몹스 앞으로.)"

얀들의 시를 암송하는 블릭사를 뒤따라 우리는 잠든 도시의 미로를 가로질러 자동차가 세워진 곳까지 갔다. 나는 옆으로 눈을 돌려 바비를 바라보았다. 그녀는 담배를 피우며 내 옆에서 걸었다. 내가 물어보기도 전에 그녀가 나에게 미소를 보내며 말했다.

"멋져요."

● 영어 : pug. 독어 : Mops. 키가 작고 얼굴에 주름이 많은 개 품종. 〈오토의 퍼그〉는 3행 14구의 시

"당신 서점에 그 사람 광팬인 직원이 있잖아. 그 친구도 같이 가고 싶어 할 것 같은데?"

데스 메탈 밴드에서 베이스를 맡고 있는 그 직원이 계산대 뒤에 앉아서 전자메일 주문에 답장을 쓰고 있었다.

"T. C. 보일하고 저녁 식사하는 데 갈 생각있어?"

"음, 그러죠. 그런데 저 혼자서요?"

"아니, 다른 사람들도 몇 사람 있을 거야."

"사장님은요?"

"아니, 그 자리에 두 사람이나 갈 수는 없어. 게다가 나는 영어도 잘 못해. 그게 문제지!"

"저 혼자는 안 갈래요. 자신 없어요."

그리고 몇 주가 흘렀다. 우리는 T. C. 보일과의 만찬을 잊고 있었다. 그런데 도매상 사장이 다시 전화를 걸어 이렇게 말했다.

"5월 1일 저녁 7시. 슈타트호이리거. 두 사람 같이 오면 돼."

나는 그 베이스 주자에게 전화를 걸었다.

"5월 1일에 뭐 해?"

"그날은 제가 쉬는 날 아니던가요?"

목소리에는 피곤함이 묻어있었다. 나는 그녀가 '도서판 매대 돌려야 하는 거죠?'라고 생각하는 것을 거의 읽을 수 있을 것 같았다.

"T. C. 보일 만찬에 가. 그리고 걱정 마, 나도 같이 가니까."

"어머, 말도 안 돼!"

우리는 요제프슈태터 거리에서 만났다. 둘 다 좀 상기된 표정이었다. 나는 그날 만찬이 너무 소규모가 아니기를 바랐다. 저녁 내내 나의 시원찮은 영어를 만천하에 전시하고 싶은 생각이 없었기 때문이다. 우리 직원은 너무 긴장해서 식당으로 가는 동안 내내 쉬지 않고 말을 하더니 정작 식당에 들어서자마자 입을 완전히 닫아버리고 말았다. 그녀는 한마디도 할 수 없었고 아무 것도 먹을 수 없었다. 연속으로 음료 두 잔을 들이켰다. 어느 순간 대가가 그녀에게 말을 걸었다. 그는 매력적이고 위트 있는 사람이었다. 대번에 두 사람은 공통의 주제를 발견했다. 음악이었다. 그녀는 수줍어하며 자신이 속한 데스 메탈 밴드의 CD 한 장을 가방에서 꺼냈다. 아주 '우연히' 가방에 넣어두었던 것이다. 보일은 기뻐했다. 집으로 돌아오는 길에 우리는 그가 미국

캘리포니아 주 해변 도시인 산타 바버라에 있는, 프랭크 로이드 라이트°가 설계한 자기 저택에 가서 그 CD를 플레이어에 집어넣고는 그녀가 연주하는 베이스 선율을 따라 듣는 모습을 상상했다.

우리가 요제프슈태터 거리를 건너 지하철 역으로 갈 때는 늦은 시간이었다. 멋지고 위대한 작가 덕분에 우리 둘은 영적인 충만함에 푹 빠져 있었다. 책도 그랬지만 그는 무척이나 매력적이었다.

"저는요, 나중에 치매에 걸려서 모든 걸, 이 모든 걸 다 까먹어도 오늘 저녁만은 절대 잊지 않을 거예요. 제가 T. C. 보일과 함께 호이리겐에 있었다는 사실 말이에요!"

● 미국에서 가장 유명한 건축가 중의 한 사람. 보일은 그가 100여 년 전에 설계한 저택에서 살고 있는데, 그 저택의 네 번째 소유주라고 한다.

……참 좋다. 일요일에 그는 표가 매진된 대공연장에서 모차르트와 바흐의 작품 및 슈베르트의 마지막 피아노 소나타 D960을 연주했다. 이 피아노 소나타는—네 개의 즉흥곡 D899와 더불어—소니에서 제작한 슈베르트 CD에서 들을 수도 있다. 오스트리아의 피아니스트 부흐빈더가 연주한 것이다. 녹음은……

어느 신문에서 오려낸 종잇조각이다. 너무 작아서 접지 않아도 지갑에 넣을 수 있을 정도다. 그게 내 앞 계산대에 놓여 있다. L 씨가 지나가다 불쑥 던져준 것이다. 왜냐하면 그는 늘 바쁘기 때문이다.

"이거 좀 주문해줘요. 전화해주고!"

항상 분주하다. 좀 불친절하기도 하다. 나는 그사이 그와 잘 지낼 수 있게 되었다. 아닌 게 아니라 그를 보면 아버지 생각이 난다. 그는 늘 무뚝뚝하고 강압적이지만 알고 보면 마음은 그렇지 않은 사람이다. 가로 3센티미터에 세로

2센티미터 크기로 오려낸 신문 조각을 통해 우리는 L씨가 뭘 좋아하는지를 알게 되었다. 다행히 우리는 믿을 수 없을 만큼 시간이 많다. 힘들게 인터넷을 뒤진 끝에 우리는 그 CD를 정확히 확인해 주문하는 데에 성공한다.

나이 지긋한 신사분들도 재미있다. 그분들은 아침 식사하면서 텔레비전을 보다가 누군가가 카메라 앞에 들고 있는 책을 본 뒤 서점에 와서는

"녹색이었다고! 저자가 목사인가 학교 선생님인가, 뭐 아무튼 그런 것 비슷한 사람이었어. 그거 못 보셨나?"

라고 말한다. 아뇨, 하루 종일 마흔 개나 되는 방송을 보는 직원은 우리가 감당할 수 없습니다. 하지만 우리에게는 인터넷이 있다. 놀랍게도 인터넷으로는 모든 걸 다 찾아낼 수 있으니 말이다. 정확한 날짜도, 정확한 시간도, 방송국이 어디인지도 모른다. 그런데 그 책은 어째 녹색인 것 같다. 우리는 대개 그런 걸 찾아내고는 손님과 똑같이 기뻐한다. 옛날에는 도대체 어떻게 했을까? 이 거대한, 녹색 인조가죽으로 장정된 도서 목록이 있었을 당시는 말이다. 그 목록에는 공급 가능한 모든 도서가 알파벳 순서로 나열되어 있었다. 거기서 책을 찾아 그 책의 국제 표준 도서번호(ISBN)를 베껴 적은 뒤 전화로 주문했다. 그것도 아주 오래된 옛날 일이 아니다. 우리 할머니가 어린애였을 때가 아니

라 남편이 출판사 영업사원 업무를 배웠을 시절이었다. 당시만 해도 휴대전화도 없었고, 인터넷에 대해 아는 사람도 전혀 없었다. 그래서 모든 서적상들은 한편으로는 인터넷의 장점에 대해 환호한다. 하지만 다른 한편으로는 그게 없었더라면 우리로서는 훨씬 더 잘 지낼지도 모른다고 생각한다. 물론이고말고. 무기가 나쁜 게 아니라 그 무기를 쓰는 사람이 나쁜 것이다. 개가 위험한 게 아니라 그 개를 무는 개로 훈련시킨 주인이 나쁜 것이다. 그리고 당연히 인터넷이 문제가 아니라 그것을 사용해 무한 이익을 얻으려는 사람이 문제이다.

10년, 15년 전만 해도 세상은 아직 상대적으로 단순했다. 작은 서점의 적은 대형 서점이었다. 서점을 개업하고 나서 첫 몇 해 동안 나는 자주 악몽을 꾸었다. 내용은 언제나 똑같았다. 우리 거리에 대형 서점이 하나 들어서고, 그 이후로는 아무도 우리 서점에 오지 않는 꿈이었다. 모든 이들이 그 거대한 서점으로 몰려 들어간다. 자동문과 에스컬레이터가 설치되어 있고, 몇 미터씩 책이 쌓여있고 알록달록한 비닐봉투도 제공하며, 특별 세일을, 그것도 여러 종씩 하는 서점이었다. 우리는 모든 직원들을 내보내고, 집세도 더 이상 낼 수 없는 지경에 이른다. 결국 나는 큰 서점에 직원으로 들어가며 끝이 난다. 물론 그건 운이 좋을 경우다.

수많은 작은 서점, 특히 지방도시에 있는 서점의 경우,

내 꿈에 나온 일들이 현실로 일어나기도 한다. 대형 서점이 걸어서 갈 수 있는 곳에 들어서고, 작은 서점 사람들은 살아남기 위해 몇 년 애를 쓰다가 포기하고는 문을 닫는다. 최근 들어 상황이 달라졌다. 왜냐하면 대형 체인서점, 더 정확히는 그 뒤에 있는 주주와 감사위원회가 작은 서점들이 벌써부터 알고 있던 그 무엇, 즉 책으로는 돈을 제대로 벌 수 없다는 것을 서서히 알아가고 있기 때문이다. 우리가 예전에 그랬던 것처럼 말이다. 책을 팔아 살아갈 수 있다는 것, 그리고 따뜻한 집과 어쩌면 심지어 코딱지 만한 작은 오두막 별장이라도 갖고 있다는 것. 하지만 그 이상은 없다. 대형 서점이라고 뾰족한 수가 있는 것이 아니다. 연말 결산을 해보면 큰 이익이 남지 않아 주주들에게 배당도 못해준다. 이에 대해 저 위에 있는 책임자들은 다른 업종들과 비슷한 반응을 보인다. 매장을 정리하고 직원을 줄이며 마진이 비교적 높은 상품을 통해 매출을 끌어올리려 한다. 그래서 자격을 갖춘 서점 직원들은 이제 정원 장식용 난쟁이 인형과 커피 잔을 진열하거나 레고를 연령대별로 분류하느라 바쁘다. 아마도 우리에게 문의했다면 이런 현실을 친절하게 설명해줬을 것이다. 작은 서점 주인들은 책으로는 부자가 될 수 없음을 처음부터 알고 있었다. 소규모 가족기업 중 다수는 결국 여러 세대째 이를 알고 있으니 말이다. 우리 서점과 "대형 서점" 사이의 차이라는 게 알고 보면 대수롭지 않은 뻔한 것이고 좀 시시한 것이다. 그러니까 우리는 우리의 꿈을 살아가면서 그것과 더불어 어느 정도 생계유지를 하려고 애쓰는 것이고, 반면 그들은 이익을 남기려고 애쓴다. 그것도 해마다 더 많이.

우리 자동차는 배송용 차량이고, 스키 휴가는 자급자족형 오두막에서 보낸다. 모든 준비물을 다 가지고 가야만 한다. 그리고 여름철에는 일주일 동안 티롤 지방에서 휴가를 보낸다. 물론 우리는 작은 주말주택을 소유하고 있고, 지난해에는 닷새 동안 런던도 다녀왔다. 내가 대학생이던 시절에는 감당할 수 없었을 여행이었다. 이 모든 사치 비스무리한 일들에는 양심의 가책이 수반하며, 초과근무를 수도 없이 많이 해야 한다. 하지만 우리는 서점 주인이므로 당연히 초과근무라고 말할 수 없다. 그리고 그런 일은 대개 별일 아니다. 우리는 책 애호가이기 때문이다. 미치광이라고까지 할 필요는 없지만 어쨌든 성장 지상주의와 이익 중독으로 대변되는 우리 시대에는 결코 부합하지 않는 존재이다. 우리는 책을 파는 사람들이다. 하지만 책 말고 다른 뭔가를 판다는 것은 절대 상상할 수 없다. 혹 책갈피나 아기 공룡 코코넛* 인형을 팔 수 있을지는 몰라도 세탁기나 컴퓨

* 독일 만화가 잉고 지크너가 만든 만화의 주인공이다.

터, 정원용 인형, 자동차 따위는 절대 팔지 못할 것이다.

하지만 그사이 경쟁업체는 대형 상가지역이나 쇼핑센터에 들어앉아 있는 게 아니다. 크고 작은 모든 서점의 경쟁업체는 인터넷 속에 있는 '아마존'이라는 곳이다. 사람들은 편리하고 생각할 필요도 없도록 해주는 아마존 쇼핑에 빠져 클릭 두어 번으로 장바구니를 가득 채우고 은행 통장은 비운다. 다들 시간이 없거나 혹은 시간이 없다고 상상하기 때문에 그렇게 한다. 그리고 사흘 뒤면 택배 직원이 책, 의류, 신발, CD, 토스터 등등을 대문 바로 앞까지 갖다 준다.

그 모든 일은 한 이웃 사람과 함께 시작되었다. 4층에 사는 남자였다. 계단에서 만나면 서로 인사하는 정도였다. 그 사람 이름이 아무래도 안드레아스인 것 같았다. 나는 그를 서점에서는 본 적이 없었다. 그러던 어느 날 우리 우편함 위에 아마존 소포가 비스듬히 올려져있는 게 아닌가. 크기와 형태로 보아 책임이 분명했다. 나는 어이가 없었다. 폐지 수거함 곁에 서서 그가 나타나기를 별렀다.

"왜 책을 아마존에 주문하시죠? 서점과 한 건물에서 살면서?"

"글쎄요. 어째 좀 실용적이라서요. 저는 늘 밤중에 주문하거든요. 그때라야 일이 끝나니까요."

"우리 서점에 주문해도 돼요!"

"전부 다?"

"그럼요. 그리고 책값은 어디서나 다 똑같아요."

"알고 있어요."

"그래요? 저희한테 직접 말을 하고 싶지 않다면 문틈으로 그냥 쪽지 밀어 넣으면 돼요. 제가 문 앞의 바닥 깔판 위에 책을 올려놓을게요. 그럼 서로 말할 필요가 없죠."

아주 간단한 일이었다. 상황을 설명하자 그는 알아들었다. 그와 그렇게 짧게 이야기를 나눈 뒤 우리는 헤어졌다. 이제 그는 우리 가게에서 책을 주문한다.

이 경험은 마치 내 두 눈 쌍심지에 불을 댕긴 것과 같았다. 갑자기 좁디좁은 우리 서점 주변 곳곳에 배달된 수많은 아마존 소포들이 내 눈에 띄는 것이었다. 배달 직원이 들고 다니는 것도 보이고, 부재중이라 배달받지 못한 책을 우체국에서 찾아가는 젊은이들 모습도 보였다. 그들은 모든 물건을 인터넷에서 주문하는 것이 아주 멋지다고 여기는 것 같았다.

반면 모퉁이에 서점이 하나 있었음을 기뻐한 이들도 막 고등학교를 졸업한, 그들과 똑같은 젊은이들이었다. 서점에서는 그들에게 필요한 수학 해답집과 공식집을 팔았기 때문이다. 그런 건 아마존에 주문할 수 없었다. 게다가 그것들은 값이 5유로 이하인 데다 서점에서는 10퍼센트 할인을 해 주었다. 다시 말해 물경 50센트나 벌 수 있었다. 이들을 만날 때면 나는 언제나, 예컨대 그들이 우체국에서 내 앞이나 뒤에 길게 줄을 서 있으면, 그들에게 대놓고 말을 걸었다. 그것도 심하게. 모든 것을 다 인터넷으로 사면 그게 무슨 짓을 하는 것인지 알기나 하냐고, 어느 순간 동네에 상점이 더 이상 존재하지 않게 된다면 아무렇지도 않겠냐고 물었다.

우리의 적이 시내 다른 곳에 있는 거대한 체인서점이 아니라 네트워크 내부에 보이지 않게 숨어 있음을, 또 갑자기 마우스를 클릭해서 주문하는 것은 섹시하고, 작은 가게로 가서 뭘 사겠다고 말하는 것은 멋있어 보이지 않음을 알게 된 것이 정확히 언제인지 나는 더 이상 생각나지 않는다. 만족시켜주지 못한다는 느낌, 누가 와서 책을 찾는데 그게 없거나 하루만에 구입할 수 없을 때의 양심의 가책 같은 것이 갑자기 불쑥 솟아오르는 일이 점점 더 잦아져만 갔다. 아마존은 갑자기 가장 강력한 기관이 된 것 같았다. 거기에 나타나 있는 모든 것은 진실로 간주되고, 우리는 갑자기 작고 먼지투성이의 아마추어처럼 보이게 되었다. 왜 갑자기 사람들이 '아마존'이라는 신발을 신은 걸까? 아마존에서는 서점으로 산책을 갈 수도 없고 책을 당장 들고 갈 수 있는 것도 아니지 않는가. 현재 베스트셀러 1위인 책조차도 마찬가지다! 일단 주문을 해야 하고 그런 다음 하루 뒤 배송하는 사람과 함께 온다. 그리고 집에 아무도 없으면 배송 직원은 책을 다시 가지고 간다. 그게 뭐 그리 멋지단 말인가? 게다가 사람들은 인터넷과 아마존이 같은 게 아님을 아직도 이해하지 못하고 있다.

"그 책, 서점에 있소?"

컴퓨터 화면을 들여다 본 뒤 대답한다.

"죄송하지만 없어요. 절판된 것으로 나오네요."

"뭐라고, 절판되었다고요? 이 서점에서 말이오?"

"아뇨, 절판이란 더 이상 주문할 수 없다는 말입니다."

"하지만 인터넷에서는 그걸 찾았는걸!"

"음, '인터넷'이라면 아마존을 말씀하시나요?"

"네, 거기서는 주문할 수 있던데."

우리는 함께 아마존 사이트를 들여다본다. 그 책은 '아래 판매자에게서 구입 가능'으로 나온다. 우리는 뻔한 소리를 단조롭게 읊어댄다. 이런 경우는 인터넷 장터를 통해 파는 개인 판매자라는 것, 그런 책은 대다수가 중고 책이라는 것, 그리고 그들 대다수는 어차피 오스트리아로는 책을 보내주지 않는다는 것 따위를 말이다. 우리가 하는 말을 듣기는 하지만 곧이곧대로 믿는 사람은 극소수다. 결국 아마존에 '구입 가능'이라고 나와 있지 않느냐는 것이다.

우리는 이 모든 인터넷 사기에 대응하기로 했다. 웹사이트를 확대해 웹 판매를 연동시키기로 한 것이다. 한 번 등록하면 대형 업체에서와 마찬가지로 스스로 검색하고 주문할 수 있게 했다. '직접 수령'과 '배송'을 선택할 수도 있다. 물론 오스트리아 내에서는 배송료가 없다. 우리가 감당하기에는 만만치 않은 금액이었지만 결국 수십억 유로의 매출을 올리는 경쟁업체와 똑같이 훌륭하고 신속하며 고객 지향적이고자 감당하기로 했다. 그래서 우리는 이 사실을 알리는 데 더 힘을 쏟기로 했다. 이 동네에서 살면서 오다가다 책을 한 권 사는 모든 사람들이 그 서비스를 당연한 것으로 받아들여서는 안 된다고 생각했다. 지금까지는 그냥 그러려니 생각했던 많은 일들을 설명할 무언가가 필요했다.

그래, 맞다. 고객을 위한 잡지가 하나 있어야 한다! 시작은 어떤 식당에서였다. 이 모든 것이 시작된 곳도 바로 그 식당이었다. 몇 년 전, 우리가 폐업 중인 서점에 대해 이야기를 들었던 때도 마찬가지로 여름철이었다. 우리 직원 안나의 남자친구가 그래픽 디자이너이어서 얼마나 도움이 되는지 모르겠다. 그것도 아주 전문성을 갖춘, 큰 회사들을 상대로 일하는 사람일 뿐 아니라, 우리 마음에 들려면 어떤 모습이어야 하는지를 아는 사람이기도 했다. 우리는 타펠슈피츠°와 슈니첼, 맥주 몇 잔과 탄산음료, 그리고 식탁 위에는 수많은 신문, 팸플릿, 광고지와 잡지 등을 늘어놓고 토

● Tafelspitz. 오스트리아의 대표적 음식이라 불리는 쇠고기 요리

론을 벌였다. 갖고 온 것들은 '절대 불가'와 '마음에 듦'에 따라 두 무리로 나뉘었다. 우리의 의견은 분명했다. 우리가 직접 집필한다는 것, 어떤 광고도 끼워 넣지 않을 거라는 것, 전 직원이 등장한다는 것, 베스트셀러 목록에 영향을 받지 않겠다는 것이었다. 물론 베스트셀러 중에서도 우리가 좋다고 여기는 책들은 넣기로 했다. 논의는 빨리 끝났지만 그날 저녁은 오래 이어졌다. 다음 날 우리는 설계도를 받았다.

몇 주 뒤 우리 지역의 모든 주민들은 우편함에서 〈하르틀리프 01〉을 볼 수 있었다. 우리는 너무 자랑스러웠다. 마치 새로 일간지 하나를 창간한 느낌이었다. 그렇게 믿고 싶은 건지는 모르겠지만 갑자기 서점에는 새로운 얼굴들이 보이기 시작했다. 아닌가? 잘 모르겠다. 어쨌든 현장에서 한 사람이 내게 걸려들었다. 관자놀이가 희끗희끗하고 비싼 양복저고리에 잘 빠진 청바지를 입었으며 검은 안경을 걸치고 있는 사람이었다. 나는 건축가 아니면 그래픽 전문가라고 지레 짐작했다. 그는 속이 훤히 들여다보이는 변명을 하면서 달력이 있는지 물어보고는 서점 안을 돌아다니며 둘러보았다. 그러다 갑자기 내 앞에 섰다.

"그런데, 이 신문 혹시? 댁이 이 지역 전체에 보내셨소?"

"네, 보세요. 이렇게 작은 서점이 얼마나 부잔지!"

그는 웃었다. 우리는 잠시 이야기를 나누었다. 나는 주저 않고 이 동네에 얼마나 살았는지, 우리 서점에 들른 적이 있는지 그에게 물어보았다. 5년째 그는 우리 서점에서 3분쯤 떨어진 곳에 살고 있으며 이미 엽서를 한 장 산 적이 있다고 했다. 지금까지 그는 시 외곽의 작은 서점은 자신의 문학적 요구를 채워줄 수 없으리라고 생각했단다. 그러니까 일단 우리 서점에는 전혀 들어오지 않았음이 분명했다. 우리가 엉덩이도 제대로 의자에 붙이지 못할 정도로 열심히 일하고, 자격을 갖춘 훌륭한 직원들 들이느라 가진 돈을 다 쏟아붓고, 10만 유로나 들여 보수공사를 하고, 신간과 최근 경향에 관한 완전 최신 정보로 무장하고, 오스트리아의 모든 중요한 작가를 다 개인적으로 알고 있는데, 위치가 별로 멋지지 않다고 서점에 들어오지도 않았다니, 당신 같으면 정말 뚜껑 안 열리고 배기겠는가!

한 대형 출판사에서 여는 크리스마스 파티에서 나는 친하게 지내는 여기자와 이야기를 나눈 적이 있다. 그녀는 존립의 위협을 받고 있는 서점의 상황에 대해 기사를 쓰겠다고 했다. 거기에 나를 표지 모델로, 인터넷 거대 기업에 맞서 싸우는 여성 투사로 표현하고 싶다고 했다. 날마다 우리와 똑같은 일을 시도하는 수많은 다른 서점업주를 대신해서 말이다. 좋은 생각 같아서 인터뷰를 승락했다.

그녀는 나에게 꼼꼼하게 모든 것을 물어보았고, 나는 제법 진지하게 그러나 너무 앓는 소리를 하지 않도록 답변했다. 일주일 뒤, 내 사진이 신문에 떡하니 실렸다. 일에 지치고 다소 긴장한 모습으로 나왔다. 기사 제목은 "아마존과 싸우는 여성." 모두가 그 기사를 멋지다고 여기지는 않을 것임을 나는 신문을 펼치자마자 알 수 있었다. 신문이 배달되어 편지함에 들어가기도 전부터 벌써 첫 번째 전화가 걸려왔다. 서점 대표들이 인터넷 상의 경쟁업체에 맞서 아무 조치도 취하지 않는다는 말을 도대체 왜 하느냐, 이미 석 달 전부터 대응팀이 활동하고 있는데 어떻게 아무도 이 문제에 대해 신경을 쓰지 않는다고 말할 수 있느냐는 것이었다. 억울한 면이 없지 않았는데, 사실 나는 대응팀에 대해서 전혀 모르고 있었다. 그저 나는 질문을 받아 대답을 하는 인터뷰를 한 것이다. 다행인 것은 그래도 몇몇 손님이 우리 서점에 와서 자랑스럽게, 자기는 이미 진작부터 상황을 알고 있었으며 그렇지 않아도 모든 책을, 정말 모든 책을 우리 서점에서만 산다고 말해주었다는 점이었다. 그들은 우리 서점 외에 다른 어느 곳에서도 사지 않으며, 인터넷은 말할 것도 없다고 강조했다.

그 기사를 쓴 여기자는 정말 예언자였다. 주제에 대한 후각과 훌륭한 감각을 지닌 사람이었다. 기사가 나온 이후로 갑자기 아마존이 매체 상에서 큰 문제가 된 것이다. 심야에 어느 방송에선가 이 인터넷 공룡에 대한 르포 기사가 나오기 시작했다. 기자 두 사람이 취재를 위해 이 물류업체에 잠입했다고 한다. 기사는 무엇보다도 열악한 노동조건을 마구 씹어댔다. 아마존에서 일하는 인력 대다수는 인력 송출업체를 통해 조달되는데, 주로 스페인과 동유럽 등 실업률이 높은 지역에서 온 사람들로, 그럴 듯한 조건에 속아 넘어가 매우 열악한 환경에서 정해진 노동시간도 없이 일을 하고 사설 경비업체의 감시를 받는다는 것이다. 이제 보라, 5년 전만 했어도 소수의 열정적인 사람들의 관심을 끄는 데 그쳤을 이 르포가 페이스북과 트위터 덕분에 엄청나게 퍼져나가지 않았는가 말이다. 이 르포는 수천 번의 공유와 '좋아요' 클릭 수를 올렸다. 다른 매체들도 급하게 달리는 기차에 편승했다. 갑자기 이 거대 인터넷 업체는 더 이상 섹시하지 않은 곳이 되었다. 자기네 직원을 함부로 다루고, 구조적 취약지역에 위치해있다는 이유로 거액의 장려금을 챙기고, 회사 본부가 룩셈부르크에 있어서 독일이나 오스트리아에는 세금을 한 푼도 내지 않으며,—독일 법규에 따라 고용된—직원들은 노동조합을 조직하면 어려움을 겪는다고 한다.

보통은 서로 별 대화를 나누지 않는 아침 커피 시간에 여직원 한 사람이 내게 말을 걸었다.

"그런데 말이죠, 그거 아세요?"

"도대체 뭘?"

"요즘 손님이 많이 늘었어요. 그리고 손님들이 젊어요."

몇 달 전까지만 해도 우리 서점에 자주 오는 손님들은 적잖이 나이가 든 분들이었다. 모든 사람이 다 그런 건 아니지만 대다수는 소위 '실버 서퍼 연령대*'였던 것이다. 우리로서는 전혀 문제가 되지 않았다. 그들은 교양 있고 높은 구매력을 지녔으며 우리의 조언을 높이 인정할 줄 아는 분들이었다. 문제는, 그들이 우리보다는 절대적으로 나이가 더 많다는 사실이다. 이 말은 때가 되면 그들은 더 이상 오지 않지만 우리는 아직 계속 이 자리에 있다는 뜻이다. 물론 희망사항이다. 우리는 아이들이 자라는 모습뿐만 아니라 정정한 부인들이 치매에 걸리고 건장한 노신사들이 쇠약해지는 것도 볼 때까지 이 자리에 있고 싶다.

가장 충성도 높은 손님들은 어린 아이를 가진 엄마들이다. 그들은 오전 시간에 어차피 바깥으로 나와 아이들과 바람을 쐬어야 한다. 그럴 때 인터넷으로 그림책을 주문하는 것은 별 의미가 없다. 또 우리 서점에서는 그들을 훨씬 더 친절하게 응대한다. 그러나 문제는 그사이의 연령대였다. 그들은 어디에 있는가? 대학생들은 어디에 있는가? 출세를 위해 애쓰는 젊은 변호사, 건축가, 광고 그래픽 전문

* 1960년대 제작된 만화 속의 등장인물로, 지구로 온 외계인. 그 만화를 본 연령대라면 40~50년대 태어난 사람들일 것이다.

207

가들은 어디에 있단 말인가? 그들은 인터넷을 많이 뒤지지 않을까 싶다. 그리고 아마존과 찰란도°에서 주문한 물건들을 주변에 깔아놓고 살며 페이스북과 유튜브를 보고 있으며, 아까 말한 그 르포 기사를 아마존을 통해 보았을 것이다. 그들은 그저 좀 편하게 살려고 했을 뿐이다. 하지만 이제는 그것이 좋지 않다고 느끼고는 빵집이나 위생용품점에 가는 길에 이미 지나친 적이 있는 작은 서점을 기억하고 들어오게 되었다. 그들은 문을 열고 들어와서는 망설이는 듯 주변을 둘러보았다. 그러다 누가 그들에게 말을 걸어주면 기뻐했다. 제공되는 제품을 보고, 또 여기서는 쪽진 머리에 안경을 걸치고 목걸이를 한 나이 많은 아줌마만 잔뜩 골이 난 채 일하는 줄 알았는데 그게 아님을 보고는 깜짝 놀라 했다. 그리고 우리 서점에서도 모든 책을 다, 대학 전공서적과 교재까지도 주문할 수 있다는 걸 알고는 완전히 경악한다.

"뭐라고요, 주문한다고요?"

"네, 지금 주문하면 내일 와요."

"아니, 내일이라고요?"

"네, 바로 내일. 하지만 오후는 되어야 해요. 그럼 책을

● 2008년 설립된 독일의 대형 온라인 의류 및 패션제품 판매점.

가져가실 수 있어요."

"모든 책을 다 그렇게 할 수 있단 말이죠?"

"거의 모든 책이 다 되죠. 어떤 책은 이틀 걸리기도 하거든요. 절판된 책만 아니라면요. 그런 경우도 대개는 책을 구할 수 있지만 시간이 좀 더 오래 걸리죠."

"돈이 더 들지는 않고요?"

"물론이죠. 책값은 어디나 다 같아요."

"죽이네요!"

"네, 우리도 그렇게 생각해요."

우리는 이따금 여러 단체들이 도서정가제 홍보를 위해 돈을 얼마나 쓰는지, 또 그럼에도 불구하고 그렇게 많은 사람들이 왜 대형 도서슈퍼마켓이나 인터넷에서도 책값이 더 싸지는 않음을 알지 못하는지 궁금하다.

이제 우리 서점과 다른 작은 서점에 젊은 사람들이 찾아오기 시작했다. 그들은 인터넷 상의 거대 서점에 주문하는 것을 양심에 찔려하기 시작했다. 그들은 우리 단골이 되었다. 책을 제대로 된 가게에서 사는 것이 멍청하거나 케케묵은 방식이거나 섹시하지 않은 게 아님을 알아챘기 때문이다. 책에 대한 조언과 더불어 재미있는 이야기도 얻어 듣거나 책을 선물용으로 포장해서 받거나, 그것조차 오래 걸린다 싶으면 전화로 정보를 얻을 수도 있는 그런 곳에서 말이다.

손님들이 자기가 왕이라고, 수십 년 동안 배워 온 까닭에 우리는 이런 메일도 받는다.

"이제 더 이상 아마존에서 주문하고 싶지 않아 이렇게 메일을 쓰는데, 다음 도서를 귀 서점에 주문하면 얼마를 할인해주시겠습니까?"

우리는 도서정가제 법률을 준수해야 하기 때문에 (아마존과 마찬가지로) 할인을 전혀 해드릴 수 없다고 답장을 보낸다. 우리는 배송료 없이 책을 보내드리며, 원할 경우 모든 책에 대해 선물 포장을 해드립니다. 그리고 귀하께서 원하신다면 우리는 귀하를 위해 홀딱 벗고 책상 위에서 춤도 추어드릴 수 있습니다. 아니, 마지막 말은 그렇게 쓰고 싶은 욕구는 정말 제대로 갖고 있음에도 당연히 적지 않는다. 언젠가는 그렇게 써야지.

우리 온라인 판매점에서 매출이 꾸준히 올라갔다. 그래서 직원 한 사람을 사무실 업무로 돌리기로 결정했다. 남편도 거의 전적으로 뒷방 사무실 업무—청구서 작성, 대금이체, 회계자료 정리, 홈페이지 관리 및 근무계획표 작성—를 하기는 하지만 그 모든 업무가 지난 여러 해 동안 너무 늘어나 남편 혼자서는 더 이상 감당할 수 없는 정도가 되었다. 밴드의 베이스 주자 직원은 그사이 우리 서점에서 일한 지 여덟 해가 되었다. 그녀가 온라인 판매점 책임자가 되었다. 모든 메일에 답장을 보내고 복잡한 주문들을 처리하는 일이다. 그녀는 그런 변화에 기뻐했다. 우리는 그녀를 미스 머니페니*라는 애칭으로 부른다. 그녀는 같은 일터에서 그렇게 오랜 시간 일하다 이제 뭔가 다른 일을 하게 된 것이 유쾌하다.

우리는 반 년 동안 요란하게 북을 치며 광고를 했다. 소식지를 더 만들기도 했다. 그사이 3호가 나왔다. 듣든 말든 아랑곳 하지 않고 모든 사람들에게 아마존에 주문할 필요가 절대, 절대 없다고 설명해왔다. 우리 매출은 다시 올랐다. 이제는 일 년 내내 젊은 사람들이 우리 서점으로 온다. 지난해 고객 데이터에 등록되지 않은 새 이름들이다.

다시 성탄 대목이 시작되었다. 하루 매출이 서서히 그리고 꾸준히 올랐다. 그리고 주문도서 보관함은 점점 더 가득 찼다. 팩스는 쉬지 않고 온라인 주문서를 토해 내고 신규 투입된 뒷방 사무직원은 그렇지 않아도 이미 근무시간을 주당 서른 시간에서 마흔 시간으로 늘렸는데도 한두 시간씩 초과근무를 한다. 진작부터 우리 주문도서 보관함은 너무 작았다. 우리는 어디에다 담아둘 수 있는 물건은 모두 사무실에서 다 치워버린 뒤 주문도서 보관함을 새로 만들었다. 이전 것보다 세 배나 더 크다. 60평방미터 크기의

---

* 제임스 본드 영화에 나오는 인물로, 본드의 상관인 영국 비밀정보국장의 비서이다.

우리 서점 안에서 사람들은 인내심을 갖고 장사진을 친다. 어떨 때에는 사람이 너무 많아 우리도 지나가지 못할 정도다. 우리는 번갈아가며 네 사람씩 계산대 뒤에 서 있기도 한데, 문제는 책값 수납하는 곳이 하나뿐이라는 점이었다. 거기서 우리 모두가 동시에 책값을 입력하고, 돈을 집어넣고, 거스름돈을 꺼내야 했다. 그런데도 저녁에 보면 계산이 대개는 모두 들어맞으니 신기할 일이었다. 성탄 대목이 시작되는 첫 주에는 정말 재미있게 일을 시작했다. 우리는 사기 충천해 있었다. 계산대 뒤의 공간이 좁았지만 전혀 문제가 되지 않았으며 오히려 늘 새로운 농담거리를 제공했고, 그것은 손님에게도 영향을 주었다. 서점이 터질 듯 손님으로 가득 찬 어느 날 별안간 소음 수준이 내려갔다. 거의 기도에 몰입하기라도 한 듯 사방이 고요해졌다.

"이게 웬 일이야, 여기서. 별 일이 다 있네."

내가 적막을 깨고 이렇게 중얼거렸다. 그러자 저 뒤쪽 아동도서 코너에서 목소리가 울려나왔다.

"거 참, 하르틀리프 여사, 당신이 우리한테 일 년 내내 아마존에서 책 주문해서는 안 된다고 설교하더니, 이제 그 과보를 받으시는구먼!"

둘째 주가 되자 나는 조금씩 피곤해졌다. 내가 설명하는 책 내용을 가만히 귀 기울여 들어보면 이따금 이런저런 이야기들을 뒤섞어버리기도 하고, 고객 이름은 정확히 5초

동안만 기억하기도 했다. 날마다 얼마나 많은 책들이 서점 계산대 위를 지나가는지, 얼마나 많은 이야기들이 설명되는지, 얼마나 많은 선물이 포장되는지 한마디로 정말 믿을 수 없을 정도였다. 단골손님들은 우리에게 귤이나 직접 구운 크리스마스 쿠키와 무척 많은 초콜릿을 갖다 주었다. 뒷방에는 언제나 먹을 게 풍성하게 쌓여있었다. 책을 공급해주는 세 곳 도매상은 날마다 배송바구니에 책을 탑처럼 높이 쌓아올려 갖다주었다. 건물 계단실은 그렇게 쌓인 책으로 완전히 막혀버렸다. 그러다보니 그것은 집주인의 전혀 부당하지 않은 불평으로 이어졌다. 모든 것을 가능한 한 신속히 사무실 안에 쌓아두려 하다보니 포장대와 사람 키 높이로 쌓인 책 상자 사이에 그냥 끼여 오도 가도 못하는 일이 이따금 생겼다. 제품을 인수하는 일은 남편 담당이었다. 문제는 그가 그 대부분 일을 언제나 저녁에야 비로소 시작할 수 있다는 점이었다. 그때가 되어야 새로 도착한 책을 분류해 담아둘 수 있는 주문도서 보관함에 다시 여유가 생기기 때문이었다. 남편의 야간 근무 시간은 점점 늘어났다. 처음에는 새벽 2시까지 가더니 며칠 뒤에는 새벽 4시까지 일을 했다. 크리스마스를 코앞에 두고 내 생일이 어김없이 돌아왔지만 몇 년째 생일 선물도, 생일 케이크도, 함께하는 만찬도 없었다. 하지만 이번에는 남편이 커피 한 잔과 작은 초 하나로 나를 깨우더니 속삭였다.

"여보, 생일 축하해. 정말 마음이 아프네. 이제 당신이 일어나 서점 좀 치워줘야겠어. 난 더 이상은 못 하겠어."

나는 간신히 따뜻한 침대에서 빠져나오고, 남편은 데워진 침대 속으로 들어가 바로 잠에 곯아떨어졌다. 나는 큼직한 잔에 밀크커피를 담고 계단을 내려가 내 서점, 내 삶의 공간에 발을 들여놓았다. 매장에는 상자 7개가 고객 이름의 알파벳 순서대로 분류되어 있었다. 그중에서 주문도서 보관함의 빈자리를 찾아 들어간 것은 기껏해야 절반 정도였다. 책이 가득 든 상자로 쌓은 두 개의 높은 탑은 재고용 도서 중 빠진 것을 추가 주문한 것인데 그것들도 정리해서 치워야 한다. 지금은 6시 반. 서점은 9시에 문을 연다. 그러면 다시 첫 손님들이 가게로 몰려들 것이다. 나는 서점 뒤편에 있는 자그마한 붉은 벤치에 앉아 잠시 흐느꼈다. 내가 상상한 것은 이런 게 아니었다. 작고 아늑한 내 서점이라는 꿈은 악몽이 되었다. 탈출구가 없다는 느낌이 나를 덮치는 것 같았다. 이 일을 어쩐담? 모두 내가 자초한 일이라는 소리가 머릿속에서 쟁쟁거렸다. 산을 오르는 도중에 사람들 사이에서, 이제 난 더 갈 생각 없어, 그냥 여기 서 있을래, 그렇게 말할 수는 없지 않은가. 산을 오를 때처럼, 되돌아가는 것이란 절대 없다는 소리도 함께 들리는 것만 같았다.

8시가 되자 여직원 두 사람이 출근했다. 에파는 원래 근무계획표에 따르면 8시 반부터 일단 일하는 것으로 되어 있었다. 하지만 그녀는 좀 더 일찍 출근하는 게 좋겠다는 것을 예감한 것 같았다. 그녀는 나를 잠깐 껴안고 인사하더니 말했다.

"걱정마세요. 저거야 금방 치우죠."

그러면서 개를 데리고 30분 정도 산책이나 하라며 나를 떠밀었다. 9시가 되기 5분 전에 서점에 돌아왔을 때는 대부분이 치워져 있었고 나머지는 사무실에 처박혀 있었다. 그리고 직원 전부가 나와 있었다. 손님들이 기쁜 표정으로 가게로 들어왔다. 우리는 기분 좋게 그들을 맞이한다. 나는 다시 무대 위로 오른다. 다섯 시간만 지나면 다시 점심시간이다.

지난주에 우리는 모든 직원들이 점심시간을 휴식하는데 집중하자고 의견을 모았다. 되도록이면 그 시간에 먹을 것을 마련하느라 신경 쓰지 말고 기운을 회복하면서 그저 쉬는 데 쓰자는 것이었다. 마음씨 좋은 친구들에게 데워 먹을 수 있는 음식을 부탁하면, 나머지 한 시간 동안 조용히 부엌 식탁에 앉아 음식도 먹고, 침묵하기도 하고, 책을 읽기도 하고, 또 원하면, 소파에 누워 잠깐 낮잠을 자는 것도 충분히 가능한 일이었다. 그렇게 결정하자 어느 날에는 친구 하나가 무척 큰 장바구니에 온갖 채소를 가득 담아 와서는 우리 집 부엌에서 모두가 먹을 수프를 끓이기도 했다. 도제 수업중인 직원의 부모는 거대한 양푼 두 개에 뜨거운 라자냐를 부엌으로 직접 담아 오기도 했다. 하나는 고기가 들어가고 다른 하나는 채소가 들어간 라자냐였다. 물론 샐러드와 후식도 포함되어 있었다. 우리는 가을에 미리 조리해둔 스파게티 소스를 전부 녹여서 먹었다. 하루는 매년 열리는 출판사 크리스마스 파티에서 그 '아마존 예언가' 여기자를 다시 만났는데, 그녀가 나에게 성탄 대목 장사에 대해 묻자 나는 이렇게 말했다.

"대단해요. 하지만 끔찍하죠. 할 일이 너무너무 많거든요. 그게 다 당신 때문이에요!"

내 농담을 너무 진지하게 들은 것 같았다. 왜냐하면 그녀가 손을 입에다 갖다 대며 이렇게 말했기 때문이다.

"맙소사! 제가 할 일이 뭐 없을까요?"

내 입에서 나온 대답은 이거였다.

"먹을 걸 좀 챙겨줘요!"

사흘 뒤 그녀는 직접 만든 카레를 큰 솥 하나에 가득 담아 들고 서점으로 왔다. 친구처럼 지내는 영업사원은 감자 굴라시를 두 가지로—소시지가 든 것과 들지 않은 것—만 들어 가져왔다. 그리고 점심시간에 일손이 부족하지 않도록 자기도 수납업무를 거들었다.

남편은 자정이 되면 항상 억지로라도 나를 침대로 보냈다. 내일이면 다시 나는 하루 종일 상쾌한 기분으로 무대에 서 있어야 하기 때문이다. 나는 잠을 충분히 자야만 그렇게 할 수 있다. 종종 꾸는 꿈이 있다. 책값은 48.8유로인데 50유로 지폐를 받고 손님에게 잔돈을 얼마 거슬러주어야 하는지 계산해내지 못하는 꿈이다.

크리스마스가 다가오면 15시간씩 연속 근무를 한다. 그러니 점심때 잠깐 낮잠을 자지 않고는 견딜 수 없을 지경이다. 오후 1시 직전에 누군가가 내 휴식시간이 없어졌다고 말한다면 나는 많은 사람들 앞에서 울음을 터뜨리고 말 것이다. 나는 빛이 들어오지 못하도록 막아놓은 침실에서 침대에 파묻혀 이불을 머리 위까지 덮고 잔다. 위층의 건축 공사 소음에는 귀마개가 도움이 된다. 나는 몇 초 만에 잠들어버린다. 20분 뒤 자명종이 울리면 나는 시간이 얼마나 되었는지 전혀 감을 잡지 못한다. 조용한 침실에서 북적거리는 삶으로 되돌아가야 함을 다시 의식하는 데에는 약간의 시간이 필요하다. 얼굴에 찬물을 뿌리고 에스프레소 커피 한 잔을 급히 마셔서 기운을 회복한 다음 나는 다시 무대에 올라간다. 이런 과정을 거쳐야 일이 또 다시 재미있다.

우리는 보관함에 담긴 책을 가져오는 척하며 가끔 뒷방으로 가기도 한다. 거기에 가는 이유는 사실 재빨리 입 안에 달달한 과자를 가득 채워 넣기 위해서이다. 한번은 잘 뜯기지 않는 초콜릿 포장을 뜯으려고 신경질적으로 가위를 집어 드는 모습을 안나에게 걸리기도 했다.

저녁 6시 정각에 가게 문을 닫으면 그때부터 우리는 매출액을 정산했다. 남편은 금전출납 기록에서 흥미로운 것이 보이면 읽어주었다. 우리가 책을 몇 권 팔았는지, 책을 몇 권 주문했는지, 얼마나 많은 손님이 적어도 책 한 권은 샀는지 하는 것들이었다. 크리스마스를 코앞에 둔 주에는 어쨌든 매출이 500권에서 700권 사이였다. 내 말은, 60평방미터 크기의 서점에 사람이 700명이 왔으며, 그 700명 중에서 690명이 재미있고 상냥하고 다정했으며, 나머지 10명은 퇴근한 뒤 맥주 한 잔 하면서 좀 씹고 험담도 필요하다는 것을 의미한다. 손님에 대해 험담한다는 게 부당하다고 해도 어쩔 수 없다. 우리에게는 필요하다.

하지만 진짜 우리에게 힘을 주는 것은 다른 것이다. 크리스마스 선물 전부를 우리 가게에서 사고도 한 번도 깎아달라는 부탁을 하지 않으며 심지어 바쁜 우리를 도와주겠다고 나서는 사람들이 있다. 어떤 변호사는 크리스마스 선물을 사러온 사람들로 북새통을 이루는 우리를 위해 하루 휴가를 내기도 했다. 우리가 스트레스로 쓰러지기 일보직전인 것을 보고 그녀가 선뜻 도움의 손길을 내민 것이다. 그녀는 가게 뒷방에 서서 책 마흔두 권을 하얀 비단종이에 포장하고 끈으로 멋도 냈다. 그녀가 없었다면 그 일은 내가 밤늦도록 했을 일 중에 하나였을 것이다. 방사선과 전문의라고 소개한 손님은 자기 직원들에게 줄 크리스마스 선물을 주문하기도 했다. 한참 선물을 포장하다가 문득 이 손님이 내 방사선과 친구를 알고 있지 않을까 하는 생각이 들었다. 알고 보니 손님은 내 친구 남편의 병원 동료였다. 또 어느 연구소의 여성 대변인은 저녁 6시 직전에 자기가 주문한 책을 가지러왔다가 포도주 한 잔을 옆에 두고 나와 함께 밤늦게까지 서점을 치우기도 했다.

툭하면 저녁 6시 조금 지나 서점에 와서는 끈질기게 문을 두드려대는 신경과 전문의도 있다. 우리는 그를 알아보고는 대개 기꺼이 문을 열어준다. 그는 우리가 아직 많은 이들을 알지 못하던 시절, 우리의 첫 손님 중의 한 명이었다. 어느 토요일 오전, 그는 기쁜 표정으로 체슈 스키* 빵집의 빵 한 봉지를 들고 서점에 와서는, 줄을 서서 기다리는 손님들 머리 위로 그 빵을 우리에게 건넸다. 그러면서 그는 자기의 행동을 "문화 진작(振作)을 위한 것"이라고 평했다. 그날의 기억이 생생하다. 어쨌든 지금은 12월 17일이다. 나는 아홉 시간째 소설을 만 권은 설명해 준 것 같은 기분이다. 이제 좀 정리를 하고 싶다. 그런 다음 텔레비전 앞에

* 빈에서 유명한 빵집.

서 의무적으로 먹어야 하는 적포도주 한 잔을 놓고 몸을 누이고 싶다. 더 이상 말도 하고 싶지 않다. 그 매력 넘치는 의사와도 말이다. 하지만 늘 그렇듯 오늘도 그 의사는 서점에 왔고, 늘 그렇듯 나는 그가 크리스마스 선물을 고르는 것을 도와주었다. 물론 선물 포장지까지도. 갑자기 그가 물었다.

"이제 뭘 하시나?"

"이제 오늘 배달된 물건 포장 풀어야 해요."

"하지만 뭘 좀 드셔야 할 텐데!"

"네, 버터 바른 빵으로 요기를 하고 계속 일해야죠."

그는

"그럴 수는 없는 노릇이지."

라며 중얼거리더니 주머니에서 휴대전화기를 꺼내 우리 집 주소로 택시를 한 대 불렀다. 10분 뒤 우리는 시청 뒤에 있는 안락한 레스토랑에 앉아있었다. 의사는 이곳의 단골인 것 같았다. 크리스마스 파티로 인해 사람들이 북적거리는데도 자리를 하나 얻었으니 말이다. 우리는 물, 포도주, 폴렌타슈니텐*, 그리고 프리코 콘 파타테**와 후식으로 판

---

* 옥수수 가루로 만든 빵.
** 감자를 넣은 프리코. 프리코는 돼지 뱃살을 깍두기처럼 썰어 볶고 거기에 치즈를 넣고 가열한 뒤 치즈가 녹으면 계란을 깨어 얹어 만드는 요리.

나 코타를 주문한다. 한 시간의 짧은 휴가가 지난 뒤 의사는 돈을 계산하고 다시 택시를 불렀다. 잠시 뒤 남편은 탁자 곁에 서서 포장을 풀고 나는 포켓북을 알파벳 순서로 서가에 배열했다.

고마운 사람들은 아직 더 남았다. 이웃에 사는 친절한 사람들이다. 그분들은 우리 아이에게 저녁을 챙겨 먹이기도 하고 토요일 오전에는 우리 개를 데리고 숲으로 산책을 가주기도 한다. 우리 딸의 학교 선생님들은 연락장에 부모 서명이 되어 있지 않아도 12월에는 모두 한쪽 눈을 꾹 감아주신다. 저녁 식사에 초대하고도 피곤한 우리를 배려하기 위해 아무런 대화를 하지 않으려는 사람들도 있다. 우리 아들은 우리가 시간이 없어 주소를 제대로 알려주지 않아도 아무 불평 없이 모든 배달 업무를 떠맡는다. 그리고 우리 딸은 집이 창고처럼 변해도 투덜거리지 않는다. 일어났을 때 아빠는 막 이불 속으로 들어갔고 엄마는 다시 일을 하기 시작하느라 종종 혼자 아침을 먹어야 하지만 그럼에도 불구하고 딸은 시험에서 늘 최고 점수를 받아온다. 우리는 숙제를 했는지조차 물어보지 못하는데도 말이다.

이 모든 사람들이 매년 우리에게 다가오는 놀랍고 끔찍한 시간의 일부다. 그리고 해마다 2월이면 지난 12월에 우리가 얼마나 믿을 수 없을 만큼 피곤했던가를 조금씩 까먹기 시작한다. 하지만 이런 힘든 시간을 보내지 않았다면 우리는 서점을 갖고 있지 못했을 것이다. 우리는 12월에 올리는 매출로 1년을 버틴다고 해도 과언이 아니기 때문이다. 남편은 나에게 이런 사실을 아주 인상 깊게 계산해서 설명해주었다. 한 해 중 열한 달은 모든 게 집세, 장 보기, 인건비, 보험료, 전산 운영비, 사회 보험료로 나가고, 우리가 12월에 벌어들이는 돈이 우리가 최종적으로 벌어들이는 돈이라는 것이다. 그러니 우리 가게로 700명이 들어와도 괜찮은 것이다. 하지만 12월 중에 노는 날이 하루만 있어도 정말 살 것 같을 텐데. 안 되면 반나절만이라도.

우리 가게에서 거래되는 많은 것들이 도서 판매와는 아무 상관이 없다.

"이봐요, 맞은편 애 봐주는 엄마네 집에 아직 빈자리 있는지 아세요?"

"겐츠 거리에 있는 유치원 상황이 다시 나아졌는지 어떤지 뭐 들은 이야기 없어요?"

"가사 도우미, 피아노 선생님, 영어 원어민 한 사람 소개해 주실 수 있어요?"

"열쇠 좀 댁에 맡겨놓아도 될까요? 아버지가 오늘 슈타이어마르크에서 오시거든요."

그리고 많은 어르신들이 수시로 이런저런 구실을 하나 대며 우리 서점에 오셔서는 잠깐 수다를 떠신다. 아흔일곱 되신 F할머니는 증손자들의 이름을 적은 종이쪽지를 들고 정기적으로 오시는데, 거기에는 괄호 속에 아이들의 나이가 적혀 있다. 그러면 우리는 아이 각각에게 줄 책을 함께 한 권씩 골라드린다. 그러다보니 모리츠는 멋진 아이이며 스포츠에 관심을 갖고 있다는 것, 이브라힘은 인도에서 왔는데 아직 독어를 그리 잘 하지 못한다는 것, 그리고 어린 마리는 무조건 조랑말이 있는 뭔가를 좋아한다는 것을 알게 되었다.

이제는 그 아이들이 직접 오기도 한다. 예를 들면 어린 페르디난트는 집에서 도로 그림이 그려진 카펫, 매치박스˙ 모형 자동차 그리고 플레이모빌 인형을 가지고 '하르틀리프 서점에서 장보기' 놀이를 한다. 2학년짜리 아이 하나가 전차 고장 때문에 우리 서점에 들러서 자기 엄마에게 전화를 걸기도 했다. 대다수 아이들은 뭘 갖고 싶은지를 자신있게 또박또박 말한다.

"엄마는 제가 제대로 된 책을 읽기를 원하세요. 하지만 저는 《윔피 키드》 시리즈를 가졌으면 좋겠어요."

하루는 열한 살 난 여자아이가 직원 앞에 떡하니 버티고 서서 이렇게 묻기도 했다.

"책 한 권 권해 주시겠어요? 재미있는 걸로요."

도대체 뭘 즐겨 읽느냐는 물음에 소녀는 당황한 듯 씩 웃으며 대답했다.

● 1952년부터 생산된 영국제 소형 모형 자동차 상표. 일반적으로 모형자동차의 대명사로 쓰인다.

"전혀 안 읽어요."

유난히 상냥한 여자 손님도 있었다. 그분은 우리 서점에서 책을 한 권 주문하고는 그 책이 너무 좋았다며 사흘 뒤 내게 빌려주기도 했다. 또 멋진 요리책을 사 간 부부는 그 다음 주에 우리를 식사에 초대하기도 했다. 이런 모든 일 덕분에 우리는 기운을 내고 날마다 문을 열고 책을 권한다. 그리고 그 덕에 우리는 몇몇 무뚝뚝하고 진절머리 나는 콧대 높은 손님들을 견디는 것이다. 인사하지 않는 사람, 우리 선물 포장지를 보고 "정말 흉하다."고 하는 사람, 4년 전에 나온 합스부르크 가문에 대한 책이 서점에 없어서 주문하려면 하루가 걸린다는 소리를 듣고 어이없어 하는 사람들이 그들이다. 인사도 없이 들어와 다짜고짜 "그런데 그거 있어요?" 하는 손님들, 그들은 문을 열고 안으로 들어와서는, 자기가 사흘 전에 주문한 책이 와 있는지 없는지 우리가 외우고 있지 못하면, 이해할 수 없는 일이라고 생각한다. 그들은 1년에 책을 2권 이상 사지도 않으면서도 할인이 가능한지를 묻는 사람들이다. 또 내가 권하는 책이 다른 직원들이 권한 책보다 훨씬 더 가치가 있다고 믿는 사람들이다. 담당 분야에 대해서는 직원들이 나보다 훨씬 더 많이 알고 있는데도 말이다. 우리는 그런 사람들을 "특진 환자"라고 부른다. 신비주의 성향의 손님들은 말할 것도 없다. 그들은 대개는 잔뜩 긴장해서 조심스럽게 들어왔다가 우리가 《힐링 코드》 같은 책을 재고로 갖고 있지 않으면 거의 꼭지가 돌아버릴 것처럼 화를 내며 나간다. 하지만 우리는 그 모든 것을 견딘다. 우리 스스로 선하다고 믿기 때문이며, 대부분의 손님도 그걸 알 거라고 믿기 때문이다. 그리고 손님들이 우리 서점에 오는 이유도 우리가 동물원에 있는 멸종 위기의 작은 원숭이처럼 보호할 가치가 있기 때문에 아니라 그들이 우리를 좋아하기 때문에, 우리 서점에 오면 재미있기 때문에, 그리고 우리가 "이 제품을 산 고객은 ○○도 구매합니다."라는 식의 원리를 아마존과 마찬가지로 훤히 알고 있으며 어쩌면 아마존 컴퓨터의 연산 절차보다 더 매력적이기 때문이라는 걸 믿기 때문이다.

우리를 자기 가족의 일원으로 여기는 손님들도 있다. 그들은 크리스마스 주간이 되면 우리한테 과자나 초콜릿, 사탕, 그리고 주말 시장에서 산 꽃이나 과일을 갖다주기도 한다. 어린 두 딸을 둔 젊은 엄마는 무더운 7월 오후 어느 날 아이스크림을 우리에게 갖다주기도 했다.

이름을 모르는 신사분도 있다. 차가운 2월 어느 날 밤 서점 문 위에 달린 접이식 차양막에 눈이 쌓여 그걸 털어내고 있는데 그분이 와서 나를 도와주었다. 그 신사를 만나게 된 사연은 이렇다.

아주 늦은 시간, 나는 누가 봐도 알아차릴 정도로 술에

취해서 눈보라 휘몰아치는 거리로 나왔지만 이미 쇼텐토어에서 집으로 가는 마지막 전차도 끊어진 뒤였다. 함부르크의 한 출판사에서 초대한 자리였는데, 손님은 서적상과 기자들이었다. 한쪽은 책을 사야 하는 이들이었고 다른 쪽은 책에 대해 글을 써야 하는 사람들이었다. 그날은 내 자신이 젊고, 똑똑하고, 성공했으며, 도저히 저항할 수 없는 매력의 소유자라는 느낌이 드는 날이었다. 너무 멋진 대화를 나누었기에, 분위기가 너무 아름다웠기에, 또 말하지 않아도 웨이터가 저녁 내내 빈 잔에 포도주를 알아서 채워 주었기에 그랬던 것 같다. 하지만 차가운 밤바람 부는 바깥으로 나오자 나는 더 이상 똑똑하지도, 성공한 사람도 아닌, 몹시 취한 사람일 뿐이었다. 어쨌든 올바른 방향으로 걸어가는 것 같았다. 쇼텐토어 전차 정류장이 낮 시간 때보다 훨씬 더 흉물스러워 보였다.

40/41번 전차: 운행 종료. 다음 전차: 5시 31분. 전차를 타려면 아직 몇 시간 더 있어야 했다. 하는 수없이 걷기로 했다. 날은 살을 에듯 춥고 바람은 나를 향해 윙윙 소리 내며 부는 가운데 나는 서점이 있는 배링거 거리로 가는 좁은 계단을 올랐다. 나는 마냥 걸었다. 도심을 빠져 나와 북쪽을 향해서. 이 거리는 도대체 길이가 얼마나 될까? 한 2킬로미터 정도 되지 않을까 싶었다. 어쨌든 그렇게 한 구간을 걷다보면 택시를 탈 수 있겠지. 지갑을 열어보니

100유로짜리 지폐 1장뿐이었다. 이건 곤란하다! 택시를 멈출 수는 없으니 그냥 길을 따라 죽 달려야 한다! 100유로짜리 지폐로 차비를 내면 택시 운전사는 나를 속일 게 뻔하겠지. 확실하다. 게다가 나의 계산 실력이 엉망이라는 것은 거의 전설과 같은 사실이다. 정신이 멀쩡한 상태라 해도 거스름돈을 제대로 헤아리지 못할 판인데 술도 몇 잔 과하게 걸쳤으니 이건 완전히 불가능이다. 그렇게 온갖 생각을 하며 걸었다. 2킬로미터 정도는 괜찮았다. 인민 오페라 극장 근처에 오니 벌써 술이 거의 다 깬 것 같았다. 집에 다 왔다. 우리 서점 앞이다!

분명 낯익은 광경이어야 했다. 어쨌든 몇 년째 서점이 그 자리에 있었으니 말이다. 그런데도 하얀 차양막 위에 씌어 있는 내 이름을 읽을 때면 나는 늘 숨을 잠깐 멈추게 된다. 내 서점, 말하자면 물론 우리 서점이다. 하지만 간판에는 내 이름, 아니, 당연히 우리 이름이 적혀 있다. 남편은 나를 너무 사랑한 나머지 3년 전부터 내 성을 따르고 있었기 때문이다. 이 성은 우리 부모, 나의 형제들, 내 아이들의 성이다. 그런데 잠깐, 원래는 그 간판 이름을 읽을 수 없어야 한다. 차양막이 접혀 있어야 하기 때문이다. 그런데 간판이 여전히 보인다! 오늘 저녁 6시에 문을 닫은 사람이 나였으니, 그것은 차양막 감아올리는 일을 까먹은 사람도 나라는 뜻이었다. 눈이 차양막 위로 적어도 20센티미터는 쌓여 있었고, 그런 까닭에 차양막은 이미 위험할 정도로 아래로 축 처져 있었다. 새벽 2시. 어쨌든 나는—적어도 주관적으로는—완전히 술에서 깨서 서점 문을 열었다. 빗자루를 들고 넓적한 차양막을 아래에서부터 흔들고 두드려 눈 더미를 털어내려 해보았다. 하지만 마음처럼 쉽지는 않았다.

"안녕하세요. 좀 도와드릴까요?"

"아, 안녕하세요. 이렇게 늦은 시간에도 바쁘신가 봐요?"

택시 한 대에서 우리 서점 단골 손님이 내렸다. 그는 토요일마다 장을 보러 나와서 독일 문화면이 들어 있는 신문 몇 가지를 산 다음, 옆길로 살짝 새서 우리 서점으로 들어온다. 최신 문학 서적을 사기 위해서다. 옷을 잘 입은 데다 점잖고 말이 없으며, 현금으로 계산한다.

"네, 감사위원회 회의가 좀 많이 늦어져서 이제 막 끝내고 오는 길입니다. 하나 더 있나요, 빗자루?"

그는 서류가방을 바닥에 내려놓고는 내 손에서 빗자루를 받아가더니 조심스런 몸짓으로—그는 가죽 구두를 신고 있었다—차양막에서 눈을 털어내기 시작했다. 우리는 20분 남짓 말없이 나란히 서서 일했다. 그가 한 번 미끄러져 넘어졌다. 우리 둘의 겉옷에 눈이 5킬로그램은 쌓인 것 같았다. 그가 입고 있는, 글렌 체크 무늬의 멋진 겨울외투와 내가 입고 있는 낡은 파카에 말이다. 그렇게 눈을 턴 뒤 나는 차양막을 감아올리고, 그는 모든 게 잘 맞는지 주의를 기울여 살펴보았다. 그리고 그는 "안녕히 주무세요."라는 말과 함께 사라졌다. 우리 손님들은 그런 분들이다. 적어도 대다수는.

친구에게는 책값을 받기가 때론 좀 어렵기도 하다. 물론 친구들은 대신 다른 것을 주기도 한다. 하지만 그들이 가져가는 책은 결국 우리가 다른 곳에서 돈을 지불하고 가져온 것들이다. 그럼에도 불구하고 친구들에게 책값을 받지 않고 책을 줄 때는 기분이 묘해지면서 멋지다는 생각이 든다. 그들은 처음에는 대개 손님으로 만난 이들이다. 그러다 정기적으로 들르고, 책에 대해 이야기하고, 배우자 선물을 사러 왔다가 그 사람에 대한 이야기를 털어놓고, 아이들에 대해 이야기하다가 친구가 되었다. 아이 중 하나는 책 읽기를 좋아하지 않고 다른 하나는 가장 두꺼운 책도 후다닥 읽어치운다는 등의 이야기들이다. 때로는 어머니가 돌아가셨다거나 남편이 인생의 절반도 살지 못하고 세상을 떠났다는 소식도 알게 된다. 딱히 호기심이 있어서가 아니라 책에 대해 말을 나누다보면 그런 대화가 어쩔 수 없이 나오기 마련이라 그렇다. 그리고 보면 서점 직원에게 비밀누설 금지 의무가 도입되어야 할 것도 같다. 책을 고르는 성향을 보면 인간의 됨됨이가 다 드러나는데 그게 온갖 사람들의 입에 오르내려서는 안 될 일이니 말이다. 그런 것에 전혀 구애받지 않는 사람들도 일부 있다. 그들은 우리가 던지는 찬사를 오히려 즐기는 것 같다. 사람들로 빼곡한 서점 안에서 크고 또록또록한 목소리로 《더 빅 오르가즘》이라는 책이 있는지 묻는 젊은 여자 손님도 있었다.

"당장 필요하신가요, 아니면 주문을 해 드려도 되나요?"

직원의 질문에 얼굴빛 하나 바뀌지 않고, 그녀는 당장 그 책을 가지고 가겠다고 했다.

자기 비서에게 《오바마처럼 연설하기Reden wie Obama》라는 책을 수령해 오라고 시키는 기초 자치단체의 한 정치인도 있었다. 나는 얼른 책값을 수납 기계에 입력하고 돈을 받은 다음 책을 건네주고는 곧장 뒷방으로 달려가 웃음을 터트리지 않을 수 없었다. 그 책을 골백번 읽어도 오바마 근처도 못 갈 사람이 그런 책을 찾았으니.

더러는 정기적으로 책을 아주 아주 많이 사는 사람들도 있다. 그러나 잘 알겠지만 그들은 헤아릴 수 없을 만큼 부유한 게 아니며, 사실 그들의 서가는 이미 책으로 넘쳐날 게 틀림없다. 그런 경우는 약간은 거절하지 않을 수 없으며 적어도 책 꺼내는 것을 주저하지 않을 수 없다. 마치 손님이 술을 먹을 만큼 먹었는지를 알고는 더 이상 술을 따라

주지는 않는 훌륭한 웨이터처럼 말이다.

"침대 밑에 쌓인 책을 일단 읽으신 다음 다시 오시죠."

가끔은 옛 친구들이 깜짝 방문을 해서 책을 구매하기도 한다. 그러면 기분이 정말 좋다. 물론 친구에게

"그럼 56유로 50센트 되겠네. 봉투 필요하니?"

라고 말하는 게 이상하지만 말이다.

서점으로 나를 '방문'하는 친구들은 이곳이 내 일터라는 사실을 까먹는다. 친구들은 문을 열고 들어와 큰 소리로 "우와" 하고 외치고, 그네들의 최근 연애사를 들어줄 수 없는 내 상황에 크게 놀란다. 어느 날 옛 남자친구의 어머니—나로서는 11년 만에 그분을 뵙는 것이다—가 눈에 눈물이 글썽한 채 디오게네스 출판사° 책이 꽂혀 있는 회전식 서가 뒤에 서서

"참 오랜 시간이 흘렀구나. 네가 보고 싶었단다."

라고 말씀하신 적도 있었다. 그럴 때면 나는 내 직업이 학교 선생님이나 오스트리아 연방 대통령 또는 행정 공무원이었으면 좋았을 텐데 하고 탄식한다. 그러면 이렇게 곧장 일터로 와서 나를 덮칠 수는 없을 테니 말이다.

° 1952년에 설립된 스위스의 대형 출판사.

베를린에서 활동하는 언론인과 함께 재미로 시작한 범죄 추리소설이 길고도 힘든 작업 끝에 끝이 났다. 언제 그 일을 했는지 기억도 나지 않는다. 저녁과 밤 시간, 주말과 휴가, 기차를 타고 어디를 가면서도 나는 작업을 했다. 300쪽이 넘는 분량의 원고였다. 우리는 다시 한 번 주말 동안 함께 앉아 전체 내용을 한 쪽 한 쪽 훑어보면서 연결고리가 빠진 것을 개선하고, 내용 전환 부분을 새로 집필했다. 그리고 이제는? 뭐 이제는 두 가지 가능성이 있다. 손가락 연습 치고는 그런대로 괜찮았다, 재미있는 실험이었다며 그 작품을 서랍 속에 처박아버리는 게 그 하나고, 다른 하나는 개요를 써서 책을 내줄만한 출판사를 찾아보는 것이다. 나는 후자를 선택했다. 갑자기 책을 함께 쓴 언론인이 뒤로 빠졌다.

  "거기에 내 이름을 올릴 수는 없네! 나는 문학비평가야. 나를 모르는 사람이 어디 있나. 내가 나를 웃음거리로 만들 수는 없는 노릇이지."

  하지만 나는 서점 주인일 뿐이다. 잃을 게 없었다. 그래서 내가 출판사를 찾아나섰다. 몇몇 사람들에게 전화해서 원고를 한 번 봐 주십사 부탁했고 원고 개요를 포함해 앞부분 세 개 장을 몇몇 출판사에 보냈다. 나중에 다시 전화를 걸지도, 잘 받았냐는 확인 메일을 보내지도 않았다. 그런 일을 할 시간이 없었다. 다만 프랑크푸르트 도서 전시회에 가서 한 출판사 측에 우편물이 잘 도착했는지를 물어보았다. 나는 그냥 그곳에다 청탁 없이 송부된 원고의 형태로 이른바 익명의 편집진 앞으로 보냈던 것이다.

전화가 왔다. 내가 오래 전부터 알고 있는 한 출판사 대표였는데, 내 글이 상당히 괜찮다 싶기는 한데 좀 짜증도 난다고 설명했다.

"당신도 알겠지만 말이야, 상투적인 내용들로 가득하거든. 뭔가 더 손을 좀 봐야 할 것 같아."

기꺼이 그래야지. 그래서 훌륭한 편집자가 있는 출판사를 찾고 있는 것 아닌가. 그런데 상투적인 내용이라니?

"어허, 이보셔, 이건 범죄추리소설이야. 그리고 독일과 오스트리아 사이의 뻔한 장면들로 벌어지는 이야기라고. 그것도 아주 의식적으로 말이야."

우리는 원고에 대한 비판이라면 기꺼이 받아들인다. 우리가 보지 못하는 범죄학적 오류가 어느 정도 들어있다는 것쯤은 인정한다. 하지만 상투적인 내용이란 의도적인 것이며 나쁘지도 않다.

"도나 레온*이 쓴 책을 읽어 보셨나몰라? 베네치아의 상투적 표현들 말이야. 그게 무슨 문제가 되던가? 그리고 그

* 미국 여류 작가로 1981년부터 베네치아에서 살면서 베네치아를 배경으로 한 범죄추리소설을 쓰고 있다.

게 그리 성공을 못 거둔 것도 아니지 아마? 그러니 그 정도 면 된 것 같은데."

빈은 중요한 문화도시이다. 그러니 이런 도시에 도서 전 시회는 반드시 필요하다. 그것도 작은 전시회가 절대 아니 라, 전시 센터에서 열리는 본격적인 전시회로, 출판사 부스 도 있고 전시 도서를 직접 판매할 수 있는 대형 도서판매 점도 갖추고 있어야 한다. 거기에 우리 서점이 빠진다는 것 은 있을 수 없는 일이다. 우리는 다른 여러 서점과 공동으 로 나흘 동안 거대한 판매 전시장을 세웠다.

전시장의 지저분한 바닥에 놓인 세 개의 팔레트 사이에 앉아서 손에 들고 있는 가격표에 해당하는 책들을 찾아내 려고 애를 쓰고 있을 때였다. 휴대전화기가 울렸다. 모르는 번호였다. 지역번호도 어디 것인지 알 수가 없었다.

"안녕하세요. 저는 S라고 합니다. 사장님이 쓰신 원고에 대해 이야기를 좀 나누었으면 하는데요."

"네?"

"그러니까 저는 이야기를 나누려는 게 아니라, 우리가 그 책을 내고 싶다고 말씀드리려는 겁니다."

"말도 안 돼. 댁은 누구시죠?"

"디오게네스 출판사입니다. 벌써 들어보셨죠? 저는 출판 사 대표 중의 한 사람이고요."

나는 벌떡 일어나 조심스럽게 주변을 둘러보았다. 우리의 사랑스런 동업자 중 하나가 어디선가 자기 휴대전화기를 귀에 대고 곧 모퉁이를 돌아 튀어나올 게 틀림없었다. 몰래카메라 같은 것이 어디 숨겨져 있는 게 아닐까? 그런 카메라는…… 설마 아니겠지? 전화기의 목소리는 계속 활기차게 수다를 떨어댔다. 선인세가 어쩌고 계약이 어쩌고 하며 계약 조건들을 설명했다. 그는 스위스 사람 특유의 억양을 쓰고 있었다. 진짜처럼 들렸다. 대화가 끝나자 나는 일단 자리에 좀 앉아야 했다. 베를린에 있는 언론인에게 전화를 걸어야 했다. 하지만 그것도 일단 숨을 고른 뒤에야 가능했다.

"디오게네스 출판사에서 지금 막 전화가 왔었어요! 우리 책을 내고 싶다네요!"

"뭐? 농담이지?"

이게 베를린에서 온 첫 촌평이다. 나는 왜 그와 함께 책을 썼는지를 정확히 알게 되었다.

선인세가 계좌로 들어왔다. 편집자가 모든 것을 다시 한 번 철저히 손보았다. 그런 다음 우리는 취리히로 날아갔다. 편집회의를 위해서였다! 나는 옛날 디오게네스 출판사의 다른 작가들이 묵었던 곳과 같은 호텔에서 지냈고, 독일 작가 로리오가 농담을 던지던 접수대에 서 있기도 했다. 어쩌면 뉴질랜드의 영화감독 앤서니 매카튼도 같은 세면

대에서 이를 닦았을지 모를 일이었다. 나는 출판사 사장과 전화 통화도 했다.[•] 그는 우리의 글에 대해 칭찬을 늘어놓았고, 나는 감동 그 이상의 것을 맛보았다. 나는 서점 주인이었다. 디오게네스 출판사의 수많은 책들을 서점 진열대에 깔아 놓은 서점의 주인이란 말이다. 그런데 그런 내가 이 출판사의 저자가 된 것이다!

책이 나오기까지는 끝도 없는 아홉 달이라는 시간이 걸렸다. 그 아홉 달 동안 아침에 샤워하면서, 이야, 네가 책을 썼구나, 적어도 반 권을 말이야, 라는 생각이 내게서 떠오르지 않은 날이 하루도 없었다. 게다가 그 책이 대형 출판사에서 나오다니 얼마나 대단한가.

크리스마스 시즌이 돌아오자 내년 봄에 간행될 책들에 대한 예고 팸플릿과 샘플 책자가 가득 담긴 상자가 서점에 도착했다. 내가 쓴 책도 거기 목록에 들어 있었다. 예고 팸플릿에는 본문 내용 두 쪽이 들어 있었는데, 마치 낯선 여성이 맞은편에 서서 나를 쳐다보고 있는 것 같은 느낌이었다. 하지만 그건 내 사진이며 내가 쓴 첫 책이었다.

오스트리아는 워낙 작은 나라여서 누가 누군지 다 안다

는 것이 도움이 되기도 했다. 거의 모든 주요 매체에 "빈-베를린을 오가는 범죄추리소설", 천 킬로미터 떨어진 채로 함께 글을 쓴 두 사람, 자기 책을 쓴 서점 여사장에 대한 기사가 났다. 서점업계의 동업자들이 연대의식을 발휘해 이 책을 눈에 띄도록 신간 전시대나 쇼윈도에 배치해 주었다. 우리 단골손님들은 범죄소설을 읽든 그렇지 않든 이 책을 샀다. 서점에는 사람들이 와서는 '당신네 가게'에서 집필되었다는 책을 찾는다. 나로서는 책의 가치를 만들어내는 사슬의 모든 부분에서 함께하는 것이 신나는 일이었다. 글쓰기-구입하기-포장풀기-치우기-돈 받기-서명해주기-선물 포장하기. 이것도 참 괜찮은 일이었다.

하루는 어떤 여자 손님이 오랫동안 혼자서 범죄 추리소설 코너에서 책을 뒤지다 책 3권을 들고 계산대로 왔다. 그녀는 내가 쓴 범죄 추리소설을 가리키며 물었다.

"이 책 좋아요?"

"아, 예……."

"그래, 좀 볼 만해요, 아니면 별로예요?"

좀 짜증이 섞인 말투였다. 누군가가 이 서점에서 책을 살 때는 조언을 들어보는 게 좋다는 말을 들은 모양이다. 하지만 그녀는 조언에 대해 기대치가 높았던 것 같다.

"네, 제가 이 책을 썼는데요, 저로서는 아주 엉망이라고는 말할 수 없을 것 같네요."

"뭐라고요? 댁이 이 책을 쓰셨다고요?"

나는 내 이름을 가리켰고 그녀는 믿을 수 없다는 듯 머리를 흔들었다.

또 한 번은 어떤 남자 손님이 책을 한 꾸러미나 들고 계산대로 왔는데 그중에 적어도 내 책이 3권은 있었다.

"사인해 드릴까요?"

질문이 거의 자동으로 나왔다.

"뭘 사인하시겠다는 거죠?"

맙소사, 이렇게 속이 쓰릴 수가! 옆에 있는 직원이 킥킥대는 소리가 들렸다. 나는 당황해서 어쩔 줄 몰랐다.

"죄송합니다만, 제가 이 책을 썼거든요. 그래서 대다수 손님들은 제가 사인해주기를 원하셔서요. 하지만 상관없죠. 그냥 없던 일로 여기시면 되죠."

"댁이 뭘 썼다는 거죠?"

"음, 여기 이 책 말입니다. 저는 손님이 아실 거라고 생각했거든요. 곧장 3권을 가지고 오시기에."

"아뇨, 책이 멋져보여서요. 저는 독일 친구들이 무척 많은데 그 친구들에게는 책 선물이 아주 그만이거든요, 그래서."

그 뒤로 나는 그 누구에게도 사인해준다는 말을 하지 않는다. 절대로.

그사이 이런 일은 어느 정도 일상이 되었다. 세 번째 책은 첫 번째 책만큼 그렇게 짜릿하지가 않다. 손님들도 거기에 익숙해졌다. 그래도 우리 손님들이 벌써 두 콤비 수사관의 다음 사건을 기다리고 있다는 것을 알게 되면 나는 기쁘다. 여름에 쇼윈도를 닦고 있을 때 나이가 좀 들어 보이는 신사 한 분이 멈춰 서더니 이렇게 묻기도 했다.

"당신네 사장님이 쓰는 새 책은 도대체 언제 나옵니까?"

"저도 정확히는 모르는데요, 8월말쯤 될 것 같아요."

도서 전시회에 가면 이제 나는 더 이상 '개인적'으로 왔냐는 질문을 받지 않는다. 나도 이제 어엿한 작가이기 때문이다. 그리고 작가로서 도서 전시회에 가는 것은 아주 정상일 터이니 말이다. 다만 작가로서 그런 전시회에서 가면 폴 오스터나 아놀드 슈왈제네거가 아닌 이상 잃을 게 더 적었다. 작가로서 도서 전시회에 가는 것은 수십 건의 인터뷰 약속과 낭독회 요청이 없다면 완전히 말이 안 되는 일이다. 그리고 범죄추리 소설 시리즈 포켓판을 쓴다면 그런 일은 절대로 없다. 자기 원고를 내줄 출판사를 찾는 것도 아니고, 담당 편집자랑 아직 낳지도 않은 달걀에 대해 이야기를 나눌 시간이 있는 것도 아니다. 그래서 나는 계속 서점 주인으로서 '개인적으로' 도서 전시회에 간다. 적어도 내가 국제적으로 사랑받는 베스트셀러 작가가 되기까지는 말이다. 그러면 여러 전시장 사이에서 이리저리 왔다 갔다 하는 일 없이 조용히 남편과 함께 아침을 먹을 수 있다. 그게 장점이다.

여전히 우리는 도서 전시회를 사랑해서 함께 그곳으로 간다. 같은 파티에 참석하고, 우리가 함께 알고 지내는 옛 지인을 만나면 기뻐한다. 그것이 우리 둘의 세계다. 이것을 위해서 우리는 그 모든 일을 하는 것이다. 부부가 일을 함께하는 것이 힘들지 않은지 누가 물으면 우리는 종종 이런 몰이해가 있나 하는 느낌이 든다. 그렇지 않다. 전혀 힘들지 않다. 그리고 만약 힘들다고 해도 우리는 그걸 인정하지 않을 것이다. 우리는 말하자면 오스트리아 서점 업계의 이상적인 한 쌍의 부부이며 대개는 모든 일이 무대 뒤에서도 아주 잘 흘러간다.

내가 우리 서점이라는 제국에서 외무장관 일을 하고 있다면, 남편 올리버는 내무장관 역할을 한다. 거기에는 당연히 재정 업무 및 인프라 관련 일, 그러니까 전구 교체, 프린터 잉크 카트리지 교환, 겨울철에 눈 치우기 따위가 포함된다. 어떤 날에는 남편이 접촉하는 유일한 외부 세계가 우리 세무사인데, 남편은 그 사람과 지난 10년 동안—남편의 처지에서 보자면—친구처럼 친한 관계를 맺었다. 서점에서 지옥 같은 상황을 겪다가, 그러니까 직원들과 내가 손님과 전화벨 소리 사이에서 이리저리 뛰어다니다가 2층으로 올라가면 남편은 책상에 앉아 텔레비전을 보고 거기에 더

해 토마스 만의 책을 녹음한 오디오북을 무한반복 시키며 듣고 있다. 이따금 이런 상황은 좀 이상하다 싶기도 하다. 뭐 이런 삶이 다 있나 싶다. 우리는 저기서 정말 힘들게 일하는데, 남편은 안락한 인생인 것 같다는 생각이 든다. 그래도 나는 우리의 역할을 바꾸고 싶지 않다. 결국 이런 업무분장은 우연이 아니기 때문이다. 각자가 자기가 잘하는 것을 하는 것이다. 나는 말을 잘하고 계산에 약하다. 남편은 분석을 잘 하지만 남들과의 소통에는 별로다. 나는 말하는 것을 즐기고 말을 무척 많이 하지만 남편은 거의 말이 없다. 나는 책, 만남, 매출액에 대해 온갖 말을 해가며 큰 관심을 보이는 반면, 남편에게서는 짤막하게 "괜찮아."라는 말이 입술을 통해 스르르 나올 뿐이다. 직원들도 그 사이 남편이 아침에 직원들을 보며 "안녕하세요."라는 인사도 잘 하지 않는 것에 익숙해졌다. 그 대신 남편은 모두를 위해 낮에 여러 번 커피를 끓여 내오고, 업무 회의를 할 때 맥주를 사오며 렌틸 콩을 넣어 채식 스튜를 만들어 준다. 우리는 늘 보는 사이인데도 여러 가지 부분에서 서로 합의를 잘 못하기도 한다. 그러다보니 우리 직원들은 어느새 사춘기 아이와 똑같은 전략을 구사한다.

"월요일에 휴가 내도 될까요?"

"올리버한테 물어 봐."

"올리버 아저씨는 사장님께 물어보라고 하시네요."

남편이 에파에게 한 시간 전에 시킨 일 때문에 내가 그녀를 야단치고 있는데 그녀가 나를 큰 눈으로 빤히 쳐다보더니 이렇게 말하는 것이다.

"그런데 사장님 부부가 이혼하시면? 저희들도 그럼 결단을 내려야 하나요?"

이 질문은 제기되지 않는다. 우리 서점은 늘 공동의 프로젝트로서만 존재할 것이기 때문이다. 물론 남편이 중년의 위기에 빠져 멋진 여성 손님, 아니, 여성 직원, 아니, 서점업계 종사자나 영업담당 여직원과 어딘가로 떠나버릴 수 있지 않을까 하는 생각을 나는 이따금씩 한다. 그리고 그런 일이 발생한다면? 그때는 이 서점도 역사로 남고 말겠지. 우리는 이 서점을 함께 시작했고 마찬가지로 함께 끝낼 것이다. 서점 일은 우리가 원했던 것보다 아마 더 오래 갈 것이다. 쥐꼬리만한 연금으로는 별 희망이 없기때문이다. 우리는 여기서 함께 늙어갈 것이다. 나이들어 일하기에 우리 서점보다 더 나쁜 곳들이 있겠지만, 다만 사다리를 사용해야 한다는 것이 좀 힘들 수 있을지도 모르겠다. 크리스마스 시즌에 주당 60시간 일하는 문제, 이건 언젠가는 어떻게든 해결을 보아야 할 것 같다. 나이 여든에도 그렇게 일한다면 전혀 재미가 없을 것 같다.

빈 9구역에 놀랍도록 멋진 서점이 하나 있는데, 지난 수
십 년 동안 여러 번 주인을 갈아치웠다. 우리는 그쪽 길로
산책하거나 전차를 타고 지나갈 때면 언제나 그 서점 안으
로 눈길을 던지곤 했다. 큼직한 창, 나무를 깐 바닥, 천장까
지 닿아 있는 서가에 책도 조명도 별로 없고, 정리도 제대
로 되어 있지 않아 보였다.

　"우린 두 번째 서점을 내지 않을 거지?"

　"당연하지, 두 번째 서점은 원하지 않아."

　"나도 서점을 또 내는 건 싫어. 하지만 저 서점 너무 멋지
지 않아? 게다가 슈트루들호프슈티게*와도 아주 가까워."

　아, 바람은 거기서부터 불었다. 남편에게 날마다 슈트루
들호프슈티게를 올라갈 가능성 하나가 열린 것이다. 근무

● 저자의 서점이 있는 배링거 거리의 샛길인 슈트루들호프가세와 위쪽 리히텐슈타인 성을 이어
주는 계단이다. 1910년에 완공되었으며 건축사적, 문학사적으로 의미있는 건축물이다.

시간 중에 말이다.

사실 그 서점은 정말 멋졌다. 다만 매물로 나오지 않았을 뿐. 우리는 돈도 없고 시간도 없는 데다 그 서점은 너무 컸다.

비가 내리는 봄날 일요일 오후, 남편은 다른 사람을 내세워 건물 주인이 매각을 생각하고 있는지 물어보자는 아이디어를 냈다. 티롤에 사는 형부가 그 일을 할 수 있을 것 같았다. 형부는 경영 컨설턴트로, 우리처럼 알려진 인물이 아니니 우리가 배후에 있다는 것을 아무도 모르게 할 수 있었다. 게다가 물어본다고 해서 돈이 드는 것도 아니니. 우리는 전화를 걸었고, 형부는 재미있는 생각이라며 수락했다. 형부는 그 서점 주인의 이름과 주소를 우리에게 받아 편지를 한 통 쓰기로 했다.

사흘 뒤. 우리 서점에서 낭독회를 하고 있을 때였다. 친하게 지내는 출판사 영업직원이 찾아왔다. 공식 행사가 끝나자 그는 나에게 뭔가 음모가 담긴 듯한 손짓을 했다.

"서점 하나 더 하실 생각 있어요?"

"아니, 왜?"

"9구역에 있는 서점, 아시죠, 그 멋진. 매물로 나온 것 같아요."

그럼 좋다, 직접 부딪혀보는 거다. 우리는 당장 서점 주인에게 전화를 걸었다. 그는 서점이 자기네 것보다 우리의 기업 구상에 훨씬 더 부합할 것이라고 설명했다. 그래? 그게 뭐지, 우리의 기업 구상이라니? 좁은 공간에 많은 책을 쌓아두고 많은 직원이 책 한 권 한 권을 열심히 파는 것. 그의 운영 방식은 그 반대였다. 그는 서점에 책도 얼마 갖춰놓지 않았다. 그저 베스트셀러 위주로 책들을 구비하고, 한눈에 다 들어오도록 책을 쌓아둔 것이 전부이며 직원도 한 사람 뿐이다. 아마 그렇게 해서 그는 돈을 벌지 모르지만 모든 동네에서 그런 게 다 먹혀들지는 않는다. 서점은 사람들로 꽉 차야 한다. 책으로, 사람으로, 그리고 열정적인 직원들로 꽉! 그렇게 하면 오히려 버는 돈은 적어도 더 아름답다. 그리고 대개는 재미도 있다!

우리는 꽤나 신속하게 합의에 이르렀다. 하지만 우리는 단 하나의 인수 조건을 걸었다. 로베르트였다. 그 건축가가 서점을 개조해 줄 시간이 있어야 했다. 물론 그는 당연히 시간이 있다. 아이디어도 있을 뿐더러, 우리도 알다시피, 제대로 된 기술자들도 확보하고 있다.

이번에는 남편 혼자 은행을 갔다. 돈을 빌리는 일은 이제 일상이었다. 어느 화요일 아침 9시에 서점 열쇠를 인수했다. 30분 뒤 일꾼들이 문 앞에 모여들었다. 목수는 슈타이어마르크에서, 설비공은 캐른텐에서, 내장공사와 전기공사 하는 사람은 각각 유고슬라비아와 빈 출신이었다. 옛 주인이 마지막 남은 전구와 가구를 내가는 동안 이미 사람들은 천장을 뜯어내고 전기공은 전선을 뜯어내기 시작했다.

전반적인 일은 안심하고 건축가 로베르트에게 맡길 수 있었으므로 우리는 사업 구상에 몰두하기로 했다. 이 서점은 우리의 첫 서점보다 두 배나 더 컸다. 거기서 무엇을 어떻게 팔려고 하며, 누가 거기서 일을 해야 하고 얼마나 많은 사람이 있어야 할까? 또 그런 사람은 어디서 구해야 할까?

문득 한 사람이 생각났다. 실비아였다. 이탈리아에서 온 싹싹한 아가씨인데 우리는 그녀에 대해 아는 게 별로 없었다. 다만 서점업계 종사자를 위한 파티나 식사에 초대받는 것을 좋아한다는 것만 알 뿐이었다. 그녀를 만난 곳도 그런 자리였으니까. 한 해 전 그녀는 우리에게 자기 인생의 꿈에 대해 이야기했다. 빈에 이탈리아 도서 전문점을 열고 싶단다. 다른 여자 친구와 함께 말이다. 몇몇 서점을 둘이서 둘러보았단다. 주판도 좀 튕겨보았단다. 하지만 어떻게 달라붙어 일을 처리해야 할지를 아직 모르고 있었다.

전화 한 통화로 충분했다. "새 서점", "이탈리아 도서 코너", "전일 근무" 같은 마법의 말이 내 입에서 나왔다. 그녀는 즉석에서 내 제안을 받아들였다.

아주 옛날부터 알고 지내던 친구도 한 명 생각났다. 그는 빈에서 조금이라도 문학 행사와 관련이 있는 일에는 다 끼어드는 사람이었다. 재미있으면서도 피곤한 사람이었다. 그의 아내는 성격이 조용한 편이었는데 서점을 운영한 적이 있다고 했다. 마지막으로 운영하던 서점을 닫고나서 그녀는 현재 하는 일이 없다. 나이가 쉰이 넘은 데다 '일자리 알선해 주기가 쉽지 않은 조건'의 사람이었던 것이다. 그녀도 수락했다.

새 서점이 있는 곳에서 걸어갈 수 있을 만큼 가까운 거리에 수십 년 전부터 프랑스 책 전문 서점이 있는데, 누군가가 우리에게 이제 그 서점이 문을 닫는다고 말해 주었다.

그 서점은 리세 프랑세 드 비엔, 그러니까 빈 소재 프랑스 학교 바로 옆에 있었는데 학교에 딸린 별도 건물에 숨어 있었다. 나는 그 서점에 들어가 본 적이 없다. 우리는 나이 지긋한 서점 주인과 만났다. 그는 희끗희끗한 턱수염에 피곤한 눈빛으로 이미 어느 정도 비어 있는 자기 서점에 앉아 프랑스 담배 골루아즈를 피우며 시커먼 커피를 마시고 있었다. 그는 언뜻 보기에 사르트르와 카뮈를 전공했던 것처럼 보였는데, 실제로도 그런지 모르겠다. 서점이 입주해 있는 건물이 개축되기에 그는 서점을 비워주어야 하며 진작부터 연금을 받을 나이가 되었다고 했다. 그러므로 우리 새 서점은 이제부터 프랑스 학교 근처에서 가장 가까운 서점이 되는 것이다. 게다가 프랑스 어와 이탈리아 어는 서로 기막힌 조합이다. 우리는 그 서점에 쌓인 재고 중에서 몇 상자의 책을 샀다. 책은 담배 냄새를 풍겼으며 눈에 띄게 철학 분야에 치우쳐 있었다. 나이 든 서점 주인은 프랑스 어 도서 시장이 얼마나 어려운지, 리세 학생들이 얼마나 믿을 수 없는 아이들인지, 프랑스 어 책을 찾는 손님들이 얼마나 까다로운지, 또 우리가 어차피 프랑스에서 도서를 직접 수입하지는 못할 것이라고 설명하면서 핏대를 세웠다. 말하자면 일이 독일 도서처럼 그렇게 간단하지가 않다는 것이다. 대금 결제가 피곤하고 배송이 오래 걸리며 배송 비용도 엄청나단다. 그 말을 들으니 더 투지가 불타올랐다. 우리는 곧장 이탈리아 도서 코너와 더불어 프랑스 도서 코너도 만들기로 했다.

우연하게도 실비아에게 프랑스 문학을 전공하고 서점에서 일을 하는 친구가 하나 있었다. 프랑스 어를 완벽하게 구사하는 사람이었다. 유감스럽게도 그녀는 말할 수 없이 안락감을 주는 한 작은 서점에서 일하고 있었다. 게다가 그녀는 지금 오랜 기간 동안 여행을 하는 중이었다. 그래서 얼굴을 마주보며 가을부터 우리 서점에서 같이 일하자고, 우리가 아주 최고의 고용주라고 설득하는 것은 무리였다. 어쨌든 실비아는 그녀와 전자메일로 접촉을 시도했고, 여행에서 돌아온 그녀는 우리 집 부엌 식탁에서 나와 마주 앉아 이야기를 나누게 되었다. 우리는 일자리를 제안했지만 그녀는 별로 달가워하지 않았다. 결정을 내릴 생각이 전혀 없었다. 생각할 시간을 달라고 했다. 우리는 주말 내

내 긴장했다. 제대로 된 프랑스 어 도서 코너를 갖춘 서점에는 프랑스 어를 할 줄 아는 직원이 있어야 한다. 그런 사람은 백사장에서 모래 구하듯 그리 쉽게 구할 수 있는 게 아니다. 그리고 우리에게는 별다른 차선책도 없었다. 이틀 뒤 그녀가 전화를 걸어왔다. 수락한 것이다.

그리고 우리는 비교적 오래 전에 일자리를 구하러 왔던 한 프랑스 아가씨를 기억해냈다. 진짜 프랑스 사람이었다. 나는 그걸 정확히 기억해 내고는 두꺼운 이력서 철을 뒤졌다. 당시 그녀가 제출한 서류는 우리 눈을 끌었었다. 프랑스 이름에, 멋진 사진, 육아휴직 중인 스튜어디스. 그런 그녀가 서점 직원이 되고 싶어 했었다. 나는 전화를 걸어 이야기를 나누자며 그녀를 초대했다. 그녀는 상냥했으며 독어 악센트가 아주 놀라웠다. 아이가 아직 무척 어린데 어떻게 아이를 키우면서 서점 일을 할 것인지를 묻자 그녀는 간단명료하게 말한다.

"헤이, 파 드 프로블렘(Hey, pas de problem. 에이, 문제없어요). 저 프랑스 여자입니다."

10분 뒤 그녀는 일자리를 얻었다. 그녀는 비록 서점 판매 직원은 아니지만 프랑스 사람이다. 나머지는 배우면 된다.

부대는 사기충천하여 진군했다. 기술자들이 온 힘을 다해 일하는 동안 우리는 프랑스 어와 이탈리아 어 도서 목록에 매달려 골머리를 앓았다. 모국어를 구사하는 두 사람

은 각자 나라로 엄청난 전화 통화를 해야 했다. 결국 우리
는 프랑스와 이탈리아에서 오스트리아로 책이 올 수 있는
방법을 알아냈다. 모든 일이 그리 어려운 일은 아니었던 것
이다. 어쨌든 우리는 유럽연합 안에 있으니까! 물론 시간
이 오래 걸리고 값이 비싼 건 어쩔 수 없었다. 프랑스에서
오스트리아로는 2~3주가 걸리고, 특급 배송의 경우 우송
료가 책값만큼이나 나올 수 있었다. 그럼에도 불구하고 모
두가 신이 나서 신간과 중요한 구간 도서를 주문했다. 에릭
칼이 쓴 아이들 그림책 《배고픈 애벌레》와 《사과나무 속
의 할머니*Die Omama im Apfelbaum*》의 이탈리아 어 판을 손
에 넣자 나는 우리 서점이 국제적이 된 것 같아 너무나 자
랑스러웠다. 그림 동화 《아기공룡 코코넛*Der Kleine Drache
Kokosnuss*》은 이제 우리 서점에서는 '노체 디 코코*'라 불
리고 다니엘 글라타우어가 쓴 장편소설의 프랑스 어 판은
제목이 딸랑딸랑 소리가 날 듯한 《캉 수플 르 방 뒤 노르
Quand souffle le vent du nord》**이다.

드디어 두 번째 서점이 개점했고, 첫 손님들이 왔다. 정
말 프랑스 어로 말하는 사람들이었다! 나는 "봉주르(Bon

● '코코넛나무'라는 뜻의 이탈리아 어.
●● 직역하면 "북쪽에서 바람이 불 때." 독어 원제는 〈Gut gegen Nordwind〉로 "북풍에 잘 견디
다"라는 뜻.

jour. 안녕하세요.)", "메르시(Merci. 고맙습니다.)", "불레 부 윙 사크?(Voulez Vous un sac. 봉투 필요하세요?)"라고 프랑스 어를 몇 마디 해보았다. 나의 프랑스 어 선생님이 저 멀리 떨어져 있는 게 얼마나 다행인지 모르겠다.

이탈리아를 좋아하는 오스트리아 사람들은 이 서점을 환영해주었다. 여기에는 이탈리아 책만이 아니라, 손님들이 할 줄 하는 이탈리아 단어 하나하나를 반가이 맞아주는 실비아도 있기 때문이었다. 문화센터에서 배운 이탈리아 어를 써먹을 기회가 빈에서 도대체 여기 말고 어디에 있단 말인가? 이때까지는 아이스크림 파는 카페뿐이었지만 이제는 우리 서점도 있다.

나도 이탈리아 어 단어 몇 개는 알고 있었다. 어린 시절 여름 방학을 베네치아 근처 작은 휴가지인 비비오네에서 보냈던 적이 있었기 때문이다. 남편은 독일 남부 알고이에 있는 농가에서 휴가를 보냈기 때문에 이탈리아 어라고는 한 마디도 접할 기회가 없었다. 남편은 누가 이탈리아 어로 전화하면 뭐라 말해야 하는지를 실비아에게 물었다.

"이탈리아 어를 할 줄 아는 직원이 내일 출근한다고 하려면 뭐라 해야 하지?"

"에이, 그건 아주 쉬워요! '실비아 도마니(Silvia domani. 실비아 내일.)'라고 하면 돼요."

실비아는 손짓으로 수화기를 전화통에 쾅 떨어트리는

동작을 하면서 그 문장을 힘주어 말했다.

나는 매주 한 번 새 서점에서 일한다. 그 일은 내게 어느 정도는 휴가와 같다. 왜냐하면 첫째, 예전부터 일하던 서점 직원 네 사람은 나 없이 예전 서점 일을 꾸려가는 데 익숙해져 있기 때문이다. 내가 새로운 서점으로 가면, 직원들이 좋아한다. 개를 데리고 산책하고, 친구들과 수다를 떨고, 점심 먹으러 가는 것도 나쁘지 않다. 두 번째 이유는 사방에서 웽웽 울리는 외국어 소리는 휴가 기분이 나게 하는 데에 크게 이바지하기 때문이다. 프랑스 출신 직원은 숨넘어갈 듯한 속도로 자기가 좋아하는 그림책을 프랑스 어로 설명하고, 실비아는 벌써 와 있어야 할 어떤 주문도서 문제로 브레샤와 큰 소리로 전화 통화를 하고 있다. 그리고 리세를 다니는 남학생들은 여선생님인 프르사르 여사가 읽으라고 한 책의 제목을 입으로 웅얼웅얼 거리고 있다.

새 서점의 전산 시스템을 다시 한 번 확장하지 않으면 안 될 상황이왔다. 처음 시작할 때에는 모든 게 아주 한 눈에 들어왔다. 달마다 나오는 "공급 가능한 도서목록" CD를 위한, 시디롬이 달린 노트북 하나에 도서 검색 및 주문 전송을 위한 인터넷 접속이 전부였다. 얼마 안 가 두 번째 노트북이 추가되었다. 그런데 어느 날—대낮에 사람들로 가득 찬 서점 안에서—그걸 도둑맞고 말았다. 누군가가 그냥 케이블을 빼서 들고 가버린 것이다.

그러면서 우리는 완전한 전산 센터를 갖게 되었다. 이제 컴퓨터는 총 11대. 어떤 방식인지는 모르겠지만 아무튼 모두, 어디에 있든 상관없이, 서로 연결되어 있다. 서점 두 곳, 우리 집, 우리 별장 등 어디서든 나는 모든 것에 접근할 수 있다. 복잡한 비밀번호가 있는 터널이 있어서 그게 열려 있으면 어디서든 모든 데에 다 들어갈 수 있는 방식이었다. 물론 이상적인 경우에 그렇다는 말이다. 하지만 그런 상황이 늘 보장되는 것은 아니다. 게다가 네트워크를 유지, 관리하는 사람도 필요했다. 남편과 나는 스위치를 켜고 끄는 것, 그리고 필요할 경우 플러그 뽑는 것이나 새로 시작하기 정도만 할 줄 알기 때문이었다.

그렇기 때문에 우리를 지원할 원군으로 몇 년 전부터 막스, 그리고 최근에는 막스-페터까지도 있는 것이다. 막스는 얼마 전까지만 해도 의사 부부 친구의 이웃이었다. 그 의사 부부 친구네는 샤프베르크 산자락의 작은 집을 떠나 도나우 강변의 거대한 주택단지로 이사를 갔다. 작은 집에 살던 당시 그들 부부는 이웃 가족과 서로 친하게 지냈는데 그 이웃집의 남편이 막스였고 컴퓨터를 할 줄 알았다. 그것도 아주 제대로 잘. 그는 말수가 적었다. 설사 말을 해도 대개는 HSDPA(High-Speed Downlink Packet Access), 스위치, CPU 따위의, 내가 알아들을 수 없는 개념들이다. 원래 그는 어느 대형 은행의 무슨 전산 시스템을 관리하는 사람이었다. 하지만 그의 열정은 우리 같은 작은 업체에 점점 더 복잡해지는 전산 시스템을 갖춰주는 데에 있었다. 우리에게 어떤 새 장비가 왜 필요한지, 또 이런 저런 설비를 장만해 연결함으로써 무장을 다 갖추면 얼마나 의미가 있을지 따위를 설명해줄 때면 그의 눈은 광채를 발하기 시작했다. 그러다 우리가 녹색 신호를 보내면 그는 전 오스트리아에서 가격을 받아 비교한 다음, 어떤 물건을 왜 우리를 위해

256

사는지를 차근차근 설명해 주었다. 그는 '우연히' 자기 집에 있는 어떤 부품들을 가지고서 새로운 뭔가를 조립하기도 했다. 서점에서 뭔가가 제대로 돌아가지 않으면 우리는 그에게 전화를 걸었다. 그러면 늘 그는 바로 그 일에 달려들었다. 낮은 목소리로 어디에 문제가 있는지를 찾아내려고 하지만 그게 항상 간단하지만은 않았다. 왜냐하면 대개 나는

"에파가 인터넷을 지워버렸거든."

아니면

"모니터 화면이 이상하게 보이네."

정도의 말밖에는 할 수 없었기 때문이다. 그는 큰 은행 안 원래 자기가 일하는 자리의 책상 아래에 중간층을 하나 만들어 놓고 거기에서 우리 서점의 전산업무 관련 요구사항을 다 처리하는 게 아닌가 싶었다. 어느 정도는 맞는 말이었다. 마치 영화 〈존 말코비치 되기〉에 나오는 천장 낮은 7.5층, 아무도 그 존재를 모르는, 현실과 나란히 가는 가상 세계처럼 말이다. 그는 온갖 경로를 거쳐 시스템 안으로 나를 인도하려고 애를 썼다. 그리고 그로서는 그게 꼭 해야하는 일이었다. 마치 눈먼 이를 브로드웨이로 인도한 다음 계속 왼쪽의 붉은 문을 열어야 한다고 요구하거나 거기의 전광판 광고에 씌어있는 것을 읽어주기라도 하는 듯이 말이다. 그로서는 그런 일이라는 게 대개는 멍청한 짓이기도 했

다. 그는 원격접속을 통해 우리 시스템에 로그인했다. 그러면 마치 유령의 손이 만지기라도 하는 듯 바람 같은 속도로 화면의 창이 열리고 다시 닫히는 장면이 연출되었다.

데이터가 더 많아지고 요구사항이 점점 더 커지자 두 번째 막스가 나섰다. 첫째 막스는 둘째 막스를 막스-페터라고 부른다. 둘째 막스는 첫째 막스가 할 수 없는 뭔가를 할 줄 아는 것 같다. 물론 아직 첫째 막스가 못했을 것 같은 뭔가가 있는지는 내 눈에 띄지 않은 것 같지만 말이다.

어쨌든 둘째 막스는 말수가 첫째보다 더 적다. 대개는 그 둘이 서로 이야기를 나눈다. 그리고 우리는 오가는 말 중 파편 몇 개만 알아들을 뿐이다. 그들은 대개 늦은 저녁시간에 우리 집에서 만나 모든 게 다 제대로 작동하면 비로소 집으로 갔다. 기계의 스위치를 끌 때면 시계가 때로 새벽 두 시를 가리킬 때도 있었다. 그러나 그 다음 날 모든 스위치가 다시 올라갈 때 잘 작동한다는 보장이 절대 없다. 하지만 다행히도 막스 둘은 언제나 연락이 된다.

우리 서점이 어느 정도는 마치 아무런 고려 없이 수천 권의 책을 서가에 쌓아놓은 것처럼 보이기는 하지만, 서점은 대체로 심사숙고 끝에 나온 복합적 구조를 갖고 있다. 어떤 책이 충분한 분량으로 보관되어 있는 것은 우연이 아니라 정교하게 짠 계획의 일부다. 그리고 서점을 하나 더

낸다면 우리는 거기서 시너지 효과를 내야 한다. 말하자면 책이 이 서점에는 너무 많고 저 서점에는 너무 적다면 책을 이리저리 옮겨서 해결해야지, 예컨대 한 서점은 새로 주문하고 다른 서점은 반송하는 그런 일은 없어야 한다. 그렇기 때문에 우리에게는 제품 관리 시스템이라는 게 필요했다. 모든 게 가능한 한 자동화되어 있고, 어디에 무엇이 있는지 우리가 알 수 있도록 해주고, 납품 확인서와 청구서를 자동으로 작성해주며, 성탄 대목에 제품 입고를 쉽게 해주는 그런 시스템 말이다. 우리는 그런 시스템을 하나 구입했다. 독일 업체가 만든 신제품으로, 서점업자의 삶을 엄청 편하게 해준다는 훌륭한 물건이었다. 다만 너무 새것이다 보니 우리가 오스트리아에서 첫 고객이며, 우리가 상상한 대로 다 돌아가지는 않았다. 그리고 아마 개발자가 상상한 대로도 돌아가지 않는 것 같다. 물론 우리를 담당하는 고객지원 직원도 있다. 그녀는 정말 아는 게 많으며 매우 정확한 사람으로, 우리가 뭔가를 바로 이해하지 못하면 화를 내기도 했다. 그녀는 사흘 동안 서점에 머물면서 우리 바로 뒤에 서 있었는데, 이따금 클릭을 잘못하면 손가락에 매가 날아올 것 같은 두려움을 주기도 했다.

그녀가 떠나고나자 수많은 궁금함과 수많은 미해결 문제들이 남았다. 그녀와 연락이 닿지 않을 때도 종종 있었다. 물론 그녀는 우리와 마찬가지로 제품을 구입한 뒤 질문을 제기하는 다른 많은 고객들도 챙겨야 하기 때문이리라. 그러나 가끔은 전화기에 오스트리아 번호가 뜨면 그녀가 일부러 수화기를 들지 않는 게 아닌가 싶은 생각도 들었다. 프로그램이 살아있기라도 한지 모두가 그 앞에 서는 걸 두려워했다. 프로그램을 켜기만 하면 늘 이상한 일들이 일어났다. 어떤 날은 아무 문제없이 훌륭하게 작동하던 특정 기능이 갑자기 사라져버렸고, 우리가 잘 할줄 알고 이해한 작업 단계들이 갑자기 제대로 나오지 않기도 했다.

우리를 담당하는 직원이 자리에 없으면 핫라인으로 전화를 걸어—그사이 우리는 그 전화번호를 다 외워버렸다—늘 바뀌는 직원들에게 늘 되풀이되는 문제점들에 대해 엄청난 인내심을 갖고 설명했다.

긴장한 직원들은 새 프로그램이 실제로 업무를 줄여줄 거라는 약속을 언제까지 장담할는지 계속 예의주시하고 있었다. 초기에 일어날 수 있는 온갖 문제점도 문제지만, 새 시스템은 우리의 느린 인터넷 속도가 감당하기에는 너무 복잡했다. 매번 주문할 때마다 새 페이지가 완성될 때까지 오랫동안 화면을 처다보며 기다려야만 하는 상황이 반복되었다. 손님마다 재미도 없는 자기 인생사를 다 읊어댈 정도로 오래 말이다. 두 막스는 다른 인터넷 서비스 업체를 소개했다. 다운로드 할 때 속도가 60배 더 빠르고, 업로드도 어느 정도 속도가 된단다. 그런 다음 또 핑(Ping) 값이라는 게 있는데 그게 뭐라는 건지 도통 알 수가 없었다.

일반적으로 해마다 나는 딸과 함께 스키 오두막으로 떠난다. 보통은 이 시기에 남편이 혼자 포도밭 동네에 있는 작은 별장으로 떠난다. 크리스마스 시즌의 긴장감과 직원, 가족들을 떠나 기운을 회복하기 위해서다. 올해에는 그럴 자신이 없다. 우리는 같은 시기에 휴가를 떠날 수 없다. 직원들만 남겨놓고? 새 제품관리시스템을 던져주고? 그 수많은 질문과 함께? 다른 서점은 공사를 하고 있는데? 그건 안 된다. 일단 내가 먼저 휴가를 가고 남편이 그 다음에 가는 것으로 결정했다. 그렇게 해야 한 사람은 늘 서점에 있을 수 있다. 그리고 잠깐 서로 떨어져 지내는 것이 우리를 갈라놓는 일도 없을 것이다. 거기에 신경 쓸 여력이 하나도 없기 때문이다.

스키 오두막에서는 휴대전화 수신이 그리 좋지 않아 우리는 늘 전화를 다시 걸어야 했다. 통화는 늘 다시 끊어졌다. 내가 들은 것이라고는 인터넷, 컴퓨터 다운, 인터넷 서비스업체 교체, 금전출납 기기의 부팅 오류 정도뿐이다. 그 모든 것을 멀리 치워버리고, 자급자족해야 하는 오두막에서 휴가객 50명과 함께 한가한 일상에 몰입한다. 20명 분의 감자를 까야 한다면 누가 인터넷을 필요로 하겠는가 말이다. 나는 일주일 내내 똑같은 조깅복을 입고 주변을 달리며, 서점 일반 그리고 특별히 우리 서점에 대해 그 누구하고도 이야기하지 않았다. 그리고 컨베이어 벨트에서 일하는 것처럼 마이보시 모자를 뜨개질했다.[•] 삶이란 이렇게 아름다울 수 있다.

금요일 저녁, 집으로 다시 돌아왔다. 프란츠-요제프-역 옆 맥도널드에서 무미건조하고 낭만 없이 업무 인수인계가 진행되었다. 남편은 한 주 동안의 은둔의 삶 속으로 사라지기에 앞서 나에게 현재 미해결된 문제점과 그것을 해결하기 위해 지금까지 취해진 조치들에 대해 알려주었다. 물론 성과는 없었다고 한다.

토요일 아침 9시. 나는 다시 무대에 올랐다. 마음은 아직 해발 1,600미터의 오두막에 가 있지만 나는 서점에 서서 그 대단한 새 프로그램을 이용해 첫 손님들을 응대하려고 애를 쓰고 있다. 이제는 그냥 느리기만 한 게 아니라 너무 느려서 세 번째 손님 접수에서 진행이 중단되는 정도다. 이런 상황이 하루 종일 계속 반복된다. 유일하게 조금씩

• Myboshi-Mütze. 독어 Boshi는 "모자"의 일본어 발음 ぼうし[帽子]의 영문표기 Boushi를 차용한 것으로, 청소년들이 자기가 직접 뜨개질한 모자를 가리키는 용어로 사용함. 여기에 자기가 뜨개질한 것임을 명확히 나타내기 위해 영어 my를 추가하기도 함. 그러니까 Myboshi-Mützes는 복합어 구조상 "내 족발"과 같다.

변화를 보이는 것은 "타임아웃, 페이지를 불러올 수 없습니다, 프로그램이 반응하지 않습니다" 따위의 오류 메시지다.

우리는 수도 없이 많은 쪽지를 만들어내는데, 프로그램이 우리에게 접근을 허용하는 짧은 시간 내에 그것을 처리하려고 애를 쓴다. 손님들에게 우리는 3주째

"죄송합니다. 좀 오래 걸리네요. 전산 프로그램에 좀 문제가 있어서요."

라고 말한다. 그러면 손님들은 그사이 신경질이 나서 눈살을 찌푸린다.

주말이 되었다. 나는 싱글의 삶을 즐겼다. 스키 오두막에서 입었던 때 묻은 옷을 빨고, 개를 데리고 오랫동안 산책을 가며, 컴퓨터 문제를 내 내면의 한 층 아래로 몰아내려고 애썼다. 어쩌면 주말 동안 모든 게 저절로 이리저리 뒤흔들려 제대로 자리를 잡지는 않을까?

당연히 그런 일은 없다. 월요일, 나는 다양한 전화 통화를 하면서 하루를 보냈다. 인터넷 서비스 센터, 제품 관리 시스템 회사의 핫라인, 두 사람의 막스에게 번갈아가며 전화를 걸었다. 휴가간 남편을 가능하면 귀찮게 하지 않고 놔두려 한다. 그 사람도 한 일주일 쉬어야 하기 때문이다. 그 세 주인공들은 나에게 번갈아가며, 오류는 자기들 때문이 아니라고 설명한다. 인터넷은 쌩쌩 잘 돌아가고, 제품관리시스템도 마찬가지며, 인터넷 네트워크도 아무런 문제

가 없다는 것이다. 하루 뒤에는 모두가 더 이상 그렇게 진지하게 듣지 않는다. 그러나 관계자들이 원격 접속으로 우리 컴퓨터에 로그인해서 자기네 눈으로 보면, 그렇게 해서는 일을 할 수 없다는 것을 알게 된다.

여직원 하나가 며칠 휴가를 원했다. 그녀도 신경이 멍해진 것이다. 나는 당연히 휴가를 허락했다. 수요일 첫 일정. 독일의 대형 출판사인 피셔 출판사 영업사원이 아침 8시 반에 들르겠다고 연락을 했다. 나는 아이에게 아침식사와 학교에서 먹을 간식용 빵을 챙겨주고는 7시 15분에 비가 억수같이 퍼붓고 어둑어둑한데도 개를 데리고 집을 나섰다. 한 시간 뒤 온 몸이 더러워지고 젖은 채로 집으로 돌아오자 영업사원은 이미 문 앞에 서 있었다. 몸을 대충 닦고 그를 서점 뒷방에 앉게 했다. 그런 다음 신속하게 컴퓨터와 금전출납 기기를 켰다. 그런데 안타깝게도 켜지지가 않았다. 화면에는 이상한 무늬만 나타났다. 다시 핫라인으로 전화를 걸었지만 거기는 9시가 되어야 사람이 나온다. 그건 좋다. 우리도 9시에 문을 여니까. 그리고 그때쯤이면 대개 첫 손님들이 이미 문 앞에 서 있다. 나머지 20분을 피셔 출판사의 프로그램에 집중하려고 애를 썼다. 그리고 9시 조금 못 되어 에파가 생각났다. 그녀의 근무시간은 정확히 3분 뒤에 시작된다. 나는 그녀에게 전화를 걸었다. 벨이 끝도 없이 울린 뒤에야 전화기를 통해 그녀의 이불의 온기가 전해지는 게 느껴진다.

"자명종이 울리지 않아서요."

그녀가 전화기에 대고 중얼거린다. 인내심 깊은 영업사원은 온화하게 미소를 지으며 나와 함께 서점 문을 열었다. 그리고 정각 9시 2분. 어김없이 첫 손님들이 내 앞에 서 있다. 그리고 그들은 당연히 뭔가를 사려고 한다. 그리고 당연히 금고 서랍은 열리지 않는다. 20분 뒤 에파가 내 옆에 서 있다. 그녀의 얼굴에는 베개주름 자국이 아직 또렷하다. 그녀가 금고-핫라인 일을 떠맡고, 나는 몇몇 손님들을 응대한다. 아울러 나는 우리와 좀 거리를 둔 채 서 있던 영업사원에게 주문 사항을 받아 적게 한다. 그러니까 사실은 우리가 뭘 필요로 할지를 그가 알아서 그냥 적는다는 말이다. 나는 잠깐씩 출간예정 도서 페이지에 눈길을 던지기만 했다. 피셔 출판사가 신간을 공급해주기 시작하면 올해는 어떤 책이 올지 기대가 된다.

30분 뒤 금전출납 기기가 다시 작동했다. 영업사원은 가고 없고, 컴퓨터는, 이미 그랬듯이, 매번 세 번째 손님의 구매를 처리할 때마다 다운되었다. 책은 한 권도 팔지 못한 채 나는 다시 한 번 친한 전문가들과 전화 통화를 했다. 그리고 그들에게 이렇게는 더 이상 일을 할 수 없다고 분명히 밝히려고 작정했다. 이건 그냥 컴퓨터상의 어떤 문제가 아니라 우리를 근본적으로 위협하는 문제라는 것, 날마다 손님이 줄고 있으며 직원들이 나가떨어지는 것도 이제는 시간문제일 뿐이라는 것을 말이다. 서점 뒷방에서 눈물을 흘린 것도 벌써 여러 번이다.

저녁에는 잘 돌아가던 세탁기가 갑자기 멈춰 서버리고 이상한 소리를 냈다. 나도 욕실에 앉아 울기 시작했다. 그러다 세탁기 문을 열고 바닥의 물을 깨끗이 닦은 다음 이웃에게 전화를 걸어 지금 그곳으로 건너가 우리 집 빨래를 마저 끝내도 되는지를 물어보았다. 이튿날에는 전화가 불통이 되었다. 하지만 그건 케이블이 고장 난 것일 뿐이었다. 그런 사소한 일이라면 이제 눈도 꿈쩍하지 않는다. 그사이 나는 전 세계적 음모가 존재한다거나, 내가 언론매체에서 항상 아마존에 대해 좋지 않게 말을 했기 때문에 그 아마존이 이제 우리에게 트로이의 목마를 잠입시켜 우리를 서서히, 그러나 아주 확실하게 파괴시키리라는 따위를 믿게 되었다. 그러나 그들의 힘이 정말 세탁기에까지 미치는가?—어떻게든 나는 그 주(週)를 마무리한다. 붕괴 직전이었지만 나는 남편에게는 휴가를 중단하지 말라고 끝까지 설득했다. 온 시간 내내 슈투트가르트 소재 제품관리시스템 서비스센터의 매우 친절한 기사, 인터넷 공급업체의 핫라인 그리고 두 사람의 막스 사이에서 서로 중개해 주려고 애를 쓰며, 얄궂은 전문용어를 여러 쪽지에 바쁘게 끼적거리고, 한 사람이 내게 알려주는 것을 다른 한 사람에게 전달해 주려 했다.

주말에는 제대로 쉬지도 못한 남편을 데리러 시골로 갔다. 그러면서 반나절이라도 즐기려고 노력했다. 그리고 마치 모든 것을 이미 다 장악한 것처럼 행동했다.

하지만 장악한 것은 하나도 없었다. 우리 서점의 성공가도에 갑자기 크게 생채기가 났다. 우리는 너무 지쳐서 모든 걸 내팽개쳤으면 딱 좋을 것 같았다. 우리는 11월부터 쉬지 않고 일을 했다. 한 해 사업이 성공이었음에도 어느 정도는 파산 상태이며 직원들은 크게 낙담하고 있는 상황이다. 할 수만 있다면 이 사업을 그냥 접어버렸으면 좋겠다는 생각마저 들었다. 모든 걸. 서점 두 곳 다. 우리 결혼, 우리가 쌓아올린 모든 것을. 그저 잠만 자고 싶었다. 각자 따로, 일인용 방에서라면 가장 좋겠지. 방해 없이 잠자는 것, 이따금 누군가가 지나가다 책 한 권이나 수프 한 그릇은 넣어주어야겠지.

그래도 우리는 다시 돌아왔다. 그리고 당연히 그 어느 것도 포기하지 않았다. 전혀 그럴 수 없었다. 직원이 12명이고 은행에서 낸 빚도 적지 않으니 말이다. 우리는 서로 격려하려 애를 쓰고, 서로를 조심하는 가운데 다정하게 대하려고 노력했다. 소매를 걷어붙이고 마지막 힘을 다하려고 애썼다. 남편은 세탁기를 수리했고 나는 월요일에 이 빌어먹을 일의 모든 관계자들에게 더 이상 이렇게 갈 수는 없다고 선언했다. 그리고 화요일. 그들은 마침내 전에 없던 용기를 내서 서로 소통하기로 결정했다. 컴퓨터 전문가 세 사람이 여러 주 지난 뒤에야 마침내 한 가지 문제를 함께 풀어보자는 생각에 이르렀다. 말을 나눔으로써, 함께 상호 작용을 함으로써 말이다. 진짜 혁명이다. 그러나 그들은 분명 느꼈을 것이다. 우리가 더 이상 할 수 없다는 것, 한계점에 이르렀다는 것, 그들이 이제 낯선 수단, 예컨대 서로 대화 나누기 같은 방법을 쓰지 않을 수 없음을 말이다. 화상 회의 프로그램이 깔리더니 그들은 사방에서 원격 접속을 통해 우리 네트워크에 로그인한 다음 세 시간 동안 이런 저런 시험을 해보았다. 다양한 흔적과 경로를 추적해가고, 나중에 다시 그것을 제거하기 위해 무슨 표시를 하고, 서로 새로운 아이디어를 내놓게도 했다. 그리고 저녁 6시 직전, 서점에 나와 있던 막스가 나에게 이렇게 말했다.

"이제 나를 포옹해도 될 것 같은데. 해법을 찾았거든."

그의 목소리는 완전히 탈진한 것 같으며, 아주 확신에 찬 것도 아닌 듯하다. 문제를 해결했다고 생각한 것이 이미 여러 번이었던 것이다. 나 역시 꿈에서라도 그를 포옹할 생각이 전혀 없다. 나도 아직 좋은 결과의 존재를 믿지 못하기 때문이다.

그날 저녁 내내 우리는 사람들이 생각할 수 있는 모든 과정을 시험해보았고, 허구의 고객을 위해 미친 듯이 주문

268

을 하고, 보통은 시스템의 다운을 초래한 무지무지 긴 쪽지 목록도 생성시켜 보았다. 잘 돌아갔다. 다음 날 아침, 점심, 저녁에도 잘 돌아갔다. 작동이 안정적이고 다운되지도 않았다. 갑자기 모든 게 다시 훌륭해졌다.

우리는 다시 기쁜 마음으로 일터로 나온다. 서점 문이 열리고 손님 한 분이 안으로 들어오면 반갑고 기쁘다. 그리고 지난주처럼 겁이 나서 움찔하는 일도 이제는 없다. 직원들도 다시 여유를 찾았다. 모두가 자신이 가장 좋아하고 가장 잘 하는 일을 다시 할 수 있게 되었다. 책 내용을 이야기해주고, 손님과 수다를 떨고, 선물을 포장한다. 즐겁다.

남편과 나는 그 모든 난관을 이겨냈다. 우리는 헤어지지 않았다. 우리는 아직 서로 대화를 나누며 같은 침대에서 잠을 잔다. 긁힌 자국 몇 개가 아마 남아있을지 모르겠다. 두어 군데 난 상처는 우리도 다칠 수 있음을, 아주 대수롭지 않은 것들이 우리를 완전히 기우뚱하게 할 수도 있음을 보여준다. 그게 우리에게 아마 시급하게 필요했기 때문이리라. 그래야 다가올 시간을 다시 누릴 수 있을 터이니 말이다. 본래 우리의 삶이란 쿨하니까.

여름철, 하루 매출이 정말 시원찮을 때면 이따금 남편과 나는 포도밭 마을에 있는 작은 별장 뒤편의 나무 벤치에 앉아 포도주를 마시고 별을 바라보면서, 언젠가 전반적인 상황이 더 이상 그렇게 좋게 흘러가지 않기라도 하면 어떻게 될지를 그려보기도 한다. 농촌에서도 살게 될지 몰라. 몇 년 뒤면 이 집도 원리금 상환이 끝나니까. 다시 둘이 함께 일을 할 수도 있을 거야. 대학생 아르바이트 한 사람과 함께 말이야. 사실 애당초 계획도 그랬다. 그러나 그런 생각을 하면 별로 기분이 좋지 않다. 내가 필요로 하는 것은 북적거림과 수많은 사람들 그리고 시내에 있는 집이다. 그리고 우리 팀이 없으면 내게는 그 모든 것이 아무런 재미도 없다.

그사이 직원이 12명으로 늘었다. 모두 여섯 나라에서 온 사람들로, 나이는 22살에서 56살까지다. 우리들의 아이는 모두 10명인데 그중 셋은 다행히 벌써 어른이라 양육 휴가로 인한 고민을 그나마 덜어준다. 직원들의 삶은 그들이 서점 판매직원 일을 하게 된 동기만큼이나 다양하지만 단 하나의 공통분모는 아마 살짝 미쳤다는 것이리라. 책에 대한 집착. 이것은 스스로 거기에 빠져본 사람만이 이해할 수 있다.

최근 이러저러한 행사에 내가 연사로 초청받는 일이 잦아지고 있다. 10년도 안 되는 기간 내에 작은 서점 두 곳을 열어 살아남았다면 그건 성공 스토리다. 또 여성 서점주로서 종종 입을 열어 자기 의견을 내다보니 사람들은 이미 내가 누구인지를 다 안다. 그들이 관심을 갖는 주제들은, 복잡해 보이지만 서로 닮았다. "책에 미래가 있는가? 미래에도 서점이 존재할 것인가?"라는 것이다. 이에 대해 뭐라고 말해야 하는가? 책에는 당연히 미래가 있다. 그리고 서점은 앞으로도 계속 존재할 것이다. 그것 말고 내가 달리 할 수 있는 말이 무엇이란 말인가! 그것은 외양간 가득히 젖소를 가지고 있는 농부에게 미래에도 사람들이 우유나 코코아를 마실 것이라 믿는지를 묻는 것과 같을 것이기 때문이다. 우리에게는 그렇게 믿는 것 말고는 달리 남은 선택지가 없다. 농부에게도 그렇고 서점주에게도 마찬가지로 그것 말고는 없다. 둘 다 10년 뒤에도 그것으로 먹고 살 수 있는지는 의문스럽다. 그러나 그런 건 우리로서는 거의 아무런 영향도 미칠 수 없는 일이다. 시간의 수레바퀴를 거꾸로 돌릴 수는 없다. 그리고 역설적이지만 우리의 성공 비결은 우리 서점에서는 모든 게 "옛날"과 똑같다는 것을 손님들에게 보여주는 것에 있다. 좁은 공간에 있는 수많은 책들, 천장 아래까지 서가가 꽉 차 있는 책, 쉬는 시간에도 책 읽기 말고는 아무 것도 하지 않는 열정적인 직원들. 예전에도 그랬듯이 말이다. 하지만 진작부터 훌륭한 서점 직원인 것만으로는 더 이상 충분하지 않은 상황이다. 문제 해결을 위해서는 좀 더 많은 생각을 하지 않으면 안 된다. 마케팅 전문가, 광고 모델, 그래픽 전문가, 검수 요원, 웹디자이너, 행사 전문가, 포장의 달인, 심리치료사 등이 되어야 한다. 할 일은 끝없이 더 계속 이어질 수 있다. 그리고 그것이 사실 우리로 하여금 그냥 계속 일을 하도록 추동하는 요소이기도 하다. 다른 모든 것은 지루할 것이다. 그래서 우리 서점같이 시대와 어울리지 않는 가게에 대해 한 주에 한 번, 서점의 시대는 지나갔다는 말이 나오는 이 시대에 계속 서점을 하는 것이다. 우리에게 달리 남은 게 없기에. 우리는 더 잘 할 수 있는 게 없기에. 우리는 다른 것은 차라리 하고 싶지 않기에.